마지막엔 누룽지나 오차즈케로

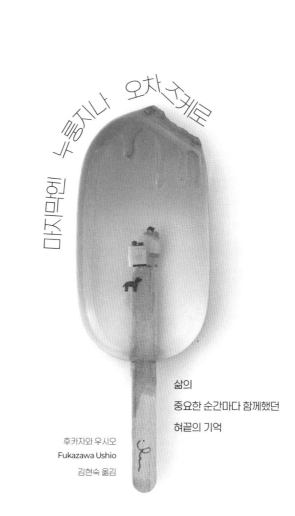

마지막엔 누룽지나 오차즈케로

삶의
중요한 순간마다 함께했던
혀끝의 기억

후카자와 우시오
Fukazawa Ushio

김현숙 옮김

〈일러두기〉

* 테로 아재_일본어 표기법에 의하면 '데로 아재'지만, 호칭이므로 발음 나는 대로 표기 했다.
* 재일코리안_재일한국인, 재일조선인 양쪽을 다 포함한 말로, 한반도 출신자를 뜻한다.
* 재일동포(재일교포)_본문에서는 재일코리안보다 더 친밀한 느낌으로 사용되며, 저자 는 사고방식이나 가치관이 맞는 사이로 '재일한국인'에 가까운 느낌으로 표현하고 있다.
* 조선인_일본이 패망하고 난 이후, 그때까지 일본인으로 간주하던 한반도 출신자들을 분리하기 위해 일본이 편의적으로 부르던 명칭. 1965년 한일수교 이전까지는 거의 '조 선인'으로 불렸다. 이 작품에서도 작가가 의도적으로 '조선인'이라고 명칭할 때는 주로 한일수교 이전의 상황을 설명할 때 사용하고 있다.

마지막엔 누룽지나 오차즈케로

초판 1쇄 발행 2025년 5월 20일

지은이 후카자와 우시오
옮긴이 김현숙

펴낸이 김현숙 김현정
펴낸곳 공명
책임편집 김현정
디자인 정계수
출판등록 2011년 10월 4일 제25100-2012-000039호
주소 02057 서울시 중랑구 용마산로 636, 베네스트로프트 102동 601호
전화 02-432-5333 | **팩스** 02-6007-9858
이메일 gongmyoung@hanmail.net
블로그 http://blog.naver.com/gongmyoung1

ISBN 978-89-97870-90-5(03830)

먹고, 말하고, 추억하라

서정주 시인은 말했다.

"나를 키운 것은 팔할이 바람"이라고.

이 얼마나 시적인 표현인가!

하지만 실상 인간사의 대부분을 차지하는 것은 음식이고, 음식이 사람을 키운다.

소설가 후카자와 우시오의 첫 수필집인 이 책은 그녀를 키운 팔할의 음식에 관한 것이다. 1966년 도쿄에서 재일한국인 1세 아버지와 2세 어머니 사이에서 태어난 후카자와 우시오는 2012년 〈가나에 아줌마〉라는 단편소설로 '여자에 의한 여자를 위한 R-18문학상'을 수상하며 등단했다. 등단 후 《푸름과 붉음》, 《비취빛 바다를 향해 노래하다》, 《바다를 안고 달에 잠들다》, 《자두꽃은 져도》 등 10권이 넘는 소설을 펴냈다.

후카자와 우시오는 주로 여성, 재일동포, 그리고 가족을 그려왔다. 그런 그녀의 첫 에세이가 끼니와 식구에 대한 내용으로 쓰였다는 것은 독자들의 기대에도 크게 부응하는 바가 아닐까 싶다.

재일동포로 태어난 그녀는 어린 시절, 엄한 아버지 밑에서 김치를 먹으라고 강요받으며 자란다. 아버지는 한국의 얼과 혼을 아이들에게도 가르치고 싶어 하는 교육관을 가진 인물이다. 그래서 해외여행을 갈 때도 꼭 김치를 챙겨야 하며, 아무리 매운 김치라도 맛있게 먹을 수 있는 아이를 길러내는 것이 아버지의 소소한(?) 소망이다. 어린 우시오는 김치를 먹다가 뱉어버리는 언니를 보고 기겁을 한다. 아버지는 "당신이 아이들을 한국인으로 제대로 키우지 않아서 그런 거야!"라며 식탁을 뒤집어엎고(p.20) 만다.

한국인으로 당당하게 살아가기 위한 첫 번째 관문은 김치, 바로 음식이다. 한국인의 얼과 혼이 담긴 음식을—사실, 김치에 한국인의 얼과 혼이 담겨 있는지는 알 수 없다. 그러나 김치가 고춧가루와 마늘을 넣은 양념으로 채소를 버무려 발효시킨 한국 음식인 것은 틀림이 없고, 한국인이라면 당연하게 김치를 먹어야 한다는 속설 또는 신화는 여전하다—자연스럽게 먹을 수 있어야 비로소 한국인이라 자부할 수 있다고, 부모는 믿어 의심치 않는다. 부모뿐만이 아니라 처음 간 아버지의 고향 삼천포에서도 비슷한 일이 일어난다. 아버지의 친척들은 "김치를 먹지 않는 나를 보고 '역시 일본인이구만'"(p.24) 하며 한탄한다. 한국어를 구사하느냐, 마느냐보다 김치를 먹느냐, 마느냐가 민족의 정체성처럼 '비장해진' 상황에 어린 우시오는 분명 상처받았을 것이다. 자신이 재일동포라는 사실이 작은 어깨에 짐이 되어버린 순간이 바로 김치와의 대면이었을 것이다. 어른이 된 우시오는 김치를 즐겨 먹게 되었고 치즈를 배추김치로 싸서 먹는 오리지널 스타일까지 손에 넣었다.

그런 우시오는 이제 한국인이 된 걸까?

그는 그저 후카자와 우시오라는 개인일 것이다.

김치 앞에서 비장하게 살아온 우시오는 그 외의 수많은 음식들 앞에서 한국과 일본 사이에 끼인 자신의 처지를 되새겨야 했고, 그럴 때마다 비장했지만 그 비장함 이후에는 오리지널 스타일을 습득해낸다.

커피를 부모 몰래 마셨다가 입천장을 데인 일은 상짱 외삼촌의 카페에서 마신 코코아의 달콤함이 달래주지만, 그래서 코코아 회사에 취직하려 했던 우시오는 "'한국 국적자는 시험 볼 자격이 되지 않는다'는 말을 듣고 낙담하고"(p.33) 만다.

도대체 한국 국적자와 코코아에 어떤 관계가 있다는 말인가. 불합리함으로 가득한 일본 사회는 우시오를 주눅 들게 만든다. 초등학생이 된 우시오는 "나는 재일코리안"이라고 학교에서 커밍아웃하는데, 담임 교사는 "눈물이 날 것 같구나. 가엾게도……"(p.111)라는 말을 남긴다.

이런 불합리함은 재일동포라는 정체성 이외에도 여자이기 때문에 발생하기도 한다. 첫 데이트에서 상대방은 아이스커피를 마신 후 얼음을 씹어 먹는 우시오에게 "얼음을 씹어 먹다니, 너 참 별난 애구나"에 더해 "나는 밀크티 같은 걸 먹는 애가 좋거든"(p.39)이라고 말한다. 그야말로 벌어진 입을 다물 수 없는 에피소드다. 물 한 잔 끼얹어주거나 식탁을 엎고 나와도 될 판이다.

'밀크티 같은 걸 먹는 애'에 내포된 수많은 이미지를 떠올려본다. 가냘프고 순종적이며 순진한 안짱다리의 소녀 같은 이미지 말이다. 까지 생각해 보지만 이런 해석 또한 스테레오 타입이 아닐 수 없다. 그러나 '밀크티 같은 걸 먹는 애'가 강인하고 굳건하며 의지가 강한 인물은 왠지 아닌 것으로 묘사된 듯 보인다.

"몸무게가 50킬로그램이 넘으면 여자가 아니"라는 말 또한 그렇다. 여성이란 이유로 듣게 되는 말들은 하나같이 비수로 박힌다. 늘 자신이 평가의 대상이란 것을 예민한 우시오는 잘 알고 있고, 그래서 사는 것이 늘 불편하고 당혹스럽다. 김치에서 시작한 에피소드가 여자는 차라리 단대를 졸업하는 것이 낫거나 일을 안 하는 편이 낫다는 선 자리로 이어진다. 호텔에서 '사'자 직업을 가진 남성과 맞선을 보며 원피스에 페라가모 구두를 신고, 조신한 척을 해야 하는 우시오의 마음이 편하지만은 않았을 것이다.

좋아하는 남학생을 위해 손수 초콜릿을 만들고, 결혼을 앞두고 요리를 배우며, 결혼 후에는 시댁에서 제사까지 챙기는 재일동포 여성의 삶을 후카자와 우시오는 자신의 경험을 바탕으로 전혀 납작하지 않게 풀어냈다. 시간이 지나 추억이 된 이야기들은 다행스럽게도 따뜻하지만 여전히 아파서 눈물이 난다.

음식에 관한 추억을 통해 어쩔 수 없이 드러난 혐오로 점철된 사회와 그 사회에서 발버둥 치며 살아온 후카자와 우시오는 수많은 시행착오를 통해 김치를 변형해서 즐기고, 엄한 아버지와 희생적인 어머니를 용서하는 어른이 되었다. 여전히 늘어난 몸무게를 걱정하며 한일 사이에서 혐오적인 발언에 노출되는 등 사회의 근본적인 부분이 변하지 않았지만, 혐오에 반대하는 목소리를 내고 살고 있다는 점에서 그녀의 삶은 희망이다.

이 책은 몹시 개인적인 음식에 관한 기록이자 동시에 한국과 일본 사이에서 살아온 재일한국인의 기록으로도 의미가 크다.

'살기 위해 먹느냐, 먹기 위해 사느냐'의 명제 앞에서 머리를 싸매지만 먹어야 산다는 사실은 변함이 없다. 그리고 우리를 살리는 그 음식은, 다양한 추억으로 남는다.

한국 사회에서는 여전히 "밥은 잘 챙겨 먹었느냐"고 인사를 건네며 '눈물 섞인 밥'을 먹어 본 사람이야말로 인생을 제대로 살아온 사람이라고 할 수 있다고 생각하고, 맛있는 음식을 '둘이 먹다 하나가 죽어도 모를 맛'이라고 표현한다. '밥이 하늘'이며 음식을 나눠 먹는 가족을 '식구'라 부른다. 음식과 관련된 문구가 이토록 많은 이유는 끼니가 우리 삶의 주요 요소이기 때문이다.

부디 한국과 일본 모두를 끌어안고 살아온 작가가 무엇을 먹고 무슨 생각을 하며 살아왔는지에 귀기울기를 바란다.

그의 추억에 같이 울고 웃기를 바란다.

먹고, 떠들고, 추억을 쌓아라.

우리를 만드는 것은 팔할이 음식이다.

나는 여전히 땅속에 묻혀 있다 나온 김장김치의 맛을 기억한다. 다시는 맛볼 수 없는 그 맛. 그래서 어른이 된 나는 오히려 김치를 즐겨 먹지 않는다. 그 어떤 김치도 내 어린 날, 우리 집의 김치에 비할 수 없기 때문에. 나의 첫 커피는 우리 할아버지가 다 마시고 남은 커피잔 아래 한 시간쯤 지나 중력에 의해 모여진 인스턴트 커피였으며, 달콤함이 농축된 그 한 방울의 커피를 마시는 것이 초등학교 저학년 시절의 낙이었다.

나는 단 한 번도 내 손으로 초콜릿을 만들어 남자에게 선물한 적이 없으며, 앞으로도 없을 것이다. 그리고 나는 불고기를 좋아하고 스시도 좋아한다. 치즈 케이크와 과일이 듬뿍 올라간 타르트 또한 좋아하고 밀크티를 자주 마시지는 않지만, 일 년에 한 번쯤 유난히 생각나는 날이 있다. 후카자와 우시오 작가의 어린 날을 찾아가 '밀크티'를 언급한 데이트 상대를 대신 혼내주고 싶다.

이 책은 독자 여러분의 이런 소소한 기억들을 절로 끄집어내어 오늘을 음미하게 할 것이다.

김민정(《엄마의 도쿄》 저자, 소설가)

　음식에 관한 에세이를 쓰기로 결정했을 때, 실은 좀 더 가벼운 내용
으로 쓸 생각이었다. 한국에서 일본 음식의 인기가 높다고 해서 일본
음식에 관련된 가벼운 느낌의 에피소드나 재일 요리, 일본에서 인기
있는 한국 요리에 대해서 쓸 생각이었다.

　그런데 일단 쓰기 시작하자 그렇게 되지가 않았다. 첫 장으로 김치
를 고른 것이 계기가 된 것인지도 모른다. 김치는 나의 정체성에 깊이
관련된 음식이다.

　지금까지 내가 먹어온 것들을 쓴다는 것은 내 인생 자체를 뒤돌아보
는 과정으로 이어졌다. 실로 '먹는다는 것은 살아가는 일'이기 때문이다.

　재일코리안으로서 일본에서 산다는 것은 원했든, 원하지 않았든 한
국과 일본 사이에 놓인 처지다. 사이에 놓여 있다는 이유로 우리들 재
일코리안은 일상적으로 먹는 식사조차도 갈등으로 이어지게 된다.

예를 들자면 김치.

예를 들자면 스시.

이 에세이에 소개된 음식과 관련된 추억은 예전의 내가 가졌던 아픔과 기쁨이며 한국과 일본, 다른 나라에 갔을 때조차 국가나 민족에 휘둘려왔던 흔적이다.

나라의 일로 인생이 휘둘리는 사람들은 지금도 온 세계에 존재한다. 전쟁이나 박해, 경제적 이유 때문에 이민자나 난민이 될 수밖에 없는 사람들 역시 끝없이 많다.

그리고 지금, 한국 사람들이, 국가에 휘둘리고 있다. 그렇지 않아도 휴전 중이라는 힘든 상황 속에서 어리석은 계엄령에 의해 심리적으로도 물리적으로도 부하가 걸려 국민들은 불안에 떨고 있다. 민주주의가 방패가 되어 겨우 국난에서 벗어날 수 있었지만 앞으로 어떻게 될 것인지, 이 책이 출간될 즈음에는 한국이 어떠한 상황이 놓일 것인지 나는 전혀 예측이 되지 않았지만, 대통령 탄핵이 인용되고 한국은 결국 민주주의 국가로 남았다.

1947년에 일본으로 건너와 일본에서 한국인에 대한 차별과 싸우며, 조국의 민주화를 위해 김대중 씨를 지원해 온 우리 아버지는 올해 93세가 되셨다.

최근 "한국은 정말로 좋은 나라가 되었구나"가 입버릇이 되었던 아버지는 이번 계엄령을 알게 되자 깊은 한숨을 내쉬더니 입을 다물고 말았다.

나는 아버지에게 "한국은 괜찮을 거예요. 나는 그리 믿어요"라고 말했다. 그러자 아버지의 표정이 조금 부드러워졌다. 그 뒤, 아버지께 대통령 탄핵이 인용되었다고 알려드리자 "우리나라가 정말 자랑스럽구나. 내가 살아 있는 동안 지금의 한국을 볼 수 있어서 다행이다"라며 모처럼 웃으셨다.

독재국가에 반대해 언제 붙잡힐지 모르는 공포 속에서 살았던 아버지는 정작 자신의 가정에서는 독재자처럼 살아왔다. 그런 아버지 밑에서 나는 숱한 억압을 받으며 살아왔다. 그 일부분을 이 에세이의 에피소드들에도 녹여냈다.

나와 가족은 그런 상황을 극복하고 지금은 온화한 관계를 쌓고 있다.

이 에세이를 읽으며 지금 힘든 상황 속에 있는 사람들이 조금이라도 편안해졌으면 좋겠다.

그리고 한국의 독자 여러분들도 재일코리안이 일상에서 겪는 고민을 이해해 주셨으면 좋겠다. 늘 이리저리 흔들리고 확고한 귀속의식을 갖지 못하는 것이 얼마나 자기긍정감을 낮추는 일인지를 알아주셨으면 좋겠다.

나는 '식구(食口)'라는 한국어를 좋아한다.

식사를 같이 하는 사이, 식구는 둘도 없는 소중한 사람이다.

이 에세이를 읽고 나의 식구가 되어 주면 좋겠다.

이 에세이에도 나오는 재일 요리를 함께 먹는 날이 왔으면 좋겠다.

2025년 봄, 후카자와 우시오

차례

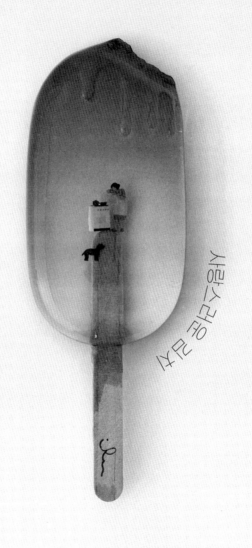

사랑은 녹는다

일본에서 가장 잘 팔리는 절임류가 김치라는 걸 알게 된 것은 1년 전의 일이다. 놀람과 동시에 시대가 놀랍게 변했음을 실감했다. 내가 어렸을 적의 '김치'는 쥐 죽은 듯 몸을 숨겨야만 하는 아주 비밀스러운 존재였다. 재일코리안 가정이나 야키니쿠 식당에서만 볼 수 있는 흔치 않은 음식이었는데, 지금은 어느 슈퍼마켓에나 당당히 자리 잡고 있다.

텔레비전을 틀면 한국 드라마를 방영하고 구독형 플랫폼에서도 언제든지 볼 수 있다. 길거리 카페에 들어가면 K-POP 아이돌의 노래가 흘러나온다. 일본에서 이렇게 한국 문화가 흔쾌히 받아들여지게 되다니, 정말 상상도 하지 못한 일이다.
이렇게 좋은 시대가 오다니! 감개무량하다.
김치는 예전엔 '조선 절임'이라고 했고, '김치 냄새 난다'는 말은 조선인에 대한 대표적인 멸시의 표현이었다. 어머니도 예전에 부동산에서 집주인으로부터 "김치 냄새가 나서 도저히 집을 빌려줄 순 없겠어요!"라는 말을 들었다고 했다.

이 이야기는 나의 책 《버젓한 아버지에게》에도 소개되어 있다.

사실은 나도 우리 집 냉장고가 항상 김치 냄새를 풍기는 것이 끔찍하게 싫었다. 어른이 되고 나서도 한참 동안 김치를 좋아하지 않았다.

내 기억으론 처음으로 김치를 먹은 것, 아니 더 정확히 말해 김치를 강제로 먹게 된 것은 아마도 6살 때 정도였던 것 같다. 평소엔 거의 집에서 저녁 식사를 하지 않고, 가끔 집에서 드셔도 독상을 받았던 아버지가 그날은 드물게 내 옆으로 와서 앉더니 우리와 함께 식사를 하셨다. 평소와는 다르게 갑자기 무릎을 꿇고 단정히 앉아야 해서 긴장했던 기억이 선명하다.

묵묵히 식사를 하시던 아버지가 갑자기 자기 앞에 있던 김치를 젓가락으로 가리키면서 "아이들에게 김치를 먹여!"라고 어머니에게 명령했다. 어머니는 김치를 된장국에 씻어 매운 맛을 조금 희석한 뒤에 내 밥그릇 위에 올렸다. 나는 공포에 떨며 씻은 김치를 흰 쌀밥과 함께 입안으로 밀어 넣었던 것을 기억한다.

처음으로 먹은 김치는 신맛만 느껴질 뿐 전혀 맛있지 않았다.

그때 내 옆에는 나중에 심장병으로 죽은 언니가 있었는데, 언니도 울먹이며 씻은 김치를 억지로 먹고 있었다. 언니는 먹자마자 바로 토해버렸고, 아버지는 어머니에게 "당신이 아이들을 한국인으로 제대로 키우지 않아서 그런 거야!"라며 식탁을 뒤집어엎고 말았다.

당시 아버지와 어머니는 우리들에게 한국인으로서의 정체성을 갖게 하는 일과 한국 문화와 풍습을 제대로 가르치는 일에 대한 의견이 엇갈려 늘 다퉜다. 아버지는 열여섯 살에 홀로 현해탄을 건너와 민주화 운동에도 투신하면서 한국인으로서 자긍심이 높았고, 늘 한국인으로 당당하게 살아갈 것을 자식들에게도 바랐다.

반면 재일동포 2세인 어머니는 전후 잠시 민족학교에 다니긴 했지만, 그 후 전학 간 일본 학교에서 수많은 차별을 받았던 경험들과 아버지(나의 외할아버지)가 관동대지진 당시 자경단에게 거의 죽을 뻔했던 경험 때문에 한국인이라는 사실을 최대한 숨기며 살아왔다.

큰딸을 지키기 위해, 이지메(집단 괴롭힘)를 피하기 위해서였다. 이 이야기도 《바다를 안고 달에 잠들다》에 비슷한 에피소드로 소개했다.

밖에서는 그랬던 어머니도 집에서는 아버지를 위해 열심히 김치를 담그고 한국 요리를 만들었다.

생선 조림을 할 때는 아이들 먹을 건 달달하게, 아버지가 드실 것은 고추장을 듬뿍 넣고 한국식으로 맛을 냈다. 한국 요리를 좋아하는 아버지용과 아이들용, 이렇게 각각 다른 메뉴로 여러 가지 종류의 반찬을 만들었던 어머니는 많이 힘들었을 것이다.

커다란 파란색 대야에 배추를 가득 담고 욕실에서 사용하는 낮은 의자를 가지고 와서 앉아, 배춧잎을 하나씩 들춰가며 소금을 뿌리던 어머니의 모습은 지금도 가끔씩 기억이 난다.

한국 고춧가루가 아니면 절대 안 된다며 늘 히가시우에노의 조선 건어물 가게까지 가서 사오셨다. 한번은 어머니가 짐이 무거우니 같이 가자고 해서 따라갔다가, 돌아오는 길에 보상으로 양식 레스토랑인 세이요켄에 들러 비프스튜를 먹었던 적도 있다.

일본에서 한국 독재정권에 반대 운동을 하시던 아버지는 한국 여권이 나오지 않아 한국으로 돌아갈 수가 없었다. 그래서 할머니, 할아버지를 일본으로 초청해서 한 달 정도를 우리 집에서 같이 지냈던 적이 있었다. 그때도 어머니는 매일 한국 요리를 했다. 재일동포지만 시부모님께 인정받고 싶어서 열심히 한국 요리를 만들었다고 나중에 이야기해 주셨다. 당시엔 한국 사람들이 재일동포에 대해 안 좋은 인상을 가진 경우가 많았기 때문이라고 한다.

물론 어머니가 직접 만든 김치도 내놓았다. 어머니표 김치는 어머니의 표현을 빌리자면 "오랫동안 심사숙고해서 만든 것으로, 마늘을 적게 넣고, 사과나 배를 많이 넣어서 샐러드처럼 먹을 수 있게 한 거라 김치 냄새가 안 난다"는 김치다.

어머니는 시부모님한테도 칭찬받았다며 자신의 김치를 무척이나 자랑스러워했다.

어머니는 마늘 냄새를 극도로 조심했다. 마늘 냄새가 나면 한국인이라는 사실이 들통 날 거라는 공포에 시달렸기 때문이다.

현재 87세인 어머니는 80세 정도부터 김치를 사먹게 되었다. "이제는 일본인도 김치를 먹으니까 마음 놓고 살 수 있어"라며 웃는 모습이 어찌나 기뻐 보이던지.

일본에 한류 드라마 유행을 이끈 〈겨울 연가〉를 본 이후 배용준의 팬이 된 어머니는 "욘사마 덕분 아니겠니?"라며 한마디 덧붙이는 걸 잊지 않았다.

폭군 같던 아버지도 점차 나이를 먹자 많이 둥글둥글해져서 집에서 직접 김치를 담지 않아도 화를 내지 않은 덕분에 어머니도 많이 편해졌다. 내가 고등학생일 때 (한국을 제외하곤) 가족여행으로 떠난 첫 해외 여행지였던 괌까지, 어머니가 아버지를 위해 직접 담은 김치를 슈트케이스에 넣어서 가지고 갔었던 것을 생각하면 참으로 격세지감이 느껴진다. 결국엔 김칫국물이 다 새서 난감한 지경에 빠지고 말았지만.

내가 한국에 처음으로 갔던 것은 소학교(우리나라의 초등학교 과정에 해당한다―옮긴이) 6학년 때로 할머니의 장례식에 참석하기 위해서였다. 박정희 대통령이 암살당한 직후라 한국 공항에서 수하물 검사에 한 시간 이상이 걸렸고, 급기야 다른 방으로 연행되어 갔던 일이 기억 속에 또렷하게 남아 있다.

공항에서 출발한 차는 오랫동안 비포장도로를 달려 아버지의 고향인 삼천포에 도착했다.

한국 드라마 〈응답하라 1998〉에서 삼천포 출신의 청년이 엄청난 시골뜨기로 묘사되는데, 한국에서는 이야기가 여기저기로 새는 경우를 '이야기가 삼천포로 빠진다'고 할 정도로 벽지로 인식되고 있는 것 같다.

삼천포는 정말로 한가한 바닷가 마을이었다. 바닷가라고 해도 버젓한 항구가 있는 것도 아니고, 상점도 드문드문 있어 대부분 자잘한 밭과 적갈색 흙으로 이루어진 언덕들뿐이었다. 콘크리트 주차장이 놀이터였던 대도시 도쿄의 시나가와에 살던 내 눈에는 꽤 낯선 풍경이었다.

우리가 익숙하지 않은 곳에서 불편함을 느끼고 있던 그때, 일본에서 누가 왔다며 온 마을 사람들이 아버지의 본가로 우리 가족을 보러 왔다. 아버지는 9형제라서 친척이 많았다. 사촌들과 숙부, 숙모가 다 모여서 우리의 일거수일투족을 지켜보고 있었다.

나와, 여덟 살 차이가 나는 여동생(언니는 이미 사망한 후였다)은 마치 동물원의 판다가 된 기분이었다. 식사 때는 더 고문이었다. '저 애들은 김치를 먹을 수 있나?'가 그들의 큰 관심사였던 것 같다.

김치를 먹지 않는 나는 "역시 일본인이구만!" 하는 한탄의 소리들을 들어야 했다.

그러나 몇 년 전 《바다를 안고 달에 잠들다》의 취재차 삼천포의 아버지 본가를 다시 방문했을 때, 내가 김치를 덥석덥석 잘 집어먹는 것을 보고 사촌들과 친척들은 무척 놀라워했다. 나로서는 삼천포에도 스타벅스가 생겼단 사실이 놀라웠지만.

내가 김치를 먹을 수 있게 된 것은 결혼을 하고 나서부터였다.

내가 쓴 소설 〈가나에 아줌마〉의 모델이 된 한 중매쟁이 아줌마의 소개로 재일동포와 부부가 된 나는(훗날 이혼했지만) 제사나 추석, 그 외의 친척 모임으로 시댁 식구들과 같이 식사를 하고 시댁에서 한국 가정요리를 만드는 걸 자주 돕게 되었다. 그러나 남편은 김치나 한국 요리를 특별히 바라는 사람이 아니어서 보통 때는 양식이나 중식, 일식 등 할 수 있는 서툰 요리를 열심히 만들곤 했다.

그러던 어느 날, 시댁 모임으로 야키니쿠 가게에 갔을 때 형님이 고기를 상추에 싸서 그 위에 김치를 올려 먹는 모습을 보고 '어머나, 저렇게 먹는 법도 있구나' 싶어서 배추김치를 조금 잘라 갈비 위에 올리고 상추에 싸서 먹어보았다.

입에 넣고 조금씩 씹자 김치의 매운 맛과 신맛이 갈비의 달달한 맛과 기름진 맛에 녹아들었다. 거기에 상추의 상쾌한 풍미와 어우러져 깜짝 놀랄만한 맛의 조화로움을 만들어냈다.

'지금까지 나는 왜 이렇게 맛있는 것을 먹지 않았을까?'라는 생각이 절로 들었다. 이번에는 배추김치로 고기를 완전히 감싸 상추에 싸서 먹어보았다. 그날은 평소보다 고기를 두 배는 더 먹었던 것 같다. 이날 이후, 김치는 내가 진심으로 사랑하는 음식이 되었다.

게다가 동포와 결혼함으로서 자신이 한국인임을 겨우 인정받게 된 것도 더 적극적으로 김치를 먹게 된 이유였을 것이다.

내가 결혼한 것은 1994년도 봄이었으니까, 그때는 아직 〈겨울연가〉 붐도 없었고, '한류'라는 말조차 없었을 때였다. 김치를 파는 가게도 많지 않았다. 그래서 결혼하고 나서 사귀게 된 재일코리안 친구가 나눠준 김치나 친정어머니가 만들어준 김치는 아주 귀한 음식이었다.

지금 김치는 세계적인 인기 음식이 되었다.

뉴욕의 홀푸드마켓에서는 커다란 유리병에 든 김치를 팔고, '김치(Kim Chi)'라는 드래그 퀸도 있을 정도다. 세계 여기저기에서 김치를 살 수 있고, 한국과 중국 중 어느 나라가 김치 종주국인지에 대한 김치 전쟁이 발발하기도 한다.

소설의 자료로 살펴본 어느 책에서 "고추는 일본에서 조선으로 전해진 것으로, 원래 김치는 맵지 않았다"라고 밝혔다.

한 마디로 김치라고 해도 서울 김치와 부산 김치는 완전히 맛이 다르고, 각 가정마다 맛도 조금씩 다르다. 물김치 등등 김치의 종류도 셀수 없이 많다. 그대로 먹거나 조리해서 먹는 등 먹는 방법도 각양각색이다. 김치의 활용도 역시 다양해서, 그런 의미로 김치는 대단히 현대적인 음식이기도 하다.

재일코리안들에게도 김치의 의미는 사람마다 다르다. 나에게 김치는 애증이 넘치는 음식으로, 한국에 대한 마음과 깊이 연결되어 있다.

마지막으로 내가 좋아하는 김치 먹는 방법을 한 가지 소개하고 싶다.

먼저, 잘라놓은 치즈 조각을 배추김치로 감싼다. 조금 더 호화스럽게 한다면 밀푀유처럼 포개도 좋다. 이것은 가와사키에 사는 할머니들이 만들어준 김치를 받았을 때 만들어 본 것이다.

마침 장편의 원고를 탈고하고, 홀로 마감을 축하하면서 먹었다. 스파클링 와인과도 찰떡궁합이었다. 물론 맥주와도 잘 어울린다. 30초 정도 전자레인지로 데우면 밥반찬으로도 좋다. 흰 쌀밥에 올려 먹으면 그야말로 최고의 맛이다!

그래, 약간 출출하니 지금 만들어 먹어야지. 분명 맥주가 있을 거야. 잘라놓은 치즈는 언제나 냉장고 속에 있고, 김치도 아직 남아 있다.

냉장고를 열고 김치 특유의 냄새가 훅 풍겨오자, 마음이 조금 설렜다.

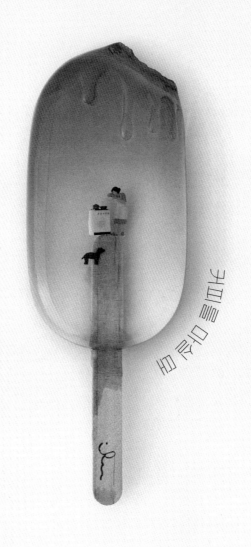

커피를 마시는 시간은 더할 나위 없이 소중한 순간이다.

아침에 눈을 뜨며 한 잔, 글을 쓸 때 한 잔, 좋아하는 달달한 케이크와 한 잔, 친한 벗과 이야기를 나누며(실은 서먹한 장면에서도 등장한다) 한 잔, 식후에 한 잔, 이렇게 여러 상황에서 커피는 빼놓을 수 없는 존재다. 게다가 나는 그 시간을 즐기는 것만이 아니라 커피 자체도 아주 좋아한다.

어렸을 때, 커피는 어른들만 마시는 특별한 음료였다. 우리에게는 금지 품목이었다. 커피는 카페인이 함유되어 있어 잠이 오지 않을 정도로 너무 자극적이고 키가 크지 않게 한다는 이유였던 것 같다.

안 된다고 하면 더 해보고 싶어지는 것이 인간이고 특히 아이들의 성향이다. 겨우 커피 맛 캔디는 허락을 받았다. 달달하지만 약간 쓴 맛이 도는 그 사탕을 먹으며 커피는 '왠지 어른스러운 느낌의 멋진 맛'이라고 생각했다. 커피 맛 캔디가 마음에 들었던 나는 진짜 커피도 틀림없이 엄청나게 맛있을 것 같았다. 어서 빨리 마셔보고 싶어서 안달이 났다.

텔레비전에서는 네스카페 골드 브랜드 등의 인스턴트 커피 광고가 유행했다. 광고가 아주 세련되어 보이는 것도 마셔보고 싶은 열망에 불을 붙였다. 나도 광고에 나오는 대사처럼 '차이를 알 수 있는 사람'이 되고 싶었다.

게다가 우리 어머니는 모든 것에 엄격한 사람이라 아이들 먹거리에도 제한하는 것들이 많았다. 치아가 녹는다는 이유로 콜라도 금지였고 조미료는 혐오의 대상이었다. 주스도 먹을 수 없었고, 유일하게 허락한 것은 퐁주스(귤로 만든 주스—옮긴이)뿐이었다. 마셔도 좋다고 허락한 음료수라곤 보리차와 우유가 유일한 것이었다.

그런 환경에서 내가 처음으로 커피를 마신 것은 소학교 4학년 때 무렵이었다.

어머니는 파친코 사업을 하던 아버지를 종종 방문하던 금융기관(당시 이름은 도쿄상업은행) 직원인 동포 분에게 늘 커피를 대접했다.

"우리 여편네(표현이 너무 심하지 않은가!) 커피는 진짜 맛있다니까"라며 남을 칭찬하는 법이라곤 거의 없는 아버지마저 흔쾌히 인정하던 어머니의 커피는 사이폰 커피 메이커로 내린 본격적인 커피였다. 과학실에 있는 알코올램프 비스름한 사이폰으로 커피를 끓였다.

어느 날 어머니가 거실에 있는 은행 손님들에게 커피를 들고 나가자, 그윽한 커피 향이 맴도는 부엌에 혼자 남은 나는 사이폰에 남아 있던 몇 모금의 커피를 마침내 죽 들이켰다.

입술에 닿은 사이폰 용기는 상상할 수 없을 정도로 뜨거워서 나는 거의 기절할 뻔했다. 그토록 고대하던 커피의 맛을 느낄 여유 따윈 갑작스레 사라지고 말았다. 당황한 나는 부리나케 화장실로 뛰어가 수도 호스를 비틀어 쥐고 흐르는 물에 계속 입술을 적셔야만 했다.

어머니에게 들키지는 않았지만, 이후 한동안은 음식을 먹을 때마다 찌르는 듯한 고통에 몸부림쳤다. 그래도 화상 입은 것을 들키지 않도록 아무렇지 않은 척 하며 고통 속에 먹어야만 했다.

이 일로 나는 커피를 포기했다.

이쯤에서 왜 우리 집에 사이폰이 있었는지, 독자들은 의문이 들 것이다. 1970년대 후반부터 1980년대는 드립 커피도 사이폰 커피(당시 유행이었다)도 찻집에서는 볼 수 있었지만 일반 가정집에서는 귀한 물건이었다. 그래서 아버지는 더 은행 사람들에게 대접을 하고 싶었던 것이다. 한마디로 자랑을 하고 싶었을 것이다.

그 당시 아버지는 도쿄 시나가와구의 하타노다이에 찻집을 열었다. 아버지가 직접 운영한 것은 아니고, 국적이 한국이라 4년제 대학을 졸업해도 취직이 안 되는 외삼촌을 위해 열게 된 가게였다. 어머니는 가게를 열기 전에 찻집 운영을 위한 학교를 다녔던 외삼촌한테 커피 타는 법을 배우고 사이폰도 하나 받아 왔던 것 같다.

하타노다이역에서 걸어서 5~6분 거리에 선로를 따라 가게들이 자리 잡고 있었는데, 그중 찻집 '아이(相)'는 꽤 잘 나가는 곳이었다. '相 (상)'은 외삼촌의 이름, '相道(상도)'에서 따온 것이다. 막내였던 상도 외 삼촌을 모두가 '상짱'이라고 불렀고, 나도 '상짱 아재'라고 불렀다.

어머니와 나이 차이가 많이 나는 상짱 아재는 내게 친근한 존재였 다. 만화와 음악에 조예가 깊어, 어머니에게는 비밀로 하고 나에게 만 화나(우리 집은 만화도 금지였다) 아이돌 사이조 히데키의 레코드를 사 주곤 했다.

결국엔 어머니에게 발각되어 몰수를 당하는 바람에 우울한 추억으 로 남았지만, 어쨌든 나는 상짱 아재를 잘 따랐다. 야마구치 모모에의 영화를 보러 아케이드 상점가로 유명한 무사시고야마 상점가에 있던 동시상영관에 데려가 주었던 이도 상짱 아재였다.

찻집 '아이'는 세련되고 따듯한 느낌을 주는 나뭇결무늬 벽이 정갈 한 인테리어로, 4인석과 2인석으로 구성되어 20인 정도를 수용할 수 있는 규모였다. 지난 번 교토 가와라마치에 있는 로쿠요샤라는, 쇼와 (昭和, 일본의 연호로 1926년~1989년을 뜻한다—옮긴이) 시대의 흔적이 남아 있는 찻집을 간 적이 있었다. 그곳의 분위기가 '아이'와 아주 닮아 서 뭉클한 기분이 들었다.

'아이'는 아마 5년 정도 운영했었던 것 같다.

중학교 입시 준비를 하며 학원이 끝나고 돌아가는 길에 '아이'에 들 리면 상짱 아재는 생크림을 가득 올린 코코아를 만들어주었다.

여름에는 업소용 제빙기로 만든 얼음을 유리컵 가득 넣어주었다. 나 는 그 얼음을 오도독 오도독 깨물어 먹는 것을 좋아했다.

나를 무척이나 행복하게 만들었던 그 코코아 맛을 잊을 수가 없어서 가끔씩 집에서도 만들어 달라고 어머니에게 졸랐다. 그래서 결국 어머니는 오카치마치의 아메요코 시장까지 가서 반 호텐(VAN HOUTEN) 브랜드의 코코아 가루를 사오셨다. 이후 내가 공부하는 사이 틈틈이 간식으로 코코아를 타주셨다.

나는 매일 밤 생크림을 듬뿍 올린 코코아를 마셨다. 학원에 가기 전에 켄터키 프라이드치킨까지 먹어치우는 폭식을 하고, 학원에서 돌아오면 저녁밥도 꼬박꼬박 챙겨먹었다. 거기에 운동은 턱없이 부족했으니 중학교 입시 준비를 하던 시기에 급속도로 체중이 늘어났지만, 나는 전혀 신경 쓰지 않았다. 중학교도, 고등학교도 일관되게 여학교에 다녔는데 외모가 아름다운 주변 친구들을 보며 그제야 자신의 촌스러움을 알아차릴 정도였다.

그래도 나는 그 시절, 코코아를 마신 것을 후회하지 않는다.

달달하고 따뜻했던 고칼로리의 코코아가 없었다면 힘든 공부를 견뎌낼 수 없었을 것이다. 그 이후로도 나는 줄곧 코코아를 사랑한다. 《모유의 나라에서》라는 소설로도 쓸 정도로.

그러고 보니 반 호텐의 코코아를 너무 좋아한 나머지 나중에 일본의 수입 회사에 들어가려고 한 적도 있었다. 하지만 담당자의 "죄송하지만 한국 국적자는 시험 볼 자격이 되지 않습니다"라는 말을 듣고는 낙담하고 말았다. 1980년대 후반, 한국 국적자(외국 국적자)에게 취업은 여전히 어려웠다.

제조사, 금융, 상사 등 모조리 '일본 국적을 보유한 자'에게만 응모할 자격이 주어졌다. 입사 지원서(당시는 이력서)조차 낼 수가 없었다. 버블 경기로 한창 활황인 취업시장에서 주위 친구들이 차례로 취업 내정이 되었고, 미취업자였던 나는 홀로 남아 더 힘이 들었다. 이 사회에서 '나는 안 된다'는 사실을 철저히 깨닫게 되는 계기였다.

당시의 나는 한국 국적의 인간을 받아들이지 않는 사회가 잘못되었다고 생각하지 못하고, 그저 한국 국적인 내가 문제이고 나쁘다고만 생각했다.

세상이 나를 거부하는 일이 계속될 때, 삶은 정말 힘들어진다. 연애할 때도 일본인 남자친구가 "한국 국적이 문제"라고 해서 마음이 갈기갈기 찢기기도 했다.

이야기가 엇나갔으니, 다시 돌아가기로 한다.

찻집 '아이'에는 많은 추억이 깃들어 있다. 소학교 6학년 여름에 찻집을 통째로 빌려 반 친구들을 초대해서 생일 파티를 열었다. 소학교 3학년 때 언니가 죽고 난 이후로는 오로지 중학교 입시에만 매달려 공부했기 때문에 방과 후에 친구들과 놀러 다닌 적이 거의 없었다. 그렇게 친구도 적었던 나에게 그 생일 파티는 잊지 못할 추억이 되었다. 초대하지 않은 친구들도 왔지만 기분 좋게 모두를 환영했다.

당시에는 깊이 생각하지 못했지만 지금 생각해 보면 생일 파티에 초청을 받았는지, 못 받았는지에 대한 문제는 늘 학교 내 불화의 원인이 된다. 그런 이유로 우리 아이들의 유치원과 소학교에서는 생일 파티 금지령이 내려진 경우도 있었다.

'아이'를 회상하면 또 한 명의 외삼촌이 떠오른다. 상짱 아재의 형으로, 어머니의 바로 아래 동생인 휘남(輝男, 일본 음으로는 '테루오'—옮긴이) 외삼촌이다. 나는 '테로 아재'라고 불렀다.

테로 아재도 상짱 아재와 함께 '아이'에서 일했다. 테로 아재는 정신 질환을 앓고 있어 도립 마쓰자와 병원에 입원해서 모리타 요법(1900년대 초기에 불안과 신경증을 치료하기 위해 일본의 철학자이자 정신과 의사인 모리타 쇼마가 창시한 기법—옮긴이) 치료를 받은 적도 있었다. 당시에는 상태가 좋아서, 접객은 무리였지만 홀에서 일할 수는 있을 것 같다는 판단으로 그가 난생 처음 한 노동이 '아이'에서의 근무였다.

상짱 아재와 테로 아재가 파란 셔츠에 까만 나비넥타이를 매고 카운터 안쪽에 자리 잡고 있던 모습은 내 눈꺼풀 안쪽에 여전히 아로새겨져 있다. 두 사람 다 그다지 붙임성은 없었지만 웃는 얼굴을 보일 때도 많아 즐거워 보였다.

테로 아재는 일 년 정도 일하다가 그 뒤 다시 상태가 악화되어 '아이'를 그만두게 되었다. 그는 후나키 가즈오(일본의 가수, 영화배우—옮긴이)를 좋아했다. 그래서 가수가 되고 싶다는 꿈을 품고 고등학교 졸업 후 레슨을 다녔지만, 선생님한테 "조선인은 안 돼"라는 말을 듣고 좌절한 것이 계기가 되어 발병하게 된 것이었다.

할머니 집에 가면 테로 아재가 기분 좋았을 때 큰 소리로 노래를 부르던 모습이 기억난다. 기분이 나쁠 때는 대상도 없이 마구 호통을 친다. 며칠간 방에 홀로 틀어박혀 있을 때도 있었다.

2023년 4월에 일본에서 간행된 나의 책《자두꽃은 져도》에는 이은(李垠)의 여동생이며 조선왕조 마지막 황녀인 덕혜옹주가 나오는데,

그녀도 전쟁 직후 마쓰자와 병원에 입원했었다. 어쩌면 테로 아재와 겹치는 시기가 있었을지도 모른다.

덕혜옹주를 묘사할 때는 테로 아재가 생각이 나 집필이 자주 막히곤 했다. 테로 아재는 거의 20년 전, 60대에 사망했는데 마지막은 열쇠가 채워진 병동의 어느 방에서 숨을 거두었다.

사회로부터 외면당했던 조선인들에게 마음이 병드는 일은 드문 일이 아니었다.

다시 커피 이야기로 돌아온다.

중학생이 되어도 여전히 커피는 금지였다. 대학생이 될 때까지 안 되는 일이었다. 그러나 홍차는 마셔도 된다고 했다. 홍차도 카페인이 들어 있고 녹차도 마찬가지지만 어째서인지 커피만은 절대 금지였다.

상관없었다. 별로 마시고 싶지도 않았다. 실은 아버지가 그 당시 캔 커피를 사서 쟁여두고 매일 마시고 있어서 냉장고에 있던 캔 커피 하나를 슬쩍 빼서 마신 적이 있었다. 달디 달고 이상하게 시큼하면서도 쓴 그 맛이 내 입맛에는 아주 이상해서 '뭐야, 겨우 이런 맛이었어?' 하고 실망한 나머지 급속히 흥미를 잃고 말았다.

그렇게 커피에 대한 로망은 사라졌지만, 찻집에는 가보고 싶었다. 지금처럼 멋들어진 카페 느낌이 아니라 어디까지나 다방 느낌의 찻집. 가게에 들어서면 담배 연기가 피어오르는 그런 곳. 어른들만의 장소 같은 분위기. 어딘가 좀 나쁜 느낌을 풍기는 그런 점이 찻집에 끌렸던 이유일 것이다.

중학교와 고등학교 시절에는 정체성에 대한 갈등으로 무척 어두운 청춘을 보내고 있었다. 동아리 활동에도 집중이 안 되고, 공부는 싫고, 나도 싫고, 부모도 싫고, 한반도에 관해서는 생각하기조차 싫었다.

　이 암흑기는 길게 이어지다가 고등학교 1, 2학년 때 정점에 이르렀다.

　고등학교 1학년 어느 날, 나는 친구와 학교 수업을 빼먹고 요요기에 있는 한 찻집으로 갔다. 아마 '아이' 이후 첫 찻집이었던 것 같다.

　그곳은 예전 스타일의 체인점이었다. 그 찻집에서 친구가 가지고 있던 담배(분명 박하 맛이었다)를 난생처음으로 입에 댔다. 불량한 기분을 잔뜩 내면서.

　지금 생각하면 백주대낮에 세일러 복장을 한 채 당당하게 찻집에 앉아 담배를 피우고 있어도 문제가 되지 않았던 것은 그저 운이 좋았던 것뿐이다. 하지만 당시의 나는 스스로에게 취해 매우 만족스러웠다.

　그러나 학교 수업에 빠진 것이 곧바로 어머니에게 알려졌다. 몰래 파마한 것도 들통이 나고, 일명 세이코짱 커트(가수 마쓰다 세이코가 유행시킨 커트 형태—옮긴이)로 멋을 낸 머리를 붙잡아 마치 몬치치 인형을 닮은 원숭이 꼴처럼 강제로 머리칼을 잘라 버렸다.

　결국 이 일은 아버지에게도 알려져 한 대 얻어맞기까지 했다. 담배가 발각되지 않은 것이 그나마 다행이었다. 만약 그것까지 알았다면 틀림없이 한 대로는 끝나지 않았을 것이다.

　절대 권력자인 부모에게 대들지는 못했지만 나는 마음속에 불씨를 품고 있었다. 고등학교 2학년이 되자 그 배출구는 '그래, 차라리 남자애와 사귀어 버리자'는 목표로 향했다. 아마도 일종의 인정욕구가 이러한 형태로 나타났을 것이다.

당시는 인생에서 가장 자기긍정감이 낮고, 누군가에게 인정받는 데 필사적인 시기였다. 사이좋은 친구는 있었지만 정체성에 대한 동요는 친구가 이해해 줄 수 있는 것이 아니어서 불완전한 느낌이 지속되었다. 당시 나에게는 '이성을 사귄다는 건 인기가 있다는 것'이라는 인식이 있었기에 그런 식으로 자기긍정감을 높이고 싶었던 것이다.

나는 친구와 함께 남학교의 문화제를 방문했고, 드디어 데이트를 하게 되었다. 내가 먼저 말을 걸었는지, 상대방이 말을 걸어왔는지는 잘 기억이 나지 않지만 어쨌든 한 남학생과 알게 되었다. 핸드폰이 없던 시절이었고 집 전화는 부모님이 받게 되니, 미리 다음 주에 만날 시간과 장소를 정해두었다.

정숙하고 엄격한 여학교에서는 남학교의 문화제에 간 것만으로도 이미 '노는 아이'라고 찍히게 된다. 게다가 데이트까지 들통이 나면 뒷말이 나오는 것은 피할 수 없는 일이었다. 하지만 나는 '될 대로 되라지' 하는 심정이었다.

"저 애, 한국인인가 봐!"

나를 두고 이런 소문이 도는 것도 잘 알고 있었다. 그래서 이제 어떤 말을 들어도 상관없다고, 어차피 나 따위는 모두들 무시할 거 아니냐며 나도 정색해서 욱한 심정이 되고 말았다.

첫 데이트는 당시 막 유행하던 카페바(다방과 바 등을 겸한 가게—옮긴이)에서였다. 마돈나의 뮤직비디오가 흘러나왔다.

우리의 첫 만남은 토요일 저녁 시부야에서였다. 서로 교복 차림으로 만났다. 나는 잔뜩 긴장한 나머지 주문도 얼떨결에 상대방과 똑같은 것으로 했다. 그 남자아이는 밴드에서 베이스를 치던 아주 멋진 애였는데, 여자애에게 익숙하지 않은지 거의 말을 하지 않았다.

침묵이 흐르고 드디어 우리 앞에 나온 것은 아이스커피였다. 커피는 너무 써서 시럽과 우유를 넣어야 겨우 마실 수 있었다. 아이스커피를 빨대로 다 마신 후에는 그대로 얼음을 입에 넣고 '아이'에서 그랬던 것처럼 오도독 오도독 씹어 먹기 시작했던 것 같다. 무의식적인 행동이었는지, 스스로도 알아차리지 못했다.

"얼음을 씹어 먹다니, 너 참 별난 애구나"라고 싸늘한 눈빛으로 쳐다보며 그 아이가 말했다.
"나는 밀크티 같은 걸 먹는 애가 좋거든"이라고.

그와의 만남은 그걸로 끝이 났다.

고등학교 시절에는 입시학원에서 남사친이 생겼지만 '남자친구'는 생기지 않았다. 뭐 촌스러운 데다가 시종일관 분위기를 내뿜고 있었으니 당연한 결과겠지만.

그 후 커피 해금을 맞은 대학생이 되서도 나는 계속 홍차파였다. 커피를 전혀 마시지 않은 것은 아니었지만 자진해서 주문하는 경우는 거의 없었고, 선택지가 있을 때는 커피 말고 다른 음료를 시켰던 것 같다. 코코아가 있다면 주저 없이 주문하고 싶었지만 대부분 메뉴에 없었고 칼로리도 걱정되기 시작했다.

그럼 언제부터 커피를 잘 마시게 되었냐고? 결혼하고 나서부터였다. 전남편이 커피 전문점에서 아르바이트를 했던 경험이 있어 가끔씩 커피콩을 갈아 드립 커피를 내려주었다.

'처음에는 스트레이트로, 다음엔 설탕을 넣어서, 마지막엔 크림을 넣어서' 마시면 커피가 맛있다는 사실도 처음 알게 되었다. 결국엔 이혼했지만 커피를 음미하는 법을 알려준 것에 대해서는 그에게 감사한 마음이다. 덕분에 그릇에도 흥미를 가지게 되어 도자기에 그림을 그리는 것까지 배우기 시작했다. 에스프레소용 데미타스 컵에 작은 꽃무늬를 그려 넣었다.

최근에는 네스프레소 커피 머신을 사서 집에서 에스프레소를 마시고 있는데, 내가 문양을 그린 컵을 자주 애용하고 있다. 에스프레소에는 우유나 아몬드 밀크, 두유, 오트 밀크 등을 섞기도 하고 드립 커피를 스트레이트로 마시기도 한다.

아, 2022년도 말부터 2023년도 초에 걸쳐 떠난 베트남 여행에서 나는 진한 커피에 연유를 탄 베트남 커피에 반하고 말았다. 너무 마셔서 마지막 날에는 배탈이 날 정도로.

나는 아무래도 극단적인 부분이 있는 것 같다.

물론 현지에서 커피콩을 사왔기 때문에 집에서도 베트남 커피를 만들어 보았지만 아무래도 현지에서 맛본 것과는 사뭇 다른 맛이었다.

에너지가 넘치고 잘 정돈된 베트남에 다시 가고 싶다. 그곳에서 최상의 베트남 커피를 마시고 싶다.

몇 년 전 겨울이었다. 소설 《바다를 안고 달에 잠들다》 취재차 아버지와 함께 아버지 고향인 삼천포를 방문했을 때 아버지 본가 옆에 고풍스런 찻집, 말하자면 다방이 있었다. 거기서 아버지가 국민학교 동창생과 만나는 자리에 나도 동행했다.

다방 안에는 말린 고추나 화투가 놓여 있었고 바둑을 두는 할아버지들도 계셨다. 커피를 주문하자 다방의 마담이라고 하기에는 조금 어색한 할머니가 인스턴트커피를 내왔다. 그 커피는 추위에 얼어버린 입술을 부드럽게 풀어주었다.

예전의 다방은 여종업원이 배달을 가장해서 성적인 서비스도 했던 음성적인 부분이 있었다. 그래서인지 우리 아버지는 찻집을 경영하고 있었는데도 내가 대학생일 때 케이크 가게 형태의 카페에서 아르바이트를 하려고 하자 불호령을 내렸다. "다방이라니! 물장사는 안 돼!"라고 꾸짖으며 절대로 허락해 주지 않았다.

아버지에게 찻집은 다방의 이미지가 강하게 연결되어 있었을 것이다. 그러나 아버지의 본가 근처에 있었던 다방은 이젠 완전히 고령자들의 쉼터가 되어 있었다. 마을에는 스타벅스도 생겼지만 그 다방에서만큼은 시간이 영원히 멈춘 것 같았다. 나는 찻집 '아이'가 떠올랐다.

아버지의 고향에서는 친척들이 끊임없이 음식 대접을 해주었다. 집에서 먹을 때도 있었지만 밖에 나가 식당에서 먹을 때도 있었다. 아나고(붕장어) 구이 집에는 세 번이나 갔었다. 삼겹살을 구워 먹을 때 사용하는 것과 비슷하게 생긴 철판에 잘 구운 아나고를 상추에 싸서 먹는다. 맛이 일품이다.

가게의 출입구 부근에는 뜨거운 물을 바로 부어 마시는 스틱형 커피가 반드시 있다. 친척분들도 식사가 끝나면 종이컵에 커피를 넣고 뜨거운 물을 부어서, 나의 의사 따윈 묻지도 않고 곧장 커피를 건넨다. 그런데 그 커피 맛이 또 깊다. 식사가 끝나고 마지막 입가심으로 마시면 친척들의 훈훈하고 소박한 마음이 따뜻하고 달달한 커피와 함께 마음에 살며시 스며든다.

한국 체류 중에 상짱 아재가 인두암으로 사망했다는 연락을 받았다.
나는 아버지께 청해 다시 한 번 다방으로 갔다. 우리 외에는 달리 손님도 없는 조용한 다방에서 아버지와 마주보고 조용히 인스턴트커피를 마셨다.
이런 맛이었던가! 이번에는 그다지 맛이 없었다. 나는 생크림이 가득 올라간 코코아와 제빙기의 얼음을 아련하게 떠올렸다.

2024년 4월에 4년 만에 서울을 방문했다.
한국 사람들은 커피를 열렬히 사랑한다. 어째서인지 한겨울에도 아이스 아메리카노를 고집스레 마신다고 한다. 스타벅스가 지하철 출구 쪽에 있는지의 여부에 따라 땅값이 달라진다고도 하고, 지금은 오가닉이나 자가 로스팅도 늘었다고 한다. 이렇게 커피를 둘러싼 여러 가지 이야기를 들었다. 확실히 스타벅스는 어디에나 있었다. 멋있고 특색 있는 카페나 커피 전문점도 서울 시내에서 많이 발견했다. 그리고 커피는 도쿄보다 좀 더 비쌌다.

《자두꽃은 져도》의 무대가 된 덕수궁에 갔다. 덕수궁에서부터 이어지는, 고종이 일본의 지배와 조선왕조의 종언을 근심하며 눈물을 흘리며 지나갔다는 길도 걸어보았다.

그곳에는 멋들어진 카페가 줄지어 들어서 있었고 커피를 즐기는 사람들로 넘쳐났다. 길가에는 일본의 봄을 상징하는 벚꽃과 한국의 대표적인 봄꽃인 개나리가 아름다운 자태로 흐드러지게 피어 있었다.

이은의 아버지인 고종은 커피 애호가로 유명하다. 돌아가시기 직전에 입에 댄 것도 커피였다. 그 커피에 독이 들어 있었을 거라는 의혹도 있지만 진실은 알 수가 없다.

고종의 서거는 3·1 독립운동의 계기가 되었다.

서울 대학로의 카페들은 민주화를 갈망한 학생들의 모임장소였다고 들었다.

역사에 등장한, 그리고 지금도 현실 역사에 참여하고 있는 커피. 그리고 찻집과 카페.

'아이(相)'라는 글자는 대화를 하는 것이라고 나는 해석한다.

나는 앞으로도 나 자신이나 다른 누군가와 계속해서 대화를 나누며 커피를 마시고 싶다. 가능한 한 조금 더 살기 좋은 세상이 되기를 바라면서.

일본과 한반도 사이에서.

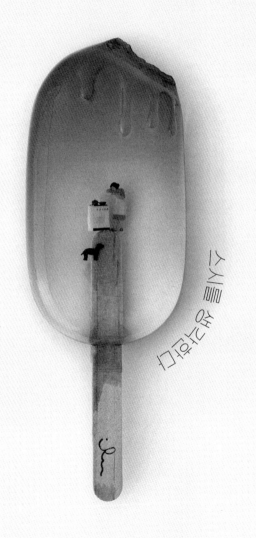

아이의 흔적인가

내가 좋아하는 요리 순위에 반드시 들어가는 스시지만, 사실 꽤 오랫동안 피해왔던 요리 중 하나였다. 생선을 싫어하는 것은 아니었다. 오히려 사시미는 내가 무척 좋아하는 음식이다. 그러니까 스시의 맛 자체가 싫은 것은 아니다.

하지만 해외에서나 또는 일본에서도 "일본에서 사니까(또는 일본인이니까) 당연히 스시는 좋아하겠지"라는 말을 들으면 심기가 불편해진다. '한국인이니까 당연히 김치를 좋아하겠지'라고 생각하는 스테레오타입의 강요에는 아주 넌덜머리가 난다.

스시에 대한 마음은 사람마다 달라도 괜찮지 않을까?

내가 아주 어렸을 때, 스시는 일상적으로 먹는 음식은 아니었다. 지금처럼 저렴한 스시 체인점도 없었고 외식도 별로 하지 않는 문화였다. "스시를 주문합시다!"라는 말은 축하할 일이 있거나 중요한 손님이 오셨을 때만 나오는 말이었다. 한마디로 스시는 특별할 날만 배달시켜 먹는 음식이었다.

7월 초순경의 날씨는 쾌청하고 더웠다. 소학교에서는 수영 수업이 있었는데 언제나 참여는 못 하고 지켜보기만 하던 언니가 5학년이 되었을 때 처음으로 학교 수영장에 들어갈 수 있었다. 언니도 엄마도 무척이나 기뻐했다. 다른 애들과 함께 수영장에 들어가는 것을 언니는 언제나 갈망하고 있었다.

지금 생각해 보면 그날은 아마 토요일이었던 것 같다. 그때 우리 집에는 나이 차가 그다지 나지 않는 외가 쪽 사촌 셋이 놀러 와 있었고, 내가 아주 좋아하는 상짱 아재도 와있었다.

당시 3학년이었던 나는 왁자지껄한 손님들의 방문에 천진난만하게 들떠 있었다. 게다가 평소에는 먹을 기회가 거의 없었던 스시까지 주문하자, 어린 마음에 '이런 것이 행복이라는 것일까……' 하고 막연하게나마 생각했던 것 같다.

평소에 음식을 가려먹던 언니도 고추냉이를 뺀 초밥 1인분을 거의 다 먹었다. 이 모습을 본 어머니는 놀라면서도 무척 기뻐했다. 그날 언니가 수영장에 들어간 것은 상태가 꽤나 좋았기 때문이었다. 그날은 언니가 수영장에도 들어갔고 기운도 있어 보여서 어머니는 '어쩌면 이대로 차도가 있지 않을까'라는 희망을 품었을 것이다.

언니는 선천성 심장병을 앓고 있었다. 정식적인 병명은 팔로 사 징후라고 한다.

좌우 심실을 나누는 심장 벽에 커다란 구멍이 나서 전신에 혈액을 보내는 대동맥이 좌우 심실에 걸쳐 있게 되어, 폐에 혈액을 보내는 폐동맥 좌실 출구가 폐동맥판막과 함께 좁아짐으로써 좌우 심실의 압력이 같아져 우심실이 비대해진다는 네 가지의 특징을 가진 선천성 난치병이다.

주요 증상으로는 정맥의 혈액이 대동맥으로 새기 때문에 혈액 중 산소가 부족해서 치아노제(혈액 중 산소가 결핍되어 피부나 점막이 푸르뎅뎅하게 변하는 증상. 일명 청색증—옮긴이) 상태가 되어 종종 숨을 헐떡이거나 호흡곤란, 경련 등의 발작을 일으킨다.

언니는 심장외과 영역에서 당시 최첨단 기술을 가진 도쿄여자의대 병원에서 치료를 받았다. 이 병에는 수술과 근치수술이라는 큰 수술이 필요했는데, 언니는 그 두 수술을 이미 받았었다.

언니가 수술과 발작으로 입원을 반복했기 때문에 우리 집은 언니 중심으로 생활이 돌아가고 있었다. 나와 언니는 3살 차이로, 나는 태어나서 곧바로 유아원에 보내졌다. 언니의 잦은 입원으로 엄마는 늘 언니 곁을 지켜야 해서 나를 돌볼 수 없었기 때문이다.

아버지는 민족단체 사람들과 함께 한국의 민주화운동과 김대중 씨를 지원하느라, 나중에는 사업으로 바빠 나를 돌볼 수가 없었다(아버지 이야기는《바다를 안고 달에 잠들다》에서 소개했다). 그런 상황에서 나는 외가나 동급생의 집, 아버지 지인의 집 등 여러 집을 전전해야 했다.

무거운 책가방을 짊어지고 어른들로 가득 찬 전철을 혼자서 타는 것이 너무너무 싫었던 기억, 친구들이나 아버지 지인의 집에서 어떻게 행동해야 할지 몰라 당황스러웠던 기억, 외가에서 정신질환을 앓고 있는 테로 아재가 소리를 지르는 모습이 너무 무서웠던 기억 등이 아직도 선명하게 남아 있다.

언니는 1년 늦게 소학교에 입학했지만 통원이나 입원, 병증 악화 등으로 학교를 자주 쉬었고 평소에도 기력이 없어서 학습을 따라가기가 어려웠다. 게다가 체육 수업은 언제나 지켜보기만 해야 했다.

그렇게 다른 아이들과는 확연히 달랐던 우리 언니는 딱 좋은 이지메(집단 따돌림) 대상이 되었다. 치아노제 상태가 되면 발작이 일어나 생명이 위험하기 때문에 달리면 안 되는데 친구들이 일부러 달리게 하거나, 급식으로 나온 우유의 종이 빨대를 먹이거나 개흉 수술 때문에 생긴 가슴의 흉터를 보고 '프랑켄슈타인'이라고 부르며 조롱하는 등등 지금 생각해도 가슴이 미어지는 일들이 늘 있었다.

이런 일들을 알게 되면 어머니는 격노해서 담임선생님께 항의했지만 이 사태를 진지하게 대하지 않자, 직접 가해 주동자 집으로 쳐들어간 적도 있었다. 그 당시 일본 이름을 사용하고 있었고 주변에는 한국인임을 숨기고 있었는데도 "한국인 주제에!"라는 소리에 반발하지도 못하고 집으로 돌아온 어머니가 분해서 펑펑 울던 기억도 또렷하다. 끊이지 않는 사건·사고에 아버지의 개입이 없었던 것은 왜일까. 자세한 내막은 알 수 없지만 언니를 지키려고 늘 싸웠던 사람은 언제나 어머니였다.

2학년 아래였던 나도 언니가 괴롭힘을 당하고 있던 모습을 보게 된 적이 있다. 쉬는 시간에 교정에서 어느 여학생이 언니의 필통을 빼앗아 달아나면서 언니가 따라오게 만들었다. 그 모습을 목격한 1학년의 나는 언니를 도와주지 못하고 그 자리에서 도망치고 말았다.

그 당시 나는 집안이 늘 언니 중심으로만 돌아가고 내게는 소홀하다고 느끼고 있었다. '우리 집은 언제나 언니만 챙기지!'라는 삐뚤어진 생각으로 가득 찬 아이였다. 아직은 어려서 언니가 '뛰면 안 된다는 것'은 알고 있었지만 그게 생명을 위협할 정도라고는 이해하지 못한 상태였기에 '쌤통이다!'라고까지 생각했다.

언니는 내게 무척이나 다정해서 언니를 전혀 싫어하지 않았고 언니에게 멋대로 굴지도 않았다. 하지만 언제나 모든 사람들이 언니만 소중히 여기는 것이 부러워서 견딜 수가 없었다. 언니가 입원했을 때 도쿄여자의대로 병문안을 가면 바로 옆에 있던 후지 텔레비전의 어린이 방송 〈핑퐁팡〉의 스태프가 소아병동에 자원봉사로 와 있는 것을 보고도 질투가 났다. 거기다 비싼 과일과 꽃, 장난감, 인형, 번쩍거리는 문구들, 재미있어 보이는 책들, 이 모든 병문안 선물을 받는 언니와 내가 서로 바뀌었으면 좋겠다고 생각하기도 했다.

그래서 나는 다치지도 않았는데 붕대를 두르고, 몹시 건강한데도 수은 체온계를 살짝 조작해서 열이 있는 것처럼 행동하거나 다리를 절기도 했다. 이런 꾀병으로 어머니의 관심을 유도했던 것이다. 그럴 때마다 심하게 야단만 맞았지만 당시의 나는 나름대로 필사적이었다. 지금 생각해 보면 그때의 나는 밉상 맞고 까다로운 아이였음이 분명하다.

게다가 일본 이름이라고 해도 나는 어딘지 한국스러운 이름인데 언니는 괴롭힘을 당하지 않도록 배려해 지극히 일본스러운 이름을 가진 것도 마땅치 않았다. 반면에 일본식 여자 이름 말미에 붙이는 '~코'가 들어간 이름들 사이에 내 이름만 유독 튀는 것은 싫지만, 반대로 무슨 일이 있을 때는 나 혼자 주목을 받고 싶고 내가 우선시되지 않으면 기분이 나빠질 때도 많았다.

언니가 억지로 뛰었던 그날, 결국 치아노제로 인한 발작으로 다시 입원했기 때문에 나는 외가로 보내졌다. 다시 친척집으로 가야 하나 싶어 풀이 죽어 '그때 달리기를 멈추게 했어야 했는데……' 하고 진심으로 후회했다.

다음 해, 수술이 끝나고 퇴원해서 얼마 지나지 않아 언니가 잠시 동안 휠체어로 통학을 하게 되자 나는 언니와 함께 붙어 다니게 되었다. 그러던 어느 날, 학교 수업이 끝나고 집에 돌아가려는데 휠체어가 신기했던지 언니 주변에 반 친구 몇 명이 모여 있었다. 그중에는 언니를 뛰게 만들었던 여자아이도 있었다.

휠체어를 밀어주던 아이는 언니와 친했던 몇 안 되는 반 친구 중 한 명이었다. 언니에게 호의적이고 헌신적으로 돌봐주는 상급생이 있다는 사실에 순간 간이 커져버린 나는 언니를 뛰게 만들었던 아이를 향해 당돌하게 외쳤다.

"우리 언니 괴롭히지 마!"

나는 앞서 밝혔듯이 결코 좋은 아이가 아니었다. 오히려 성격이 삐뚤어진 데다 심술궂고 기가 세서 우리 반에서도 미움을 받는 편이었다. 사이가 좋은 아이들끼리 뭔가 할 때면 난 언제나 홀로 남았다.

이때도 정의감에서 나온 말은 아니었다고 생각한다.

그럼, 스시를 배달시킨 그날로 되돌아가자.

언니는 상짱 아재와 레코드 가게에 가서 EP(1분간 45회전, 지름 17센티미터의 레코드. 가운데 구멍이 비교적 커서 '도너츠 판'이라고도 불린다—옮긴이) 레코드를 사왔다.

언니가 집으로 돌아왔을 때, 나는 사촌과 노는 데 정신이 팔려 있었다. 무슨 놀이였는지는 자세히 기억이 나지 않지만 사방팔방으로 뛰어다니는 놀이였다. 그런 놀이는 뛰지 못하는 언니가 평소에는 할 수 없는 놀이라 나는 더 신이 나서 흥분해 있었다.

그래서 언니가 "히데키의 레코드 사왔어"라며 레코드를 건네주었을 때, 그렇게 놀이가 중단되는 것에 화가 났다. 뿐만 아니라 상짱 아재가 나에게는 레코드 사주는 것을 허락해 주지 않던 어머니가 언니한테는 허락하고, 또 그걸 들고 집으로 돌아와도 아무 말도 하지 않는 것을 보고 '이건 정말 너무해!'라고 분개했다.

나는 받아든 레코드를 주변 아무데나 던져놓고 어머니 몰래 발로 걸어차고 말았다. 언니가 슬픈 듯 그 레코드를 주워들었을 때는 아무리 성격이 고약한 나라고 해도 마음에 걸렸다. 하지만 곧바로 놀이로 돌아가 다시 신나게 뛰어다녔다.

스시를 먹기까지 언니가 어땠는지는 잘 기억나지 않는다. 식탁을 둘러싼 모습도 기억에 없다.

그러나 언니가 스시를 먹고 나서 스시가 담겼던 상자에 심하게 구토를 하던 모습은 슬로모션으로 머릿속에 새겨져 있다. 언니는 곧 호흡 곤란에 빠져 의식불명이 되었고, 구급차가 와서 들것에 실려 나갔다. 나는 마치 텔레비전 드라마를 보듯 눈앞에서 벌어지는 일을 현실감 없이 바라보았다.

언니는 집중치료실에 들어가고 엄마는 병원에 머물렀다. 나는 사촌 집으로 보내졌다.

사촌 집에 맡겨진 것은 처음이었는데, 우리는 매일 같이 노는 데 바빴다. 제한이 많은 우리 집이나 그때까지 맡겨진 곳들과는 다르게 사촌 집에서는 아무 눈치도 보지 않고 지낼 수 있었고 별로 야단을 맞지도 않았다. 그야말로 내 마음대로였다. 사촌 집에서 계속 지내고 싶었다. '이대로 언니의 입원 생활이 길어지면 좋겠다'고 바라기까지 했다.

언니가 입원한 채 1학기 종업식을 맞았다.

나는 어머니가 시키는 대로 언니를 대신해 5학년 교실로 가서, 언니 자리에 앉아 언니의 성적표를 받았다. 언니의 담임선생님은 "참 대견하구나"라고 얘기해 주셨지만 상급생 오빠 언니들로부터 주목을 받게 되어 무섭기만 했다. 내가 소리쳤던 대상인 그 언니가 나를 노려보는 것 같아서 얼굴을 들 수가 없었다.

종업식 다음 날이자 여름방학 첫날, 언니가 구급차로 실려 간 지 13일이 지난 후였다. 사촌 집에서 놀고 있었을 때 전화가 걸려왔다. 평소에는 엄마가 전화를 걸어도 숙모와만 통화했는데, 그날은 드물게 나에게도 전화를 받으라고 했다.

나는 그때도 한창 재미있게 놀고 있던 참이라 전화 받기가 귀찮기만 했다. 쭈뼛쭈뼛 수화기를 들어 귀에 대자, 전화기 너머로 흘러나온 것은 아버지의 목소리였다.

"언니가 죽었다."

언니는 의식불명인 채로 숨을 거두었다고 한다.

나는 그 말의 의미를 이해할 수가 없었다. 언니가 죽다니? 상상도 못 해 본 일이었다. 부모님도 언니가 죽을 병에 걸린 거라고는 말해주지 않았다. 언제나 그랬던 것처럼 이번에도 퇴원해서 돌아올 거라고 믿어 의심치 않았다.

그 뒤로 언니의 장례식까지의 기억은 통째로 날아가 버렸다.

전화를 받은 뒤로는 교회에서 관 속의 언니를 대면했던 일이 생각날 뿐이다. 언니의 손을 만져 보니 무서울 정도로 차가웠다. 눈을 감은 얼굴은 내가 알던 언니와는 다른 사람으로 보였다. 마치 인형 같았다.

나는 전혀 울지 않았다. 주변에서는 나를 '차가운 아이'라고 생각했을 것이다. 사촌들은 꺼이꺼이 소리를 내며 울었고, 주위 어른들도 흐

느끼며 울었다. 아버지의 통곡하는 모습을 그때 처음 보았다. 어머니의 눈물은 마를 새가 없었다.

그런데 나는 왜 울지 못했을까.

마치 감정이 얼어붙은 듯했다.

스시는 언니가 마지막으로 먹은 음식이었다. 스시를 토하던 모습이 내가 본 언니의 마지막 움직임이었다.

스시는 언니가 준 레코드를 차버린 내 태도를 떠올리게 한다. 언니가 계속 입원해 있기를 바랐던 나 자신이 싫어서 견딜 수가 없다.

그래서 나는 스시를 피했다.

그러나 스시와 언니의 죽음은 어머니에게 있어서는 연관이 없는 듯, 우리 집에서는 그 후에도 무슨 일이 있으면 아무렇지도 않게 스시를 배달시켜 먹었다. 내가 먹다가 남기면 편식이 심하다고 야단을 맞았다. 왜 안 먹느냐고 물어도 나는 좀처럼 대답을 할 수 없었다.

그렇게 가능한 한 스시로부터 거리를 두려고 애쓰며 살아왔지만 결혼한 상대가 스시를 좋아해서 가끔씩은 먹게 되었다. 그러나 적극적으로 먹고 싶은 마음은 역시 들지 않았다.

그런데 아들이 소학교 1학년이었을 무렵부터 계속 "회전 초밥 먹으러 가고 싶어!" 하고 졸라댔다. 친구들한테 회전 초밥에 대해 듣고 나서 가고 싶어진 모양이었다.

나는 어쩔 수 없이 아들과 딸을 데리고 회전 초밥 가게를 다니게 되었다. 의기양양한 모습으로 "연어초밥, 와사비 빼고!", "낫토마키!"라고 주구장창 반복하는 1학년 꼬마 아들은 다 먹은 접시를 가득 쌓아두곤 아주 만족스러워 했다. 유치원생인 딸은 계란말이나 가라아게(닭튀김)를 앞에 두고 방긋방긋 웃었다.

아이들의 웃는 얼굴 덕분에 나의 스시에 대한 추억은 서서히 새 기억으로 덧씌워졌다. 덕분에 지금은 어느덧 스시에 대한 저항감이 사라지고 오히려 스시가 좋아졌다.

10년 정도 전에 《푸름과 붉음》이라는 소설의 취재차 한국에 갔을 때 '갓파스시(회전초밥 체인점)'를 발견하고 기뻤던 기억이 난다. 한국 체재 기간이 길어지면 매운 음식을 계속 먹게 되어서 오래간만에 스시를 먹으니 마음이, 속이 다 풀리는 느낌이었다.

지금 서울에는 가성비 좋은 스시 가게부터 고급 가게까지 스시 전문점이 많다. 권력자가 고급 스시를 먹으면서 나쁜 계략을 꾸미거나, 변호사가 사 온 스시를 법률사무소에서 먹는 장면 등등 한국 드라마와 영화에서도 스시는 자주 등장한다.

스시는 한국에서도 대인기다. 부산에 사는 친가의 사촌 여동생도 코로나 팬데믹 전에는 늘 후쿠오카나 오사카로 와서 스시를 먹곤 했다.

2023년 4월에 서울에 갔을 때, 일하는 젊은 여성들 사이에서 스시 오마카세가 유행한다고 들었다. 일본에 와서 본고장의 오마카세를 먹고 싶어 하는 사람들도 많다고 한다.

열심히 일해서 번 돈으로 자신을 위한 포상의 의미로 먹는다는 것이다. 자신을 위한 포상에는 호텔의 애프터눈 티나 고급 브랜드 물건을 구입하는 소비행동도 포함되는 것 같다. 그러고 보니 샤넬 매장 입구에 긴 줄이 있는 것을 본 적이 있다.

학력 경쟁사회에서 살아남기 위해 뼈를 깎는 노력을 해온 여성들이 피곤함에 지쳐 그런 식으로 자신을 위로하는 것 같다. 브랜드 상품을 SNS에서 언박싱하는 것도 일상적으로 보여지는 현상이다.

그러나 그러한 현상은 한국 남성들의 여성 혐오에 불을 붙이는 원인으로도 작용한다. 자신은 군대에 들어가서 고생하는데 여자들만 즐기고 있다니! 이런 분노가 근저에 있는 듯하다.

한편, 지금 한국에서는 메르세데스 벤츠, BMW 등의 고급 외제차나 고급 대형 SUV 차를 대출로 사는 사람들도 늘었다고 한다. 그러고 보니 서울에서는 외제차나 SUV 차가 특히 많다고 느꼈다.

자본주의가 극에 달하고 사람들이 피폐해져 간단하게 채울 수 있는 물질에 대한 만족으로 쏠리는 것이 아닐까. 일본에서도 이와 비슷한 풍경을 버블 경제 시대에 본 것 같지만, 지금도 그 흔적은 남아 있다.

격차는 커져만 간다.

한국도 그렇고, 일본도 그렇고.

우리들은 어디로 향하고 있는 것인지 불안해진다.

그런 걱정을 하면서도 가끔은 아름다운 것을 갖고 싶은 유혹에 저항하기 힘든 나를 발견한다.

얼마 전에 서울에 사는 친구가 도쿄에 왔다. 스시 가게에서 함께 오마카세 코스를 즐겼다. 나는 평소에는 오마카세를 좀처럼 먹지 않는다. 조금 호화스러웠지만 스시는 최상의 맛이었다. 접시에 담는 모양도 예술적이고 그릇도 아름다웠다. 친구와는 한국과 일본의 여러 가지 이야기들을 하면서 특별한 시간을 보냈다.

이렇게 나의 스시에 대한 추억이 멋지게 또 한 겹 덧씌워졌다.

코로나가 잦아들자 한국에서 일본으로 오는 관광객도 급증했다. 언젠가 한국인 관광객을 대상으로 어느 식당에서 고의로 대량의 와사비를 넣어 스시를 만들어준 사건이 있었다.

이런 건 결코 용서받을 수 없는 일이다.

스시라는 음식에 대한 추억이 인종차별주의나 혐오의 기억으로 이어지는 일이 두 번 다시 일어나지 않도록 간절히 기원한다.

나쁜 기억을 좋은 추억으로 덧씌우는 데는 참으로 길고 긴 시간이 걸리니까.

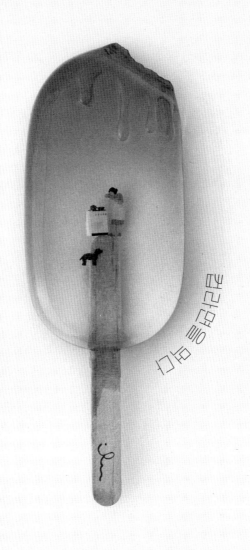

달려라 하드보드

나에게 컵라면이란 제대로 된 식사가 아니라 뭔가를 많이 생략한 먹거리, 대충 만든 음식, 요리를 못하는 사람을 위한 음식, 또는 시간이 없을 때 간단히 때우거나 급할 때 먹는 음식이라는 인상이 강하다.

일본의 대표적인 라면 회사인 닛신의 컵라면은 아사마 산장 사건(1972년 2월 19일, 일본 나가노현 아사마 산장에서 일본 적군의 일부 세력인 연합적군이 벌인 인질극을 말한다—옮긴이)에서 경찰관이 먹고 있던 것이 텔레비전에 비쳐 보급됐다는 에피소드도 있다. 그래서 내 세대나 더 윗세대들에게 컵라면은 '밖에서 간단하게 먹는 것'이라는 이미지가 더 각인되어 있지 않을까 싶다.

요즘의 컵라면은 상품 개발도 왕성해 여러 종류가 나와 있고 편의점이나 슈퍼마켓 진열대에는 항상 가득 채워져 있는 필수품이다. 게다가 연구에 연구를 거듭해 개발된 신상품은 언제나 눈길을 끈다.

노포로 유명한 가게의 맛을 재현한 라면도 있고 다른 나라의 전통적인 맛도 맛볼 수 있어서 더 이상 간단식, 임시방편의 먹거리라는 위치는 아닌 듯하다. 그리고 '인스턴트 식품은 몸에 나쁘다'는 고정 관념을 깨는 건강과 영양을 배려한 컵라면들도 있다.

그동안 나는 컵라면을 먹거나 아이들에게 줄 때마다 그다지 공들이지 않은 먹거리라고 생각해왔기 때문에 죄책감에서 도망치지 못한 시기가 꽤나 길었다. 스시 정도까지는 아니었지만 컵라면을 보면 언니의 죽음이 떠오르는 것도 어쩔 수 없었다.

언니가 죽은 것은 1975년 7월 21일의 일이었다. 장례식을 끝내고 유골이 된 언니가 집으로 돌아왔다.

그 즈음 우리 집은 도쿄도 시나가와구 하타노다이의 단독주택에서 임대로 산 지 얼마 지나지 않았을 때였다. 1층에는 거실 겸 식당으로 쓰는 방과 일본식 다다미방이 있고, 2층에는 다다미방을 포함한 방 세 개가 있는 구조로 아주 작은 정원도 딸려 있었다.

그전에 살던 집은 방 2개에 주방과 식당이 있는 주인집 2층을 빌려 살았다. 태어난 지 얼마 안 된 여동생을 포함한 다섯 가족이 좁게 살고 있었기 때문에 이제 더 넓은 2층집 단독주택에 살게 되어 너무 기뻤다 (그러나 언니가 발작을 일으킨 그 집에서는 반년 후 이사하고 말았다).

언니의 유골은 2층 아이들 방 옆에 있던 일본식 다다미방에 모셨다. 작은 책상 위에 하얀 천이 드리워진 제단을 만들고 나무로 된 십자가와 언니의 영정 사진, 유골을 나란히 놓고 양초를 세웠다. 그때 우리 집은 가족묘 자리가 없었기 때문에 유골은 한동안 그곳에 있었다.

친가의 묘지는 한국에 있었고, 아버지는 언젠가 한국으로 돌아갈 생각이었기 때문에 일본 땅에 묏자리를 구해야 한다는 생각이 그때까지는 없었던 것이다.

어머니는 묵주를 쥐고 제단 앞에 앉아서 아직 갓난아이인 여동생을 재워놓고 날마다 울었다.

'눈물이란 게 저렇게 끝없이 계속 나올 수 있는 거구나.'

나는 미닫이문을 사이에 둔 아이들 방에서 어머니가 오열하는 소리를 들었다. 어머니는 제단이 있는 방에서 하루의 대부분을 보냈다. 울지 않을 때는 성경책을 읽거나 초점 없는 눈으로 그저 가만히 앉아 있었다.

때마침 학교는 여름방학 중이었지만, 나는 상중이라 밖으로 놀러 나가지도 못했고 친구들과도 만날 수가 없었다. 부모님은 학교 교정에서 매일 아침에 하던 라디오 체조에도 나가지 못하게 했다. 하물며 언니의 발작 원인이었을지도 모르는 수영장에 들어가는 것은 금지가 되어 수영장이 개방되어도 수영을 할 수가 없었다.

너무나 심심했던 나는 옆방에서 어머니의 기척을 느끼며 책을 읽거나 침대 위에서 헛된 망상을 하거나 이야기를 지어 내며 놀았다. 가끔씩 아래층 거실에서 텔레비전을 틀어보았지만 재미있는 방송은 별로 없었다. 그래서인지 텔레비전을 오래 보았던 기억은 별로 없다.

나는 침대 위에 누워서 귀를 막고 내가 만든 상상의 세계로 도망쳤다. 현실로 돌아오면 이따금 동생을 돌보기도 했다. 어머니가 시켜서 하루에 세 번은 제단 앞에 앉아 있었는데, 언니의 영정 사진과 유골을 똑바로 쳐다볼 수가 없었다. 기도문을 재빨리 외우고 일어나서 나가려고 하면 어머니가 깊은 한숨을 쉬거나 미간을 찌푸리며 나를 쳐다보았기에 그것도 힘겨웠다.

식사 때만 어머니를 마주볼 수 있었지만 그 식사도 아침은 맨 식빵에 우유, 점심과 저녁은 컵라면뿐이었다.

컵라면과 다른 먹거리는 어머니가 시켜서 근처 슈퍼마켓으로 사러 갔다. 아직 한 살도 채 안 된 8살 아래의 동생을 위한 분유까지 장바구니에 넣어 계산대로 가져가면, 계산대 아줌마가 "심부름도 하고 참 훌륭하네"라고 칭찬해줘서 그럴 때는 꽤나 득의양양했었다.

컵라면의 종류도 다양하게 출시되고 있어서 매일 여러 회사의 컵라면을 골라서 샀다. 먹어보지 못했던 것들을 고르는 것도 재미있었지만 '어머니의 마음에 들지 어떨지'가 중요한 요소였기 때문에 약간의 긴장감을 동반한 쇼핑이었다.

당시 인스턴트 봉지라면도 종류가 많았는데, 어머니는 냄비 하나로 끓일 수 있는 봉지라면조차 끓일 기력이 없었다. 그래서 어머니가 주문한 것은 뜨거운 물만 부어주면 바로 완성되는 컵라면뿐이었다.

마침 컵 야키소바를 팔기 시작한 때라서 그것도 사왔지만 어머니는 싫어하셨다. 뜨거운 물을 버려야 하는 또 한 단계의 번거로움이 성가셨던 것 같다. 평소 그렇게나 음식에 깐깐했던 어머니가 갑작스레 변한 모습에 나는 어리둥절하기만 했다.

당시 아버지는 집에 거의 안 계셨는데, 언니의 죽음으로 점점 더 일에만 몰두하신 것 같았다. 매일 밤늦게 귀가하거나 외박을 하셔서 거의 얼굴을 볼 수가 없었다.

그러던 어느 날이었다. 오랜만에 저녁 식사 때 집에 들어오신 아버지가 컵라면을 후루룩거리며 먹고 있는 나를 보자, 험악한 얼굴로 변해서 어머니에게 소리쳤다.

"죽은 아이가 아니라, 산 아이들을 생각하라고!"

나에게 아버지란 사람은 애정을 그대로 표현하는 사람이 아니었고 언제나 화만 내는 공포의 대마왕 같은 존재였는데, 나를 신경 쓴 그 말에 깜짝 놀라고 말았다. 그때 어머니가 엄청나게 펑펑 울며 뭔가를 말했던 것 같지만 잘 기억이 나지 않는다.

88세인 어머니는 지금도 "너희 아버지는 네 언니가 죽은 걸 많이 슬퍼하지도 않았어"라고 자주 원망한다. 어머니는 아버지가 자기만큼 슬퍼해 주기를 바랐던 것 같다.

《바다를 안고 달에 잠들다》를 집필할 즈음에 아버지의 인생을 자세히 물어보았다.

마침내 언니가 죽었을 때를 묻자, 아버지는 "내 인생에서 가장 힘들고 슬픈 일이었으니 그 일은 소설에 쓰지 말았으면 좋겠다"라고 하셨다. 그 말을 듣고 나는 아버지가 너무 힘든 나머지 외면을 선택했음을, 잊는 것으로 언니의 죽음을 극복하려 했음을 처음으로 이해하게 되었다. 그때까지는 어머니와 마찬가지로 아버지를 '차가운 사람'으로만 생각했었다. 그리고 그 차가움을 나도 이어받았다고, 그렇게 믿고 있었다.

결국《바다를 안고 달에 잠들다》에서는 '죽지 않고 심장병을 극복한 형'이라는 설정으로 바꿔서 언니에 가까운 인물을 묘사했지만, 아버지의 기분을 생각하면 심장병을 앓는 등장인물을 쓴 나는 어쩔 수 없는 에고이스트다. '작가니까'라는 변명으로 얼버무릴 수는 없다.

언니의 일만이 아니라 모델이 있는 인물을 묘사할 때, 아니 모델이 없다 해도 뭔가를 쓴다는 것은 누군가를 적잖이 상처 입힐 가능성이 있고, 누군가를 상처 입히는 일은 자신에게도 상처를 준다는 것을 깨닫게 되었다.

최신작인《자두꽃은 져도》에서도 장남을 잃은 이방자 여사에 대한 묘사 부분은 언니를 잃었을 때의 어머니 모습을 떠올리며 집필했다. 나에게도 고통이 수반된 작업이었지만 아이를 잃은 경험이 있는 사람에게는 특히 더 힘든 부분이었을 것이다. 책이 출판되고 나서 어느 독자 분에게 실제로도 그런 말을 들었다.

무엇을 쓸 것인지, 써도 되는지, 쓸 만한 것인지를 늘 고민하며 이야기를 만들지만 해답은 아직 찾지 못했고 아마도 계속 고민할 것이다. 답은 쉽게 나오지 않겠지만 여기 이렇게 언니의 죽음에 관한 이야기를 적고 있다. 이 이야기를 쓰면서 내 자신이 다소 구원을 받고 편해지는 것은 확실하지만 한편으로는 꺼림칙함이 남는 것도 사실이다.

두 사람 모두 깊은 슬픔에 빠져 있었는데 매일 울며 지내는 어머니와 한시라도 빨리 언니의 일을 잊어버리려고 한 아버지. 두 사람은 슬픔의 표출 방식이 정반대인 것이다. 부부가 그 슬픔을 서로 나누지 못한 것이 안타깝다.

아버지는 늘 말수가 부족했고 어머니와는 엇갈리기만 했으며, 나는 언제나 그 사이에 끼어 갈팡질팡했다. 나는 언니의 죽음을 아직까지도 잘 극복한 것 같지 않다.

그 후 차례로 할아버지와 친척들, 친구들, 지인의 죽음을 겪었지만 인간은 죽음에 의한 슬픔이나 상실의 기분을 잘 처리할 수 없는 것 같다. 그렇다고 아버지처럼 적극적으로 회피할 수도 없다. 그런데 나는 실컷 우는 것조차 잘 되지 않는다.

나는 언니의 죽음을 주변 사람들이 언급하는 것이 싫었다. 슬픔이나 괴로움을 잘 표현할 수 없었던 내 자신을 정면으로 응시하고 싶지 않았던 것이다. 그래서 지금도 누가 친한 사람을 잃었을 때 도대체 어떻게 처신해야 좋을지 당황하고 만다. 말을 걸고 싶어도 무슨 말을 해야 할지 혼란스러워져 입을 다문다.

부모님의 말다툼 이후에도 나는 한동안 컵라면을 계속 먹었다. 어머니는 역시 요리를 할 수 있는 상태가 아니었던 것이다. 시판 중이던 컵라면을 상표별로 거의 다 먹어 보고 똑같은 것들을 반복해서 샀다. 언니의 유골이 묘지에 매장된 것은 여름방학이 거의 끝나갈 무렵이었으니 그때까지 아마 한 달 정도 계속 컵라면을 먹었던 것 같다.

아버지가 산 새 묘지는 외가의 묘가 있던 관청 소재지의 가톨릭 묘지에 있었다. 이 묘지를 사기까지도 심한 부부싸움이 반복되었다.

아버지와 어머니는 먼저 일본에 묘지가 필요한지 어떤지, 다시 말해서 말 그대로 일본에 뼈를 묻을 각오로 살 것인지 말 것인지에 대한 의견이 대립해 끊임없이 싸웠다.

신자가 아닌 아버지는 가톨릭 묘지에도 저항감이 있었던 것 같다. 결국엔 사는 것으로 결정이 난 뒤에도 묘지에 새길 이름을 본명으로 할지 아니면 일본 통칭명(일본에서 본명을 숨기기 위해 일본식으로 개명한 이름을 말한다—옮긴이)으로 할 것인지가 또 하나의 분쟁거리였다.

뼈는 언젠가 조국인 한국으로 옮길 수 있는 일이라고 타협한 아버지도 이름 문제에 대해서만큼은 좀처럼 양보하지 않았다. 그러나 그때 우리 집이 사용하던 성은 아버지의 본래 성이 아니었다. 아버지가 밀항으로 작은 어선을 타고 현해탄을 건너 일본에 도착한 이래 타인의 이름으로 살아왔기 때문이다. 본래의 성을 되찾은 것은 내가 결혼하고 난 후부터였다.

아버지는 묘지에 새기는 성씨가 가짜 성이기보다는 통칭명인 편이 나을 거라고 스스로를 납득시키고 어찌어찌해서 겨우 결론을 내렸다.

나는 그때 부모님이 아이를 잃은 것이 처음이 아니라는 사실을 알고 깜짝 놀랐다. 내가 태어나기 1년 전에 한 살 된 오빠가 죽었던 것이다. 오빠의 작은 유골 단지는 언니의 납골 날, 임시로 묻혀 있던 외가의 묘에서 우리 집 묘로 이장되었다. 어머니는 오빠의 죽음도 떠올랐는지 다시 통곡을 시작했다.

납골이 끝나자 우리는 야마구치 우베에 있는 아버지의 지인 집을 방문했다. 아마 아버지가 어머니의 슬퍼하는 모습이 보기 힘들어 집에서 나오게 하려고 했던 것 같다. 아니면 아버지 자신이 기분을 바꾸고 싶었기 때문일지도 모르겠다.

아버지의 지인 집에는 마당에서 기르는 멋진 도베르만이 있었는데 우리를 보고 계속 짖어댔던 일이나 친절했던 고등학생 언니와 아키요시다이(일본 야마구치현 서부에 있는 석회암 대지. 일본 최대의 카르스트 지형—옮긴이)에 함께 갔던 일이 기억난다. 그 집 아주머니가 만들어 주었던 카레가 무척이나 맛있었던 것도 잊을 수 없다. 눈꺼풀이 부어올랐던 어머니가 여행 중에 희미하게 웃던 것도 나는 놓치지 않았다.

야마구치에서 돌아온 뒤, 어머니는 나와 여동생을 데리고 교통편이 좋지 않았던 가톨릭 묘지에 자주 다녀왔다. 교회에도 늘 갔다. 물론 영정 사진 앞에서도 오래 앉아 있었지만 서서히 평소의 생활로 돌아와 드디어 컵라면 생활은 끝이 났다. 이상하게도 한 달간 계속 먹었던 컵라면이 맛이 있었는지 없었는지는 전혀 기억이 나지 않는다.

이윽고 어머니는 전철이나 버스를 계속 갈아 타며 가야 하는 후츄 가톨릭 묘지에 자신의 차로 다니기 위해 자동차 교습소를 다니기 시작했다. 어머니가 기력을 되찾아가는 모습은 안심이 됐지만 어머니가 교습소에 다니는 동안 또다시 나와 여동생은 외가에 맡겨져야만 했다.

한동안 컵라면과는 인연이 없는 생활이 이어졌다. 어머니가 컵라면을 사오는 일도 거의 없었고, 나도 먹고 싶다는 생각은 하지 않았다.

그러다 3학년 여름에 이르러 잊을 수 없는 컵라면에 대한 추억이 하나 생겼다.

그 사이 13살이나 어린 여동생이 또 한 명 늘었다. 소학생과 유아인 여동생들과 중학교 3학년이던 나의 생활은 완전히 다른 세상이었고 우리 집은 당연히 여동생들에게 맞춰서 여름방학을 보냈다.

그런 내 모습을 보고 외숙부가 "우린 후지산에 오를 건데 너도 같이 가자"고 초대해 주셨다. 8월 초순, 나이 차가 그리 나지 않는 세 명의 사촌들, 외숙부, 외숙모와 함께 후지산 정상을 목표로 올라갔다.

너무 신이 나서 나는 꽤나 들떠 있었다. 익숙하지 않은 등산이었지만 경치도 아름답고 나누던 대화도 재미있어서 웃음소리를 터뜨리며 걸었다. 당시 학교생활이 힘들었던 탓에 이 이벤트는 더욱 유쾌했다.

우리 일행은 일출을 보기 위해 팔부 능선에 자리 잡은 산막에서 하룻밤 머물렀다. 그날 밤, 외숙부가 아이들에게 컵라면을 대접해 주었다.

걷다 지친 몸에 염분 가득한 라면 국물이 구석구석 스며들었다. 뜨거운 김이 모락모락 나는 뽀글뽀글한 면발이 홀렁홀렁 목을 타고 넘어가 텅 빈 배를 채워주었다.

사촌들과 함께해서 기분이 좋았고 후지산의 광대한 자연을 보며 느낀 흥분 속에 오랜만에 먹었던 컵라면의 맛은 지금 생각해도 생애 최고의 컵라면이라 할 수 있을 만한 것이었다.

다음 날 맞이한 일출은 기억이 흐릿하게 남아 있지만 컵라면을 먹던 기억은 뚜렷하게 영상이 떠오른다.

2011년 3월 11일, 동일본대지진이 발생했다. 나도 도쿄에서 엄청난 흔들림을 경험했다. 잠시 식자재를 구비하는 것이 여의치 않은 나날이 이어졌다. 그때 관서 지방에 살던 친구가 컵라면 2박스를 보내 주었다. 여러 종류를 신경 써서 보내온 친구의 마음 씀씀이가 진심으로 고마웠다.

원전 사고로 불안에 시달리던 중에 온 가족이 둘러앉아 컵라면을 먹고 있자니 왠지 기분이 긍정적으로 변했다.

재해 이후, 컵라면은 언제나 쟁여두는 비상식이 되어 편의점이나 슈퍼마켓에서도 컵라면 매대에 저절로 눈이 가게 되었다. 이제는 한국 컵라면을 쉽게 접할 수 있게 되어서 여러 가지 라면을 맛보는 것이 즐겁다. 그래서 신오쿠보의 한국 슈퍼마켓에 갈 때마다 잊지 않고 봉지라면과 컵라면을 사오게 되었다.

한국 드라마나 영화를 보면 컵라면을 먹는 장면이 자주 나오는데, 한국 컵라면도 종류가 진짜 많다. 서울에 가면 반드시 슈퍼마켓에 들르는데, 일본에서는 구하기 어려운 각종 브랜드의 컵라면을 선물로 사는 것도 또 하나의 즐거움이 되었다.

그러고 보니 몇 년 전, 미국에 유학 중인 딸을 만나러 가서 일본으로 돌아오기 직전에 뉴욕 공항에서 먹었던 것도 신라면 컵라면이었다. 미국식 식사에 질려 있던 터라 아주 맛있게 먹었다. 신라면을 먹으니 묘하게 안심이 되었다.

딸에게 듣자니, 미국 고등학교나 대학에서도 신라면이 자동판매기에서 팔리고 있는데 상당히 인기가 있다고 한다.

미국 내의 슈퍼마켓에도 수많은 종류의 컵라면이 진열되어 있다. 일본 컵라면도 있는데, 브랜드 별로는 닛신보다 마루짱이 많이 보인다. 해외에서 먹는 컵라면에는 특별한 맛이 있다. 그래서 조금 비싸도 꼭 사먹게 된다.

딸이 유학 중일 때 EMS(항공편)로 컵라면을 보냈는데, 소고기 농축액 등의 어떤 성분이 문제가 되어 몽땅 몰수당한 적이 있다. 그 이후, 딸은 슈트케이스 두 개 중 하나의 절반 정도를 컵라면으로 채워갔다.

요코하마 미라토미라이에는 컵라면 박물관이 있다. 컵라면을 만든 닛신식품의 창업자, 안도 모모후쿠가 컵라면의 제조 기술을 독점하지 않았다는 사실을 그곳에서 알게 되었다.

덕분에 컵라면이 다채로워지고 일본뿐만 아니라 온 세계로 퍼져나갈 수 있었다. 그리고 많은 이들의 모든 인생 상황에서 컵라면이 등장하게 되었다. 안도 모모후쿠는 노벨상에 필적하는 발명을 했을 뿐만 아니라, 평화에도 공헌했다고 생각한다.

사람들이 같은 음식을 나눠 먹게 되면 마음을 열고 싸움이나 전쟁도 일으키지 않고, 평화롭게 끝낼 수 있지 않을까? 그렇게 간단한 일이 아니겠지만 정말로 그랬으면 좋겠다.

코로나가 한창일 때, 감염자들에게 정부가 보낸 식료품 꾸러미 속에도 컵라면이 들어 있었다. 컵라면은 우리 생활 속에 없어서는 안 될 존재가 되었다. '공들이지 않은 먹거리'라는 불명예는 이젠 과거의 일이다.

코로나 팬데믹 때나 그 후 러시아의 우크라이나 침략으로 쉽게 해외로 나갈 수 없던 시기에 해외의 맛을 느낄 수 있는 컵라면은 잠깐이나마 여행의 기분을 느끼게 했다.

앞으로도 나는 컵라면을 먹을 것이다.

컵라면을 먹으면서 만든 사람의 대단함을 느끼기도 하고, 다른 사람의 고통이나 슬픔을 생각하기도 한다. 또는 한때의 안녕을 구하기도 한다. 세계의 다양한 맛을 즐기기 위해 컵라면을 먹지만 그저 쉽고 빠르게 공복을 채우기 위해서도 먹는다. 그러면서 평화에 대해서도 생각할 수 있었으면 좋겠다.

마침 지금 배가 무척 고프다. 이것을 다 쓰고 나면 비축해둔 신라면을 먹어야겠다.

내가 좋아하는 신라면 먹는 법은 물 대신에 두유나 저지방 우유를 넣고 끓이는 것이다. 아직 다 지우지 못한 '인스턴트는 건강에 해롭다'는 꺼림칙함 한 조각을 건강식이라는 두유나 저지방 우유 덕분에 떨쳐버릴 수 있고, 덕분에 신라면의 매운 맛도 한결 누그러뜨린다. 게다가 한밤중 컵라면의 유혹에 뒤따르는 더부룩함도 조금은 완화시켜 준다.

'아니야, 역시 아주 찐하게 먹고 싶어!' 하는 사람은 일반 우유를 붓고 녹아내리는 치즈와 파를 더하고 거기에 한국 김까지 얹으면 끝!

고칼로리에 염분이 많아 누가 봐도 몸에 안 좋을 것 같은 것들은 어째서인지 언제나 악마의 맛처럼 맛있다!

일탈을 맛보는 이 느낌, 역시 짜릿하다.

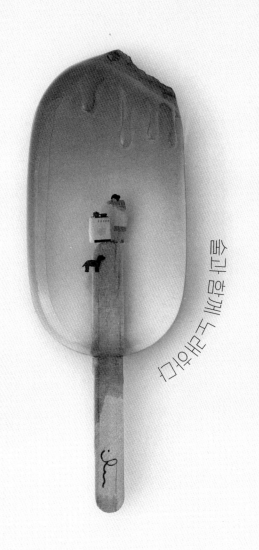

아버지는 술을 마시지 못하는 사람이었다. 어릴 때 술을 마시는 어른을 보게 되는 것은 대부분 외할아버지 댁에서였다.

친척들이 모이는 설날이나 누군가의 생일잔치 자리에선 거나하게 취한 어른들이 왁자지껄 떠들거나 싸우는 모습들을 볼 수 있었다. 외가 친척들은 외할머니만 빼고 어머니를 포함한 6형제와 그 배우자들 모두가 술을 좋아하는 사람들이었다.

가끔씩은 아이들을 나란히 줄 세워놓고 한 명씩 돌아가며 노래를 하라고 시키기도 했다. 한국 드라마나 영화에서도 잔치 자리에서 아이들에게 잘하는 재주를 하나씩 뽐내게 하는 장면이 간혹 나오는데, 그럴 때면 그때의 추억이 되살아나 기분이 좀 나빠진다. 나는 완전 음치라 억지로 노래를 시키는 것이 너무 싫었다. 게다가 그런 잔치 자리에서는 반드시 사촌들과 경쟁을 시키고 점수와 등수를 매겼다. 거기서 지는 것이 분해서 견딜 수가 없었다.

두 살 아래 사촌 남동생은 언제나 애니메이션이나 〈전함 영웅〉의 주제가를 불렀고, 친척들은 그때마다 "어디 어디, 고추 한번 보자!"라고 짓궂게 굴었다. 그러면 사촌 남동생은 익살맞게 바지와 팬티를 내리고 자신의 '고추'를 보여주어 어른들의 갈채를 독차지했다. 그렇게 해서 그 애가 우승한 적도 많았다.

외할아버지한테 손자들의 존재는 남달랐다. 비교적 손녀들이 많았기 때문에 친척들이 사촌 남동생을 오직 사내아이라는 사실만으로 애지중지하는 게 너무 티가 났다. 어린 마음에도 성별의 차별이 부당하게 느껴져 무척 기분이 나빴다.

한번은 어머니에게 "저런 걸 남에게 보여주는 건 잘못된 거 아니에요?"라고 물어본 적이 있는데 "아직은 어린애잖니"라거나 "왜? 귀여운데!" 또는 "잔치 자리잖아"라는 답변만 돌아와서 더 화가 났다.

아이들에게만이 아니라 맥주 한 잔으로 얼굴이 벌게진 외할머니에게도 노래 한 곡조 뽑으라고 주변에서는 성화였다. 외할머니는 처음엔 머리를 흔들며 완강히 거절했지만, 주변의 끈질긴 권유에 결국은 한 곡 부르게 되었다.

그때 외할머니는 작은 새가 지저귀는 듯한 작은 목소리로 동요 〈비둘기 구구〉를 불렀다. 외할머니의 〈비둘기 구구〉는 이제 갓 말을 익히기 시작하는 유아가 부르는 노래 같았다.

과묵한 데다 좀처럼 웃지도 않고 엄한 표정일 때가 많은 외할머니가 부끄러운 듯 노래를 부르는 모습을 보며 나는 '다 큰 어른이 유치하게!'라고 생각했다.

잔치에서 부르는 노래는 지금 생각해 보면 전부 일본어 노래였고, 서로 주고받던 언어도 일본어였지만 당시에는 그다지 신경 쓰이지 않았다.

나는 자주 외가에 맡겨졌다.

외할아버지는 매일 밤 참치 회를 안주 삼아 따끈하게 데운 일본 술을 작은 주전자에 담아 유리컵에 따라 마셨다.

나와 외할머니, 두 명의 외삼촌은 부엌에서 따로 구운 생선과 된장국, 다쿠앙(단무지), 가끔은 카레 등을 먹었는데 외할아버지는 거실에서 혼자 독상을 받았다. 그러다 술이 들어가면 나를 앉혀 두고 노래를 부르기 시작하셨다.

금속 젓가락으로 주전자를 가볍게 두드리며 가락에 맞춰 부르던 노래는 언제나 〈아리랑〉이었다. 잔치 자리에서는 절대로 부르지 않던 조선 노래를 눈을 감고 아주 작은 소리로 불렀다.

잔치 자리에서 외할아버지가 노래를 불렀는지 어쩐지는 기억이 나지 않는다. 그러나 외할아버지가 독상을 받고 그 자리에서 홀로 부르던 〈아리랑〉은 잊히지 않는다. 그는 구슬프고 애절한 가락에 아쉬움을 실어 노래를 부르면서 눈물지었다.

가끔은 "같이 부르자"는 외할아버지의 권유를 받았지만 나는 원래 음치인 데다 사춘기 시절 정체성의 갈등으로 조선 노래를 부르는 것은 도저히 불가능한 일이었다. 그럴 때면 나는 언제나 화장실에 간다, 숙제가 남았다는 등의 이유를 대고 거실에서 도망쳤다. 옆방에서 귀를 막고 웅크리고 있기도 했다.

약 10년 전 《버젓한 아버지에게》라는 소설을 집필할 때, 어머니를 취재했었다. 그때 나는 처음으로 외할아버지가 1923년 관동대지진 때 하마터면 자경단에 목숨을 잃을 뻔했다는 사실을 알게 되었다.

외할아버지는 1898년 경상남도의 항구 마을인 진해에서 태어났다. 일본으로 건너오기 전에는 소학교 교사였다. 일찍이 지방을 대표하는 투수이기도 했고 수영도 잘했던 외할아버지는 쾌활하고 친구도 많았다.

어느 날, 외할아버지는 친한 친구 중 한 명이자 같은 교원이었던 외할머니의 오라버니 집에 초대받아 놀러 갔다. 그때 흘낏 본 외할머니에게 반해 구혼을 했다. 이미 약혼자가 있었던 외할머니는 벌써 신부 의상을 만들고 있던 단계로, 결혼 예물을 돌려주는 것도 큰일이라 고향에서는 아주 야단법석인 사건이었다고 한다.

1902년생으로 장녀였던 외할머니는 학교에 다닐 수는 없었지만, 나이 차이가 많이 나는 여동생이 일제강점기에 소학교에 다녔기 때문에 여동생의 교과서로 한글과 한자, 구구단을 공부했다고 한다.

일본어 글자는 일본으로 온 후 교회에 다니게 되면서 성경책이나 기도서를 통해 배웠다. 한국어 기도서와 비교해 가며 공부했다고 한다. 성경책이 한자와 가타카나로만 쓰여 있었기 때문에 외할머니는 가타카나밖에 못 썼다.

작은 세뱃돈 봉투에는 언제나 가타카나로 손자들의 이름이 써져 있었다.

나는 '왜 가타카나로 쓰시지? 역시 할매는 참 유치하단 말이야'라고 이상하게만 생각했다. 설마 가타카나밖에 못 쓰시는 줄은 당시엔 전혀 몰랐다.

외할머니는 내가 머무르면 내 옆에서 주무시면서 언제나 기독교 성인의 이야기를 해주셨다. 나는 외할머니가 잠자리에서 해주는 이야기를 아주 좋아했다. 그리고 그때만큼은 할머니의 말이 갑자기 유창해졌다. 얼마나 《성경》과 기도서를 반복해서 읽었을까.

외할머니와 결혼한 외할아버지는 단신으로 일본으로 건너왔다. 외할아버지의 집은 고기잡이의 권리도 가지고 있었고, 나라에서 지급되는 쌀을 배급하는 역할을 담당하고 있었기 때문에 경제적으로 궁핍해서 일본으로 건너온 것은 아니었을지도 모른다.

소학교 교사직을 잃게 된 건지도 불분명하지만 당시 조선인의 직업이나 토지를 일본에서 건너온 사람들에게 빼앗겼기 때문에 어쩌면 일본으로 갈 수밖에 없었던 어떤 이유가 있었을지도 모르겠다. 진해가 일본 해군의 군항이었다는 사실을 생각해 보면 상당수의 일본인이 그 이전부터 들어왔을 것이고, 군 관계자들도 무수히 있었을 것이다.

어머니의 말에 따르면 외할아버지는 일본에 공부하고 싶어서 왔다고 한다. 그것이 가장 큰 이유일 것이다. 외할머니를 남겨두고 온 것은 조선으로 돌아갈 생각에서였을지도 모른다. 그렇게 외할아버지는 이미 일본에서 시나가와의 약과대학 건축 일에 종사하고 있던 친형을 의

지해 건너왔다고 한다. 일본에 온 정확한 날짜는 알 수 없지만 관동대지진이 일어났을 때, 외할아버지는 25세였다.

시나가와에 있었던 외할아버지는 '조선인이 폭동을 일으켰다', '우물에 독을 넣었다' 등의 유언비어를 믿은 자경단에게 둘러싸여 '10전 5리(일본어 발음으로는 '쥬우센 고린'라고 한다—옮긴이)'라는 단어를 발음해야만 했다. 통설에 의하자면 '15엔 50전'이나 '50엔 50전'이라고 말하게 했던 경우가 많이 전해지지만, 어머니가 외할아버지한테 들었던 것은 '10전 5리'였다.

조선인은 단어 첫머리의 탁음이 특히 발음이 안 된다. 장음도 발음이 잘 안 된다. 10(쥬우)이나 50(고쥬우)을 '쥬'나 '고쥬'라고 발음해 버린다. 그래서 탁음이 앞에 오는 단어, 장음이 포함된 단어가 조선인을 구별하는 기준으로서 몇 가지 단어가 사용되었던 것 같다.

그렇게 해서 정확하게 발음하지 못하는 사람은 가차 없이 죽였다. 외할아버지는 사투리를 쓰는 일본인 지방 사람도 조선인으로 오인되어 희생당한 것을 보았다고 한다.

그 시험에서 거의 죽을 뻔한 순간 직전에 경찰관이 제지해서 외할아버지는 극적으로 목숨을 구할 수 있었다. 그 후 경찰 유치장에 들어가게 된 듯하다. 외할아버지가 수용된 경찰서는 다행히 조선인에게 위해를 가하지 않았지만, 경찰서에서 거의 죽기 직전까지 간 조선인들도 있었기에 정말 종이 한 장 차이로 외할아버지는 간신히 살아남을 수 있었다.

일본에서 대지진이 나서 조선인들이 사망했다는 사실은 조선에서도 신문에 보도되어 일본의 각 경찰서나 수용소에 있는 조선인 명부가 작성되었다고 한다. 그렇게 해서 외할머니는 외할아버지의 생존 사실을 알게 되었다.

관동대지진 때의 조선인 학살 사실을 지속적으로 보도하고 추도 비석을 세운 사단법인 '봉선화'의 관계자가 어느 심포지움에서 이 신문 게재에 관한 사실을 발표했기 때문에, 어머니가 외할아버지한테 들었던 이야기는 신빙성이 있다.

게다가 외할아버지는 젊은 여성이 강제로 트럭에 실려 끌려가는 것을 보았다고 한다(물론 당시는 위안부의 존재 자체가 알려지지 않았고, 외할아버지는 사망할 때까지도 몰랐지만).

그 후 외할아버지는 학업을 포기하고 외할머니를 일본으로 불러 숨죽여 살기 시작했다. 전쟁 이전과 전쟁 중에는 공장을 운영하며 전구를 만들었다. 공장과 집이 있던 곳은 니시오이로 그 주변에는 조선인들의 작은 공동체가 있었다고 한다. 얄궂게도 그곳은 이토 히로부미의 묘지 근처다.

차별과 박해, 폭력에 시달리게 되면 공포에 휩싸여 위축이 되고 권력과 제도를 좇게 되기 쉽다. 대지진 당시 조선인이라는 이유만으로 살해하는 일 등을 겪으며 조선인의 긍지를 유지하기가 더 어려워졌다. 점점 자신의 태생을 원망하고 일본 사회에, 일본인에, 일본 체제에 오히려 과잉 적응하려는 세태까지 이르게 된다. 그리고 그런 분위기는 가족에게 계승된다.

대표적인 예가 어머니의 큰오빠였다.

전쟁 중 메이지대학교 학생이었던 외삼촌은 학도 출진(제2차 세계대전 말기인 1943년 12월부터 병력 보충을 위해 학생에게 주어졌던 징집 유예 특권이 폐지되면서 군대에 입대, 출정하던 일—옮긴이)하여 스스로 특공대에 지원했다. 힘들게 훈련을 받던 도중에 패전이 되었지만 그는 완전히 군국청년이었다. 고교쿠샤(네덜란드 학풍 중심으로 1869년 창립한 학교. 주로 해군 및 상선과 관련이 깊은 항해·측량 외에 수학·어학 등을 가르치고 전쟁 후 새로운 학제에 따라 중·고 일관교 및 공과〈工科〉 단기대학이 됨—옮긴이) 출신이던 외삼촌은 검도의 달인으로, 전후에도 경찰서에서 지역 어린이들에게 검도를 가르치고 있었다. 그에게는 경찰과 좋은 관계를 쌓은 것이 편한 삶을 위한 생존전략이었는지도 모른다.

제도적, 사회적 차별을 받아서 정신병을 앓는 조선인도 많았다. 어머니의 동생인 테로 아재도 그중 한 명이다.

외가가 지나온 시간을 알게 되면서 조선인이 일본에서 살아가는 것이 얼마나 힘든 일이었는지 새삼 느끼게 된다.

전쟁 이후에는 일가가 오이마치의 센다이자카로 이사를 갔다. 외할아버지는 그곳에서 플라스틱 공장을 운영하며 브라운관 텔레비전 틀을 만들어 생계를 이어갔다. 그 주변에도 조선인이 몇 세대 모여 살았다. 그곳에 오모리 교회에서 나온 외국인 신부님이 오셔서 외할아버지 공장에도 포교 차 다니시게 되었다.

외할머니가 가톨릭 신자가 된 것은 이 신부님의 영향이다. 당시 공장에는 조선인 종업원만 있었고, 집에는 한국에서 공부하러 온 사람도 몇 명인가 있었다고 한다. 그중 많은 이들이 신자가 되었다.

종업원 중 한 명으로, 가장 잘 놀던 심 씨는 예수회의 신부님까지 되었다. 나도 만난 적이 있는데, 그는 남미로 부임하고 나서도 일본에 들르게 되면 꼭 우리 집을 방문해 주었다.

《바다를 안고 달에 잠들다》,《버젓한 아버지에게》에는 외가 일가의 역사가 에피소드 안에 여기저기 녹아들어 있다.

조선인끼리 모여서 살아가지만 대지진 당시의 학살 트라우마는 강하게 남아 외할아버지, 외할머니, 그리고 어머니 형제들까지 조선인임을 최대한 숨기며 살아왔다. 해방 후 잠깐 동안 조선인으로서의 존엄을 되살리려는 마음으로 어머니를 포함한 학령기의 형제들은 모두 민족학교에 다녔지만, 얼마 지나지 않아 민족학교는 폐쇄되고 말았다.

5학년 때 일본 소학교로 전학 간 어머니는 수업을 따라가기가 무척 힘들었고 숱한 이지메에 시달려야만 했다. 일본식 통칭명을 사용했지만 구구단도 공식도 모두 조선어로 외웠기 때문에 곧바로 들통이 났다.

중학생 때는 학교 건물 위에서 아이들이 조선인이라고 놀리며 어머니에게 화분을 떨어뜨린 적도 있었다고 한다.

자식들이 괴롭힘을 당하고, 게다가 학교를 폐쇄해버리는 국가 차원의 조선인 박해에 외할아버지도 외할머니도 점점 더 위축되어 갔다.

전쟁이 끝나도 차별은 계속된다. 그래서 외할아버지는 옆집 사람들에게 들리지 않게 작은 목소리로 〈아리랑〉을 불렀고 일본어가 서툰 외할머니는 말수가 적을 수밖에 없었던 것이다.

오이마치에서 도고시긴자로 옮겨와 주변에 조선인이 전혀 없고 일본인만 있는 곳에서 살기 시작하자, 더더욱 조선인임을 숨겨야만 하는 날들이 이어졌다.

무슨 잔치 등으로 특별한 날이 아니고서는 참치와 일본 술, 된장국, 카레 등 쇼핑 시점부터 조선인임을 드러내지 않는 메뉴로만 골랐다. 김치도 거의 식탁에 올리지 않았고, 어쩌다 나오는 김치는 모조리 마늘을 적게 넣은 김치였다.

외할머니가 항상 표정이 굳어 있었던 것은 언제나 '조선인이라는 사실이 들통 나지 않을까' 싶어 불안했기 때문이 아니었을까. 게다가 외삼촌의 정신병도 위축된 생활을 조장했다. 외할머니는 '주위 사람들이 우리 집을 어떻게 말하는지'를 지나칠 정도로 신경 썼다고 한다.

외조부모님은 일본에 온 뒤 한 번도 자기 고향에 돌아가지 못하고 외할아버지는 82세, 외할머니는 87세에 돌아가셨다.

나는 그때 외할아버지와 함께 〈아리랑〉을 불렀어야 했다. 외할아버지가 어떤 마음으로 고향 노래를 불렀을지, 가늠할 수조차 없다.

외할머니의 〈비둘기 구구〉는 그녀가 유일하게 부를 수 있는 일본 노래였다는 걸 알았다면 유치하다는 등의 형편없는 생각은 감히 하지 못했을 것이다. 그들은 그 땅에서 조선 노래를 부를 수 없었기 때문이다. 가타카나밖에 못 쓰는 환경이었기 때문이다.

나 자신도 한반도에 뿌리가 있음을 거부하고 주변에 들키지 않게 필사적으로 살아왔기 때문이라고 변명을 하고 있지만, 외할아버지에게 좀 더 가까이 다가갔어야 했다.

그때로 타임슬립을 하고 싶다.

한국어 교실에서 이제 막 배운 한국어로 외조부모님들과 이야기를 나누고 싶다.

외할아버지, 외할머니의 삶에 대해 더 자세히 듣고 싶다.

김치를 안주 삼아 소주와 막걸리를 같이 마시고 싶다.

〈아리랑〉을 큰 소리로 함께 부르고 싶다.

〈비둘기 구구〉에 손 박자를 맞춰 드리고 싶다.

외조부모님에 대한 속죄의 기분으로, 나는 소설 속에 〈아리랑〉을 부르고, 춤추는 등장인물을 그렸다.《비춰빛 바다를 향해 노래하다》라는 제목이다.

소설 속에서는 위안부 여성이 오키나와 바다를 향해 〈아리랑〉을 부르고, 술에 취하면 노래를 부르며 춤을 춘다. 위안소 근처의 산마루 고개에서도 작은 소리로 노래를 부른다. 뒤따라 온 군대 인부들도 그 고개에서 노래를 부른다. 소설의 무대인 아카 섬(게라마제도)의 고개 이름은 아리랑 고개다.

소학교 교사 출신인 외할아버지는 풍금을 칠 수 있었기에 외가에는 풍금이 있었다. 외할아버지가 자주 연주한 곡은 일본 최초의 왈츠라고 하는 〈아름다운 자연(美しき天然)〉이었다고 한다. 서커스에서 자주 나오던 노래라고 한다.

'그러니까 외할아버지가 연주한 것은 역시 일본 노래였잖아'라고 생각했다. 그런데 취재 차 어머니와 함께 갔던 재일코리안 오페라 가수 전월선 씨가 출연하는 콘서트에서 〈고향의 봄〉이라는 조선 노래가 흘러 나왔을 때, 어머니의 눈에서는 눈물이 흐르고 있었다.

"어머나, 어렸을 때 아버지가 자주 풍금으로 연주해 주던 곡이야. 잊고 있었는데……."

외할아버지는 가사를 읊조리는 것이 아니라 곡만 연주했다고 한다. 나는 어머니의 기억과 외할아버지의 상념을 소설에 남기고 싶어《바다를 안고 달에 잠들다》에서 〈고향의 봄〉을 묘사해 넣었다.

술에 관해서는 나의 에피소드도 몇 가지 있다.
처음으로 술을 입에 댄 것은 고등학생 무렵이었다. 키가 크게 보이려고 발돋움을 해서 겨우 들어간 시부야의 한 카페에서 유리잔에 소금이 붙어 있는 '솔티 도그'라는 칵테일을 마셨다. 주스 같은 맛이라 그다지 특별한 느낌도 없었다.
'술은 20세부터'라고 하는데, 대학 테니스부에서는 십대 신입생이 정신없이 마시고 있었다. 정확하게 말하자면 남학생이 주변의 권유에 못 이겨 억지로 들이키고 있었다. '한입 털기'라는 악습관이 아직 뿌리 깊게 남아 있던 시절의 이야기다. 곤드레만드레 취해서 소리를 지르고 거리를 멋대로 쏘다니는 등 술이라는 건 사람의 속박을 벗겨버리는 힘이 있음을 알게 됐다.
그러고 보니 소학생 시절에 선박회사의 기관사였던 고모부가 우리 집에 몇 번 오셨던 적이 있었다. 고모부는 세계 각지에서 사온 선물을 주셨고, 나를 무릎 위에 앉혀 둔 채 즐거운 듯 술을 마셨다. 나는 고모부를 아주 좋아했는데, 가끔은 술을 너무 마셔서 다 큰 어른이 꺼이꺼이 울기도 했다. 긴 항해로 떨어져 있는 부산의 처자식이 너무 그리워서 가족의 이름을 외치며 마시는 술의 양은 해가 갈수록 늘어만 갔다.

그야말로 고삐가 풀려버린 것이다.

'정신줄을 놓지 말자.'

'내 출신을 들켜선 안 돼.'

이런 각오로 살았던 나는 신중하게 과음을 피했다. 내 모습이 그대로 노출된다는 건 생각만으로도 두려운 일이었다.

그런 신중함 덕분에 학창 시절에 술로 인한 사고는 없었다.

그러나 사회인이 되자 술자리 기회가 너무 버라이어티하게 많았다. 술 마실 기회 자체도 많았고, 권유하는 술을 거절하기 힘든 경우가 점점 늘어났다. 그런 때는 주로 상사와 마실 때였다. 젊은 여사원은 술을 따라야 하는, 지금은 거의 사라진 관습도 그 시절에는 여전히 남아 있었다.

그때까지 나는 기억을 잃을 정도로 마셨던 적은 없었다. 그러던 어느 날, 드디어 그 순간이 찾아왔다.

외국계 화장품 회사의 마케팅 부서에서 근무하던 무렵, 출장으로 간 파리 본사에서 본사 사장님과 함께하는 회식이었다. 직속 상사와 본사 사장님 외에도 몇 명이 더 있었다.

멋진 프렌치 레스토랑에서의 풀코스였는데, 접시가 바뀔 때마다 다른 와인을 가지고 와서 추천해 주었다. 긴장과 흥분이 섞여 나는 와인만 줄곧 마셔댔다. 솔직히 말하자면 파리에서 본사 사장님과 식사를 같이 하고 있다는 사실에 신이 나서 좀 우쭐해져 있었나 보다.

디저트 와인이 달달하고 맛있었던 것은 기억난다. 원래 술이 그다지 세지도 않은데 이미 10잔 가까이 마시고 있었다. 식전에 레스토랑과 함께 운영되는 바 같은 곳에서 한 시간 이상 기다리면서 마신 칵테일도 있어서 25세였던 나는 그날 인생에서 가장 많은 알코올을 섭취했다. 디너 시간도 일본과 달라, 오후 9시 정도부터 공복 상태로 계속 술을 마신 것도 문제였다.

결국 식사가 끝나고 엘리베이터에 타고 난 직후에 의식을 잃고 말았다. 정신을 차리고 보니 나는 프랑스인 노신사, 본사 사장님에게 안긴 상태로 1층 현관 플로어에 있었다.

너무 창피해서 쥐구멍에라도 숨고 싶은 심정이었다. 주위를 둘러보자 직속 여성 상사가 얼굴을 찌푸리고 있었다. 이 사건은 곧 온 회사에 알려져 한동안 직원들 얼굴을 똑바로 쳐다볼 수가 없었다.

아무튼 과음해서는 안 된다고 반성해도 그렇게 가끔씩 도를 지나치게 되는 경우가 있다.

내가 회사를 다니던 시절에는 가라오케라고 해도 노래방이 아니라 가게에서 모두의 앞에서 순서대로 부르는 스타일이 아직 남아 있어서, 한때는 가라오케 시설이 있는 가게에서 취기에 노래 부르는 것이 좋았던 적이 있었다.

'음치면 어때! 이 순간을 즐기면 되는 거야!'

그 시절의 나는 찰나적인 인간이었다.

집에 돌아오면 재일동포와 선을 봐서 결혼하라는 압박이 너무 심해 도망치고만 싶었다. 집에 늦게 들어가면 "다 큰 처녀가 술에 취해 밤늦게 비틀거리고 다니다니!" 하며 아버지에게 맞은 적도 있었지만 나는 그만두지 않았다.

노래를 부르면 그 순간만은 속이 뻥 뚫린 듯 시원해지는 기분에 점점 더 가라오케에 맛을 들였기 때문이다. 하지만 점차 노래방을 가는 기회가 늘고 점수가 나오기 시작하자, 음치인 나는 당연히 낮은 점수만 나와 기분이 나빠졌다. 그렇게 해서 차츰 가는 횟수가 줄어들었다.

아이들을 키울 때는 어느 정도 큰 아이들의 보호자로 같이 가는 정도였다. 두 아이들이 성인이 되자 노래방과는 인연이 없어졌다.

최근에 한국인 친구와 오랜만에 노래방에 갈 기회가 있었다. 노래를 즐기는 사람의 노랫소리는 듣고만 있어도 덩달아 즐거워진다. 가끔은 술과 가라오케도 꽤 괜찮은 조합일지 모른다는 생각이 들기 시작했다. 언젠가는 한국의 노래방에도 꼭 가보고 싶다.

술은 마음을 해방시켜 준다.

하지만 때로는 억제가 안 되어 나쁜 방향으로 흐르기도 한다. 술자리를 갖게 된 지 어언 40년 가까이 흘렀지만, 젊은 시절에는 특히 성희

롱을 당하는 경우가 꽤 많았다. 신체를 접촉하는 경우도 종종 있었다.

'둘이서 술을 마신다는 것은 곧 여성이 승낙하는 것'이라고 굳게 믿는 남성도 있었다. 끈질긴 성희롱 발언에서 도망치려고 바 카운터 안쪽의 마스터에게 필사적으로 말을 건 적도 있다.

지금이야 나에게는 그럴 일이 없어졌지만, 아직도 술자리에서의 성희롱은 사라지지 않았다. '부레이코(지위 고하를 막론하고 마음껏 즐기는 연회—옮긴이)'라는 말에 기대어 갖가지 괴롭힘이 발생하고 있다. 남성을 속옷 차림으로 만든다든지 심할 때는 속옷까지 벗겨 하반신을 보여주게 하고, 급기야 알몸으로 만드는 것은 어딘가 정상이 아니다. 술자리가 악몽이 되는 일은 이제 없어졌으면 한다.

나는 여전히 술을 마시는 걸 좋아한다.

관계상 어쩔 수 없이 마시는 경우는 많이 줄었고, '마음이 통하는 사람들과 술을 마시는 것은 이렇게 행복한 일이구나'라고 느끼는 경우가 많아졌다.

작가가 되고, 재일코리안 친구와 차별에 맞서 함께 싸워주는 일본인 동료도 늘어 한국에 가게 되면 반드시 술자리를 같이 하는 사람들이 있다. 그들과 함께 있으면 취해서 음정이 맞지 않는 〈아리랑〉과 〈고향의 봄〉을 흥얼거려도 따뜻한 눈빛으로 들어주고, 때로는 함께 부르기도 한다.

대합창이다.

주변에 들려도, 밖에까지 들려도 다 괜찮다!

술과 함께 부르는 노래는 다 사랑스러운 노래다.

술잔을 주고받는 다시없는 소중한 한때를 앞으로도 소중한 사람들과 함께하고 싶다.

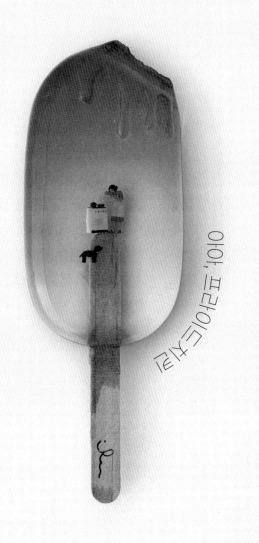

아이, 프라이드치킨

'프라이드치킨'이라면 무조건 켄터키였다. 빨간 줄무늬의 패키지, 커 넬 샌더스 할아버지의 얼굴은 어린 내게 강렬한 인상을 심어 주었다. 집에서 만드는 가라아게(일본식 닭튀김)와는 다른 복잡한 여러 가지 양 념이 잘 스며들어 있고, 뼈에 붙어 있는 고기의 육즙이 살아 있는 감칠 맛! 그야말로 특별한 치킨 맛이었다.

소학교 때 나는 시나가와구 하타노다이에 살고 있었다. 언제부터 가 게가 있었는지는 잘 기억나지 않지만 하타노다이역 바로 옆에 켄터키 프라이드치킨 가게가 있었다. 그래도 소학교 저학년과 중학년 정도까 지는 그렇게 늘 먹을 수 있는 음식은 아니었다.

그런데 예외가 있었다. 우리 집에 오실 때면 반드시 켄터키 프라이 드치킨을 사오는 아주머니가 한 분 계셨다.

나는 아주머니가 오실 때면 켄터키 프라이드치킨을 먹을 수 있어서 아주 신이 났다. 엄격하고 딱딱한 어머니와는 다르게 쾌활한 아주머니가 집에 오면 집의 분위기도 한결 밝아졌다. 나는 그런 아주머니를 아주 좋아했다.

아주머니는 아버지의 고향 친구인 문 씨 아저씨의 부인으로, 하타노다이와 두 정거장이 떨어진 오오카야마에 살고 있었다. 재일동포라는 동료의식이 더해져 아버지와 문 씨 아저씨도 친했고, 사는 곳도 가까워서 온 가족이 두루 친하게 지냈다.

문 씨 아저씨네는 나이 차가 꽤 나는 큰오빠, 우리 언니와 동갑인 세살 위의 언니, 그리고 두 살 위인 오빠가 있었는데 나는 나이 차이가 적게 나는 막내 오빠와 과격한 놀이를 할 수 있는 것이 특히 좋았다.

몸이 약한 언니가 조금이라도 건강해지기를 바라며 우리 집은 매년 이즈나 쇼난, 구쥬쿠리 해안으로 해수욕을 갔고 문 씨 아저씨네 가족과 함께 가기도 했다. 부모님은 여름철 일광욕이 건강에 좋다고 믿고 있었다.

언니는 수영을 못 했지만 비치파라솔 아래에서 동갑내기 언니와 같이 드러누워 즐거운 시간을 보내는 것 같았다.

나는 오빠와 어울려 모래사장에서 구르고, 모래로 서로를 파묻기도 하고, 영웅 놀이도 했다. 바다에 들어가서 튜브를 끼고 떠 있다가 파도에 휩쓸려 튜브가 뒤집어지는 바람에 짭짤한 바닷물을 삼켰던 것도 즐거운 추억이 되었다.

평소에 집에서 얌전하게 있어야만 했던 반동이었을까, 나는 문 씨 아저씨네 일가와 함께 있을 때는 마음껏 떠들고 과감하게 행동했다. 아저씨네와는 서로 왕래도 하고 다마가와로 놀러도 가고, 꽃구경도 함께 갔다.

한번은 아주머니가 친정이 있는 가와사키의 사쿠라모토까지 나를 데려다준 적도 있었다. 아주머니의 친척 분들도 천성이 밝은 사람들로, 생면부지인 나에게 과일이나 과자도 많이 내어 주셨다.

그때의 일이 잊히지가 않아서 나는 《버젓한 아버지에게》라는 소설 속에서 가와사키의 사쿠라모토에 사는 한 가족을 묘사했다.

하지만 언니가 죽고 난 후부터 가족 단위의 교류는 거의 사라졌다. 문 씨 아저씨네 아이들은 모두 조선 학교에 다니고 있었는데, 어느 날 메구로역에서 치마저고리 교복 차림의 언니를 본 적이 있었다.

중학생이었던 나는 진학한 여자중학교의 교풍에도 잘 적응하지 못해 번민의 나날을 보내고 있었다. 정체성에 대한 고민이 깊어져 학교에서 필사적으로 한국인임을 숨겨야 하는 것도 부담이었다.

그런 상황에서 언니의 치마저고리 교복 차림은 거룩해 보이기까지 했다. 그렇게 당당하게 살아가는 것이 부럽기도 했다. 나는 그럴 수 없다는 것도 알았기 때문에 마음이 찢어졌다. 세일러복 교복을 입고서 머리가 복잡했던 나는 그때 언니한테 좀처럼 말을 걸 수가 없었다.

세월이 흘러 2023년 4월, 언니와 다시 만날 기회가 있었다. 그때까지 연락처를 몰랐는데, 함께 알던 지인을 통해 언니가 서울에서 살고 있다는 소식을 듣고 한국에 갈 때 만나러 갔다.

언니는 변함없이 예쁜 데다 여전히 상냥했다. 언니는 나를 만나는 것이 우리 언니의 장례식 이후 처음이라고 했다. 서로 너무 감격스러운 나머지 울컥했던 순간도 있었다. 언니 부부를 만날 수 있어서 내게는 둘도 없는 소중한 시간이었다.

서울 시내의 평양식 냉면 가게에서 불고기와 냉면을 먹고, 지나간 추억 이야기와 지금까지 서로 살아온 세월, 가족의 근황 이야기를 나누었다.

언니는 메구로의 르누아르라는 찻집에서 두 분 아버지들이 각자 신문을 읽으면서 서로 마주보며 담배를 피우던 모습을 본 적이 있었다고 한다. 대화는 전혀 없었지만 두 사람 사이의 친밀감이 유리창 너머로 전해졌다고 한다.

우리 아버지는 93세로 아직 건재하시지만 언니의 아버지인 문 아저씨는 돌아가셨다. 아버지는 나를 만날 때마다 친구들이 모두 죽어서 외롭다고 한탄하셨는데, 분명 문 아저씨도 떠올렸을 것이다.

언니한테 나는 언제나 뭔가를 하고 있거나 돌아다니던 아이라는 인상이었다고 한다. 하기야 나는 차분함이 부족하고, 가만히 있는 것이 힘든 데다, 뭔가를 자주 흘리고 걸핏하면 넘어지며 물건에 자주 부딪치는 특징이 있다.

집 분위기는 압박이 강한데 나는 늘 에너지가 넘쳐서 계기만 있으면 터져 버렸던 것인지도 모르겠다. 언니와 오빠가 있을 때면 나는 언제나 에너지 풀가동 상태였다.

너무나 건강했던 내가 기세가 지나쳐 무슨 실수라도 저지르면 어머니는 나를 엄하게 꾸짖었다. 그럴 때면 나는 차분한 언니와 비교되어 어머니가 더욱 힘들어한다는 것을 아이 마음에도 민감하게 알아차렸다.

그런 내가 어머니의 바람으로 '양갓집 아가씨들이 다니는 학교'라고 불리는 사립 가톨릭 일관여자중학교·여자고등학교(중등교육학교나 중학교에서 거의 무시험으로 병설 고등학교에 진학할 수 있는 학교다. '일관교'는 초중고 교육과정을 같은 학교에서 하는 것으로 초중일관교육·중고일관교육으로 나뉜다―옮긴이)에 입학했으니, 숨이 막히는 것도 당연했다.

'현모(賢母)'가 지향점인 학교에 익숙해질 리도 없었다. 어머니로서는 딸이 참한 아가씨가 되어야 한다고 굳게 믿었겠지만, 정말 자기 딸을 몰라도 너무 모른 셈이다.

하지만 내 나름대로는 어머니가 바라는 딸이 되어야 한다, 그렇지 않으면 어머니가 나를 싫어할 거라는 생각에 열심히 노력했다. 교양 있는 아가씨를 양성하는 학교에 어울리는 학생이 되려고 매일 내 자신을 억누르는 나날이었다.

이야기가 조금 거슬러 올라간다.

언니가 죽은 다음 해, 소학교 4학년이 되었을 때부터 나는 중학교 수험 준비 때문에 학원을 다니게 되었다. 언니에게 쏟았던 어머니의 애정과 노력, 보살핌의 대상은 이제 어린 여동생들에게로 옮겨졌고, 나에게는 '열심히 공부를 시켜야 한다', '좋은 학교에 보내야 한다'와 같은 형태의 애정으로 나타났다.

처음에는 집에서 걸어 다닐 수 있는 거리에 있는 개인이 운영하는 학원에 일주일에 두 번, 그리고 일요일에는 요쓰야오쓰카 진학교실에 다녔다. 5학년이 되자 본격적인 중학교 진학 학원으로 옮겨서 주에 세 번과 일요일에는 요쓰야오쓰카, 6학년 때는 주에 다섯 번과 일요일은 요쓰야오쓰카, 한마디로 거의 매일 학원에 다니게 되었다.

그곳은 옛 서당 스타일의 스파르타 학원으로 널빤지로 짜인 방에서 성적순으로 정좌하고 앉아 3시간 동안 수업을 듣는 방식이었다. 하위 성적의 아이들 자리는 푸세식 화장실 옆이어서 악취가 코를 찔렀다.

갈 때는 전철로 가고, 돌아올 때는 운전면허를 딴 어머니가 차로 데리러 왔다. 집에 돌아갈 때쯤이면 다리에 감각이 없었다.

솔직히 말하자면 나는 중학교 수험 공부가 너무 싫었고 친구들과 실컷 놀고 싶었다.

6학년 즈음, 학교에서는 방과 후에 깡통 차기 놀이가 유행이었지만 학원에 가야 하는 나는 방과 후에 남아서 놀거나 공원에서 놀 수도 없어서 친구들 사이에 낄 수가 없었다.

다니던 공립 소학교에서는 중학교 수험을 치르는 학생들이 많지 않아 대부분 방과 후 놀이를 하고 있었기에, 나는 많은 소외감을 느끼고 있었다. 그런 기분은 '나도 모두가 가는 공립 중학교로 가고 싶다'라는 생각으로 바뀌어 점점 더 수험 공부가 싫어졌다.

딱 한 번 학원 수업을 빼먹었는데, 아버지에게 호되게 야단을 맞고 맞기까지 했다. 그 후에도 울면서 중학교 수험 공부가 너무 하기 싫다고 아우성치며 반항해 보았지만 부모님에게는 전혀 통하지 않았다. 결국엔 중학 수험은 피할 수 없다는 것을 깨달아 열심히 공부하기로 마음먹었다.

본래부터 성격이 까다로운 나는 친구가 많이 없었다. 언니가 죽은 뒤부터는 '좋은 아이'가 되어야 한다는 생각에 필사적이었다. 그런 노력은 조금씩 결실을 맺어 6학년이 되자 사이가 좋은 친구들도 생기기 시작했다. 이후 담임선생님이 "너는 좋은 아이가 되려고 열심히 노력하니까, 선생님도 열심히 응원할게"라고 모두들 앞에서 말해줄 정도까지 되었다.

그 후, 담임선생님과 어머니는 이상하게 친해져서 어머니는 선생님에게 모든 것을 털어놓는 경향이 있었다. 지금은 생각할 수도 없는 일이지만 어머니가 백중 선물이나 세찬을 선생님께 보내면 선생님은 모두가 보는 앞에서 내게 답례품을 준 적도 있었다. 훗날 어디 소학교 교장선생님이 되셨다고 들었는데, 나는 어머니와 달리 졸업하는 마지막 날까지도 선생님이 불편했다.

다시 프라이드치킨으로 돌아오자.

암흑 속에서 견뎌냈던 중학 수험 준비 시절, 즐거움을 넘어 구원이 되어주었던 것은 한밤중에 마셨던 코코아와 저녁 무렵에 먹던 켄터키 프라이드치킨이었다.

학교에서 돌아오면 학원에 가기 전에 켄터키 프라이드치킨을 먹었다. 본격적인 저녁 식사는 학원에서 돌아오고 나서 했기 때문에 간식이라고 해야겠지만 그러기에는 양이 상당했다.

매일 켄터키 프라이드치킨을 먹은 것은 아니다. 나카무라야의 고기만두, 오니기리, 샌드위치 등 여러 가지 간식이 있었지만, 나는 단연코 켄터키 프라이드치킨이 가장 좋았다.

여러 가지 면에서 제한을 두는 엄한 어머니도 치킨은 가능한 한 준비해 주었다. 6학년 때는 일주일에 두세 번은 먹지 않았나 싶다. 공부를 시키기 위해, 학원에 다니게 하기 위한 일종의 '당근'이었을 것이다.

감쪽같이 그 책략에 넘어가 치킨 두 조각, 코울슬로와 롤빵(당시에는 비스킷이 아니었다) 세트를 뱃속에 두둑이 담고서 전투에 임하듯 치열하게 보낸 날들이었다.

성적은 서서히 올랐고, 체중도 차차 늘어갔다. 기름진 것만 먹어서 그런지 여드름도 만개했다.

학원을 부지런히 다니고 집에 돌아온 후에는 매일 새벽 2시 정도까지 공부를 하고, 아침 6시에 일어나 한자와 계산 방식을 반복해서 연습했다. '4당 5락(4시간 자면 합격하고 5시간 자면 떨어진다)'이라는 말을 믿고 수면 시간을 쪼개 열심히 공부했다.

그 시절, 아무리 좋게 생각하려고 해도 고통스러운 추억이 하나 있다.

아침에 아버지가 일부러 일어나서 나를 감시하러 오는 것이다. 나를 공부시키려는 목적 앞에 부모님 두 분은 의기투합한 것 같았다.

잠에 취해 꾸벅꾸벅 졸고 있으면 아버지가 불같이 화를 내며 "졸고 있잖아! 내가 일어나 있는데, 뭐하는 거야!" 하며 따귀를 때렸다. 그러면 눈이 번쩍 뜨이는 것은 물론이고 '내가 왜 이런 취급을 받아야 하지?', '좀 자게 내버려 두면 안 되는 거야?' 하는 반항심과 함께 아버지의 처사가 부당해서 견딜 수가 없었다.

게다가 부탁한 적도 없는데 아버지는 텔레비전을 벽장에 넣어버리고 "시험 공부해야 하니까 네가 텔레비전을 못 보게 하기 위해서, 오늘부터 나도 안 보고 참겠다!"라고 선언했다. 그때 나는 '텔레비전 보는 것은 안 참으셔도 되니까, 제발 상냥하게 좀 대해 주시라고요!' 하고 생각했다.

아버지도, 어머니도 정말로 엄격하게 공부를 강요하셨다. 그렇지만 두 분의 엄격함 덕분에 무사히 합격할 수 있었던 것도 사실일 것이다. 1지망 학교는 떨어졌지만, 어머니가 그토록 바라던 양갓집 아가씨들이 다니는 학교에는 들어갔기 때문에 효도는 한 셈이었다. 알고 보니 그 학교는 어머니가 다니고 싶어 했던 학교였다.

내 인생에서 중학교 수험 때만큼 열심히 공부했던 시기는 없다. 지금은 좋은 경험이었다는 생각이 든다. 그런 시절을 견뎌냈던 경험으로 싫어하는 일을 참고 견디는 인내심도 기를 수 있었다. 게다가 그때의 기초나 공부에 집중하는 훈련이 있었기에 대학 수험도 극복할 수 있었던 것 같다. 글에 대한 문해력도 생겼고 문장력도 세밀하게 다듬어졌다. 그 덕분에 지금 글 쓰는 일을 하게 된 것인지도 모른다!

6학년 2월 즈음에는 지원했던 학교에 합격하고 나름 평화로운 나날들을 보내고 있었다. 차츰 친한 친구라고 부를만한 친구도 생겨서 그저 행복한 마음뿐이었다. 그러던 어느 날, 할머니가 돌아가셔서 한국의 아버지 고향에 학교를 쉬고 다녀오게 되었다.

난생처음 비행기를 타고 부산 공항에 도착한 뒤, 차로 2시간 남짓 걸려 아버지의 고향인 삼천포에 도착했다. 돌아가신 할머니는 일본에 오셔서 우리 집에서 한 달 정도 머물다 가신 적이 있었지만, 그때 만나 뵌 게 전부였기 때문에 솔직히 슬픈 감정은 없었다. 너무 감정을 드러내고 큰 소리로 우는 사람들이 내게는 마치 연극을 하는 것처럼 보였다.

친척들은 모두 하얀 한복을 입었고, 어머니도 같은 한복을 입고서 눈물을 흘리고 있었다. 아버지도 얼굴을 일그러뜨리고 오열했다. 나는 아무런 감정 없이 그 광경을 바라보았다. 허무라고 해도 좋을 정도의 느낌이었다.

장례가 끝나고 우리는 잠시 친가에 머물렀다. 할아버지가 그때 마을에 하나밖에 없는 장난감 가게에 나를 데리고 가서 토끼 인형을 사주셨다. 할아버지가 손주에게 장난감을 사주는 건 처음이라 놀랐다는 고모는 좀처럼 만날 수 없는 손녀에게 특별한 마음이 있었을 거라고 나중에 말해 주었다.

2월의 한국은 아주 추웠지만 친척들의 환대는 뜨거웠다. 날마다 아버지 형제 중 누군가의 집으로 초대받아 식사 대접을 받았다.

바닷가 마을이라 식탁을 꾸미는 것은 주로 생선요리였다. 그 시절엔 생선보다 고기를 좋아했던 나는 그 요리들을 거의 먹을 수가 없었다. 물론 김치를 포함한 매운 음식도 먹을 수가 없었다. 어쩔 수 없이 매끼 흰 쌀밥과 과일로 배를 채워야만 했다.

그러자 음식점을 하던 고모가 "좋아하는 요리를 만들어줄 테니 뭐든 말해 보렴" 하고 따뜻하게 말했다. 고모는 일제강점기에 여학교를 다녀서 일본어에 능통했고 나한테도 자주 말을 걸어 주었다.

부드럽게 웃는 얼굴로 이렇게 물어봐 주자 나는 주저 없이 "켄터키 프라이드치킨!"이라고 답했다. 고모는 잘 모르겠다는 듯이 고개를 갸웃했다. 내 옆에 있던 어머니가 "프라이드치킨, 닭튀김을 말하는 거예요"라고 보충 설명을 해주자, 고모는 환하게 웃으며 말했다.

"아하, 그런 거라면 나한테 맡기라고!"

다음 날, 고모는 우리를 음식점으로 불렀다. 프라이드치킨을 먹는다는 생각에 가슴이 두근거렸다. 그러나 막상 자리에 앉자 눈앞에 나온 것은 엄청난 양의 새우튀김이었다. "닭을 못 구해서 말이지"라고 고모가 방긋 웃으며 말했다.

실망한 것도 한 순간, 나는 새우튀김을 곁들여 있던 케첩에 듬뿍 찍어 마구마구 입에 집어넣었다. 고모의 마음도 고마웠고, 새우튀김도 무척 맛있었다.

내가 좋아하는 〈집으로〉라는 한국 영화가 있다. 서울에서 자란 한 소년이 시골 할머니 집에 맡겨지는 이야기다. 남자아이가 프라이드치킨이 먹고 싶다고 졸라서 할머니가 만든 것이 닭을 통째로 고아서 삶은 요리였다는 에피소드를 보면 언제나 고모의 새우튀김이 생각난다.

일주일 정도 아버지 친가에서 머물다 부산에 들러 롯데리아의 햄버거를 먹었다. 오랜만에 먹는 패스트푸드에 대만족해서 '아, 정말 맛있었다' 하고 가게에서 나오자, 길거리 포장마차에서 번데기를 팔고 있어서 까무러칠 정도로 놀랐다.

나의 국적인 나라이고, 아마 내 나라겠지만 여러 가지가 너무 달라서 당황스럽고 복잡한 기분을 느꼈던 순간이었다.

그래도 처음으로 한국에 가서 피를 나눈 친척들과 만나게 되면서 점차 내가 한국인임을 강하게 의식하게 되었다.

그리고 점점 그 사실을 사람들에게 말하고 싶어졌다. 6학년 즈음에는 아직 정체성 갈등이 그렇게 심하지 않았다. 한국의 장례식에 다녀온 일은 반 친구들에게 말하지 못하고, 지방에 다녀온 것으로 했다. 어머니가 그렇게 해달라고 선생님에게 부탁했던 것이다.

'그렇지만 이제 더 이상 언니가 괴롭힘을 당할 일도 없으니 거짓말할 필요는 없지 않을까.'

나는 점차 이런 생각을 하게 되었다.

당시 아침 조회에서 매일 한 명씩 돌아가며 '3분 스피치'를 해야 했다. 나는 3월의 첫 번째 순서로, 졸업이 임박해서야 순서가 돌아왔다.

"지금까지 숨겨왔습니다만, 나는 한국인입니다."

내가 이렇게 고백하자 반 아이들과 선생님은 모두 숨을 삼키고 교실에는 정적만 흘렀다. 잠시 후 선생님이 손수건을 눈가에 대며 이렇게 말했다.

"선생님은 지금 눈물이 날 것 같구나. 가엾게도……. 잘 참았구나. 힘들었지?"

그 후 반 친구들의 반응은 잘 기억이 나지 않는다. 담임선생님의 '가엾게도'라는 단어에 충격을 받아, 순간 머리가 뒤죽박죽이 되어버렸기 때문이다.

'자랑스러운 기분으로 고백했는데, 내가 가여운 건가? 한국인인 것은 가여운 것일까? 힘든 일인 것일까?'

그때 이후로 친했던 친구가 언제나 곁에 있어 주었던 것은 기억하고 있다. 그 후 곧바로 졸업식을 맞이해 많은 반 친구들과 사인북을 교환하고 이별을 아쉬워했기 때문에, 나의 고백은 별문제 없이 지나갔다. 이후로 반 아이들이 괴롭히지도 않았기 때문에 나는 한국인으로서 그들에게 받아들여졌다고, 당시에는 그렇게 생각했다.

얼마 후에 나는 가톨릭여자중학교에 입학했다. 졸업한 소학교에서는 나만 그 학교로 진학했다.

그곳은 별천지였다.

부속 유치원과 소학교에서 무시험으로 올라온 아이들의 부모는 대부분 대학교수거나 유명한 기업에 다니거나 회사 사장님이었다. 의사 딸들도 많았다.

부속 유치원과 소학교 출신이 아닌, 다른 학교에서 중학교 때부터 새로 들어온 어떤 아이를 두고는 주변 애들이 "저 애, 집이 무슨 가게 본점이래"라며 깔보았다.

'본점'이라고 저런 말을 들을 정도인데, 한국인임이 들통 나면 나는 얼마나 업신여김을 당할지 상상만 해도 두려웠다. 그래서 기입한 신상 명세서를 뒷자리부터 걷는데, 세심한 주의를 기울여 내 것이 다음 사람에게 보이지 않도록 사이에 끼어서 돌리곤 했다.

내 신상명세서 본적지에는 '대한민국'이라고 씌어 있었기 때문이다. 더구나 아버지의 직업도 '유희장 경영'이라고 되어 있었다. 다시 말해서 파친코를 운영한다는 것이다. 그런 사실이 알려지면 반 아이들에게 무슨 소리를 듣게 될지 몰랐다. 멸시당할 게 뻔해서 나는 두려움에 떨며 지내야만 했다.

그때 나는 극도로 비굴해져 있었다.

사이가 좋던 아이의 집에 초대받아 가보면 가정부가 있거나 엄청난 대저택으로 시나가와구의 공립 소학교와는 완전히 별세계였다.

30평짜리 주택으로 막 이사 온 나는 '이대로는 안 되겠어!'라고 생각했다. 그래서 적응하기 위해 필사적으로 노력했다. 세일러복인 교복 차림으로 등하교 시간이면 어김없이 마주치는 치한을 견뎌 내고, 친구들에게 비위를 맞추고, 다른 아이들의 용모와 자태에 콤플렉스까지 느끼면서도 어떻게 해서든 학교에 적응을 하고 주위의 아이들과 어울려야만 했다. 그런데 그 초조함이 결국 어처구니없는 행동을 초래하고 말았다.

소학교 6학년 때 겨우 생긴 친한 친구와 편지를 주고받고 있었는데 나는, 그 아이에게, 결코 용서하기 힘든 편지를 쓰고 만 것이었다.

"나는 이제, 너와는 사귀지 않을 거야. 이 학교에서 살아가야 하니까. 너와는 레벨이 다른 곳에 왔으니까."

대략 이런 내용이었다.

친구는 심하게 상처받았을 것이다. 편지를 보내자마자 내가 얼마나 심한 말을 했는지 깨달았고, 곧 후회했다. 그러나 제대로 사죄도 못한 채로 지금에 이르고 있다.

적응하려고 지나치게 노력한 나머지 인터넷 우익이 되어 스스로 동포를 향해 증오 발언을 쏟아내는 재일코리안 같은 꼴이었다.

만약 이 에피소드를 그녀가 읽게 된다면 정말 미안하다는 말을 꼭 전하고 싶다. 그렇게 친근하게 다가와 주었는데, 나는 얼마나 형편없는 인간이었나!

내 안에 있는 차별의 마음, 오만함에 나는 그만 질려버렸다.

프라이드치킨은 여전히 좋아하는 음식이다.

하지만 지금은 켄터키 프라이드치킨을 먹을 기회가 거의 없다시피 한다.

예전 중·고등학교 문화제에 켄터키 프라이드치킨 가게가 출점한 적이 있었는데, 사지 않았다. 커넬 샌더스 할아버지가 비에 젖어 있는 것을 보고 수녀님이 "저 분에게 우산을 갖다 드리거라"라고 말했다는 일화만이 기억 속에 남아 있다.

프라이드치킨이 괜스리 먹고 싶은 날이 있다.

한국에서는 익히 유명한 치맥, 즉 치킨과 맥주. 프라이드치킨과 맥주의 궁합은 그야말로 최고다. 한국에서 치킨 가게에 가는 것도 즐거움 중 하나로 갈 때마다 새로운 가게를 시도해 보고 있다. 양념치킨도 좋아하지만 심플한 프라이드치킨을 고르는 경우가 많다.

프라이드치킨만이 아니라 닭고기 가라아게도 좋아해서 이따금 만들어 먹곤 한다.

어머니는 아버지가 파친코 가게를 운영하고 있을 때, 설날에도 일하는 종업원들을 위해 가라아게를 200개 가까이 튀겨서 보내곤 했다. 나도 집에 있을 때는 돕곤 했다. 어머니의 레시피는 생강 맛이 특히 많이 난다. 내가 만들 때도 어머니의 그 맛을 이어가고 있다.

가라아게든 프라이드치킨이든 켄터키든 상관없다.

이것들을 먹으며 친한 벗이었던 그녀와 맥주잔을 기울일 수 있다면!

그러면 내 인생에서 적어도 한 가지 후회는 사라질 텐데.

아아, 프라이드치킨이여.

인생은 역시 뜻대로 되지 않는 법인가.

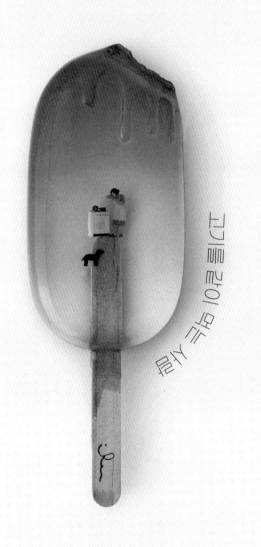

그리트만 10초를 시끄럽

'고기를 먹는다'고 할 때, 가장 먼저 생각나는 것은 무엇일까?

내 경우에는 야키니쿠다. 그리고 야키니쿠라고 하면, 예전에는 '소고기를 구워 먹는다'는 뜻이었다.

야키니쿠의 대한 추억은 야키니쿠 가게에서 먹던 어느 에피소드가 인상 깊다.

특히 잊히지 않는 것은 대사관의 P 씨 가족과 아카사카의 고급 야키니쿠 가게에 갔을 때였다. 대사관 사람과 아버지가 알게 된 배경에는 특별한 사연이 있다.

우리 가족끼리 야키니쿠 가게에 간 적은 가끔 있었다. 매번 가는 가게는 집에서 비교적 가까이에 있는 재일코리안 가족이 운영하는 곳으로 가격도 적당한 작은 가게였다. 메뉴는 아버지가 정했고, '모처럼 외식을 할 거면 좀 더 세련된 양식 레스토랑 같은 곳으로 갔으면' 하고 생각하던 나로서는 사실 가족끼리 야키니쿠 가게에 가는 건 그다지 가슴 뛰는 일은 아니었다.

그러나 대사관 P 씨 가족과 그곳에서 함께하는 식사는 고급 야키니쿠 가게라 그런지 좀 특별한 느낌이 들었기에 아주 내키지 않은 것도 아니었다.

대사관 P 씨 가족과 야키니쿠 가게에 가게 된 것은 중학교 3학년 때부터였다. 한국은 전두환 대통령 시대였다. 일기에서 확인한 사실이라 틀림없다.

P 씨 가족과는 어느 순간부터 갑자기 교제가 시작되었다. 당시는 아버지가 어떤 인생을 살고 있는지 몰랐고, 관심도 없었던 나는 한국대사관 사람과 아버지 사이에 접점이 있다는 사실을 특별히 이상하게 생각하지도 못한 채 그저 아카사카의 고급 식당에 압도되었다. 긴장도 되었지만 솔직히 말하자면 아카사카에서 야키니쿠를 먹는 호화스러움에 마음이 끌렸다.

P 씨는 언행이 부드러운 신사로 격조 있는 일본어를 구사했다. 지금까지 만나온 어느 한국인보다 조용하고 차분한 분위기의 사람이었다. 부인도 품위 있고 상냥한 분이었다. 나보다 어린 두 명의 딸들도 아주 차분하고 얌전했다.

어머니는 가족이나 지인이 거의 경상남도 출신이라 P 씨 가족이 처음으로 알게 된 서울 출신의 한국인이라며 "역시 서울 사람들은 다르네, 말투며 태도며" 하고 만날 때마다 인상 깊은 듯 말하곤 했다.

나도 '경상남도 사람과 서울 사람은 이렇게나 다른 것인가'라고 단순하게 생각했다.

분명 P 씨 가족은 친가나 외가 친척들, 그리고 다른 재일코리안 지인들과는 현저하게 다른 분위기였다. P 씨는 몇 년간의 주재 기간을 끝내고 한국으로 돌아갔지만 우리 부모님은 그 뒤로도 계속 P 씨 부부와 연락을 취하고 있었다. 작년에도 크리스마스 카드를 주고받았다.

《바다를 안고 달에 잠들다》라는 소설을 기획하고 취재를 위해 아버지를 인터뷰했을 때, 아버지가 걸어온 삶에 대해 듣게 되었다. 나는 문득 P 씨의 일이 떠올라 아버지에게 대사관 P 씨와는 어떤 관계였는지 물었다. 그러자 아버지는 뜻밖에도 "그는 정보부(안전기획부) 사람이었다"라고 답했다. P 씨는 주일 한국대사관의 공사였다고 한다. P 씨는 아버지를 미행하고 있었다. P 씨의 미행을 눈치 챈 아버지는 어느 날 길거리에서 걸음을 멈추고 뒤돌아서서 P 씨에게 다가갔다.

"난 더 이상 아무것도 안 할 테니, 미행하지 않아도 됩니다. 이제 미행은 그만두시오. 발각된 미행은 의미가 없지 않소."

아버지가 그렇게 분명하게 말하고 나서, 둘은 친해졌다고 한다.

"그는 좋은 사람이다. 입장이 다른 것뿐이었지"라고 아버지는 말했지만 어쩌면 친해졌다는 것도 그저 감시당했던 것인지도 모르고, 아버지한테 P 씨 가족과의 교제는 일종의 보험을 드는 것과 같은 의미였을지도 모른다고 나도 모르게 의심하게 된다.

아카사카의 고급 야키니쿠 가게에서의 만찬은 어쩌면 아버지한테는 목숨을 잇기 위한 접대가 아니었을까.

일본에서 더 이상 민주화운동을 못 하게 되었다고는 해도 김대중 씨를 지원했던 아버지는 그 이후로도 늘 감시당하고 있었다. 박정희 정권 시절의 KCIA(한국중앙정보국)에 이어 전두환 정권의 안전기획부 사람들이 한국대사관의 공사 또는 영사관의 영사라는 신분으로 재일 한국인의 행동을 감시하고 있었다. 다시 말해서 정치 활동을 그만둔 아버지한테도 늘 미행이 따라붙었던 것이다.

당시의 P 씨와 아버지와의 관계에 대한 진실은 알 수 없지만 한국이 민주화되고 아버지도, P 씨도 나이가 든 지금은 두 사람이 친한 친구인 것은 사실이다.

미행이니, 감시니 하는 말들은 나에게 현실감이 없었다.

4년 전 어느 봄날, 부산에 사는 고모로부터 아버지가 일본에서 한 반정부 활동 때문에 한국의 아버지 친척들이 심하게 감시당했다는 사실을 처음으로 듣고 나서야 독재정권이나 군사정권 하에서 살아간다는 것의 엄중함을 깨닫게 되었다.

민주화가 되기까지 아버지의 일가 친족들에 대한 감시는 계속 이어졌다. 당연히 아버지에게는 방한할 때마다 미행이 따라붙었고, 형제들은 연좌제 때문에 출세가 막히고 진학이나 취직에도 불리했다. 그런 여러 가지 일이 있었던 것 같다.

아버지가 일본에서 현역으로 반정부 활동을 했을 무렵에는 한국의 가족들에게 가해진 억압이나 탄압이 더욱 심해져, 친척들은 당국에서 북한에 아버지의 주소가 있다는 말도 들은 적이 있다고 한다.

반공의 무시무시함은 일본에서 나고 자란 나의 상상을 훌쩍 뛰어넘고 있었다.

한국 정부 측과 어떤 거래가 있었는지, 어떤 타협과 약속을 했는지 등을 아무리 물어도 아버지는 말해주지 않았지만, 고모 말에 의하면 아버지는 한국에 살고 있는 자신의 형제들이 연좌제에 걸려 불우한 처지에 있음을 알고 무척이나 괴로워했다고 한다.

그러니까 아버지는 아내와 딸을 생각해서, 또는 위독했던 어머니를 마지막으로 만나러 가기 위해서만이 아니라 한국에 살고 있는 가족들을 생각해서 정권에 맞서는 활동을 단념한 것 같다.

그러고 나서야 그때까지 정부가 여권을 발행해 주지 않아서 갈 수 없던 조국에 돌아갈 수 있게 된 것이다. 그러나 전두환 정권 때는 상당한 금액의 기부인지 뇌물인지 알 수 없는 돈을 아버지에게 계속 요구했다고, 고모는 탄식을 더하며 말했다.

아버지는 할머니의 임종으로 방한한 이후, 혼자 또는 가족과 함께 설날이나 추석, 제삿날이나 여름방학과 봄방학 때 등 빈번하게 고향인 삼천포에 가게 되었지만 민주화 이전에는 상당한 긴장감과 함께 어떤 각오를 하고 바다를 건넜을 것이다.

그 후, 아버지는 민주화 이후에야 아무런 근심 없이 혼자서 자주 한국으로 갈 수 있게 되었다. 그러한 여행은 불과 몇 년 전인 80대 후반까지도 계속되었다.

정체성이 더 꼬인 중고등학생 시절을 보낸 나는 한국에 대한 마음에도 복잡한 부분이 있었다. 이에 대해서는 지금까지 작품에서 묘사했지만 소설에는 못 밝힌 한국에서 온 청년과의 담담한 추억거리도 있다.

조치대학 1학년 초여름, 영어 스피치 콘테스트에 대학 선배를 응원하러 갔다. 대회장은 릿쿄대학으로 여러 나라에서 온 학생들이 참가하고 있었다. 우연히 내 자리 가까이에 한국에서 온 학생들 무리가 자리하고 있었다.
휴식 시간이 되자 그중 어느 남학생이 혼자 있는 나에게 영어로 말을 걸어왔다. 아마 실없는 이야기였을 것이다.
보통은 일본식 통칭명을 사용하고 주변에 한국인임을 감추는 데 필사적이었던 나는 어쩐 일인지 아주 자연스럽게 그에게 "나는 재일코리안이에요"라고 말했다.
그러자 그는 자기 친구들에게 이 사실을 말했고 얼마 지나지 않아 남녀가 섞인 한국 학생들 몇 명이 나를 둘러싸듯 자리 잡고 말을 걸어왔다. 그중에는 묘하게 경계하는 듯한 태도를 보이며 접근하지 않는 학생도 있었다. 그러나 말을 걸어온 몇몇은 재일코리안을 만나는 것은 처음이라며 흥미로운 듯 고향은 어딘지, 아버지는 무슨 일을 하는지, 민단에 소속되어 있는지 등등을 물었다.

나는 한국 학생들과 대화하는 것이 무척 즐거웠고, 흥분되어 있었다. 한국의 현역 대학생들과 이야기해 본 것은 한국의 사촌들 말고는 처음이었다. 질문을 받고 대답하는 답변이 나의 거짓 없는 본성 그대로인 것도 신선했다. 언제나 숨기고 있던 일, 그러니까 한국인임을 당당하게 말할 수 있다는 것이 내 자신도 깜짝 놀랄 정도로 기뻤다.

스피치 대회가 끝나고 나서도 한국 학생들과 헤어지기가 아쉬워져서 잠시 회장 밖에서 이야기를 나눴다. 콘테스트 대회에 출전했던 일본인 선배와 그 선배가 친해진 재미교포 학생도 합류했다.

그때까지 나는 선배에게 내 출신을 말할 수 없었지만, 그날의 물오른 기세로 털어놓자, 그녀도 "아, 그랬구나!" 하고 담백하게 받아들여 주었다.

소학교 6학년 때의 '3분 스피치' 사건 이후 두 번째 커밍아웃이었다. 특별히 놀라지도 않는 선배의 반응은 의외였지만 한편 안심도 되었다. 대학뿐만이 아니라 중학교와 고등학교도 같은 학교를 나왔고, 대학 시험을 볼 때 영어 가정교사였던 친한 여자 선배에게 한국인임을 숨겼던 것도 왠지 꺼림칙하게 생각하고 있었기 때문이다.

그 선배뿐만이 아니라 친구에게 태생을 숨기는 건 거짓말을 하는 것 같아 언제나 마음 한구석에 무언가 걸려 있는 듯한 기분이었다. 그런데 재미교포 학생과 친해진 듯한 선배에게는 거리낌 없이 고백할 수 있었고, 귀국 자녀(장기 해외 근무 후 귀국한 사람들의 아이로, 외국 학교에서 수학한 자녀—옮긴이)이기도 한 선배는 차별의식이 전혀 없어서 '세상에는 이런 사람도 있구나' 싶어 감격했었다.

당시에는 휴대전화도 없었기 때문에 그 자리에 모인 한국 학생들과 서로 자택의 주소와 전화번호를 쓴 메모를 교환했다. 처음에 나에게 말을 건 사람은 대학교 2학년생인 김 군으로 호감형의 느낌이 좋은 청년이었다.

소위 요즘 말하는 미남 스타일로 한국 배우 고수를 닮은, 내가 아주 좋아하는 타입이었다. 무엇보다 상쾌하게 웃는 얼굴에 끌렸다.

이야기를 나눠보니 온화하고 성실해서 점점 호감을 느끼게 되었다. 그와 거기서 헤어지는 것이 못내 아쉬웠다. 그들은 다음 날 모두 한국으로 돌아간다고 했다.

나는 그들을 잠시 기다리게 하고 서둘러 공중전화로 집에 전화를 걸었다. 드물게 집에 계셨던 아버지가 전화를 받자 "한국 학생들과 만나게 되었는데, 집으로 초대해서 음식 대접을 하고 싶어요!"라고 말했다. 수화기 너머의 아버지는 한동안 아무 말도 없었다. 나는 아버지가 환영해 줄 거라고 굳게 믿고 있었기 때문에 그런 반응이 도무지 이해되지 않았다.

'내 갑작스러운 행동 때문에 아버지는 화가 나신 건가?'

'내가 경솔했던 것일까? 열 명 가까이나 되는 학생들을 집으로 부르는 건 어렵다는 것일까?'

그런저런 생각으로 실망하며 야단을 들으면 어쩌나 싶어 조심스레 전화를 끊으려던 그때, 아버지가 낮은 목소리로 "데리고 와라"라고 말했다.

급하게 결정된 일인 데다 이제 막 이사 온 우리 집이 조금은 넓어졌다고는 해도 비좁았고, 집으로 부르는 것은 어린 여동생들도 있으니 어머니에게 부담이라고 해서 아버지의 지인이 경영하는 메구로의 야키니쿠 가게로 그들을 초대해 아버지가 음식 대접을 하기로 했다.

그 가게는 그다지 넓지 않아서 우리가 통째로 가게를 빌린 것 같은 상태가 되었다. 그러나 주변의 시선을 신경 쓰지 않고 마음껏 영어와 한국어로 말할 수 있게 되어 안심이 됐다.

한국 학생들도, 재미교포 학생도 재일코리안이 경영하는 야키니쿠 가게 스타일은 한국이나 미국에는 없는 형태라 무척 신기해 했다.

아버지가 통 크게 로스 고기를 주문했고, 학생들은 너무 맛있다며 계속 고기를 먹어 치웠다. 학생들은 아버지 앞에서 긴장한 듯 별로 말이 없었고, 아버지도 그다지 말수가 많지 않아서 아까보다 대화가 더 활기를 띨 줄 알았던 나는 그만 맥이 빠지고 말았다. 선배도 아버지가 계셔서인지 별로 말이 없었다.

나는 김 군 옆에서 영어로 말하는 것에 정신이 팔려 점차 주변의 딱딱한 분위기에는 그다지 신경이 쓰이지 않게 되었다. 가슴이 시종일관 고동치던 것은 지금도 기억하지만 대화 내용은 깡그리 잊어버렸다.

김 군과 학생들과는 메구로역에서 아쉽게 헤어졌다. 나는 그들의 모습, 엄밀히 말하자면 김 군의 모습이 보이지 않을 때까지 개찰구에서 열심히 손을 흔들었다.

2주 정도 지났을 때, 한밤중에 아버지가 갑자기 자는 나를 깨워 응접실로 불렀다.

나를 응접실로 부를 때는 대부분 아버지가 설교할 일이 있을 때였다. 아무리 짚어 보아도 설교를 들을 만한 일이 없었기에, 아버지가 노했을 때의 공포심이 밀려와 몸을 떨며 소파에 앉았다.

아버지가 때리면 어쩌지 싶어 얼굴을 들 용기도 없이 고개를 숙이고는 무언가 실수는 없었는지, 실패한 것은 없는지, 요즘 밤늦게 들어온 날이 있었는지, 남자친구들한테 전화라도 걸려 온 건지 등등을 두서없이 맹렬한 속도로 생각하고 있었다.

우리 집은 귀가 시간도 정해져 있었고, 연애도 일절 금지였다.

아버지가 테이블에 무언가를 놓았다. 하얀 봉투와 편지지였다. 집어서 보라고 재촉하셔서 봤더니 '받는 사람'에는 아버지의 이름이 한자로 쓰여 있었다. 뒷면의 '보내는 사람'에는 한글이 같이 적혀 있었다. 편지지에도 문장은 한글밖에 없었다. 나는 뭐라고 쓰여 있는지 전혀 알 수가 없었고, 이것을 나에게 보여주는 아버지의 의도도 읽을 수 없어 혼란스럽기만 했다.

그때 아버지가 입을 열었다.

"전에 야키니쿠 가게에 데려갔던 연세대학교의 김 군한테서 온 편지다. 음식 대접에 대한 감사의 인사가 쓰여 있다."

나는 '어쩜 김 군은 정말 예의 바른 사람이구나' 하고 감탄하면서도 '그런데 왜 아버지한테 보냈을까? 나에게 영어로 편지를 보냈더라면 좋았을 텐데. 하긴 어차피 편지를 아버지가 뜯어보았을 테니 결국은 마찬가지였을까?'라고 여러 가지 떠오르는 사념에 묻혀 있었다.

그전에도 부모님은 남자아이한테 온 내 편지를 맘대로 뜯어본 적이 있었다.

"그리고,"라고 아버지가 말을 이어갔다.

"너와 교제를 하고 싶으니 편지를 주고받는 것을 허락해 달라고 해서 '학생의 본분은 공부니까 착실하게 공부하고, 교제 같은 것은 생각하지 말라'고 써서 답변을 보냈으니까 그리 알거라."

아버지는 그렇게 말을 끝내자마자 일어나서 응접실을 나가버렸다.

그 당시에는 '편지 정도는 주고받아도 되잖아? 내 의사 따위는 완전히 무시하시는구나!' 하는 생각에 내 인생이 아버지에게 지배당하는 것이 너무 분하고 슬퍼 한동안 무기력증에 빠지고 말았다.

그러나 지금 김 군과의 이 일을 돌이켜 생각해봤을 때 깨닫게 되는 전혀 다른 또 하나의 이야기가 있다.

한국이 민주화되기 전인 1985년 당시는 여행 자유화가 이루어지지 않았을 때로, 특별한 사유로 일본에 가서 스피치 콘테스트에 참가한 학생들은 한국 정부로부터 틀림없이 '재일코리안과 접촉해서는 안 된다'는 경고를 들었을 것이다. 그래서인지 나를 경계하며 말을 하지 않던 학생들도 있었다. 민단에 소속되어 있는지도 그래서 물었을 것이다.

1980년대까지 재일코리안은 북한의 스파이일 가능성이 높다고 의심받았다. 한국으로 유학 간 재일코리안이 스파이 용의자로 몰려 감옥에 간 적도 있었다. 소위 '학원 침투 간첩단 사건'으로 유명하다. 훗날 무죄로 판명되었지만 재일코리안 사회에서는 이때의 상처가 깊게 남아 있다.

민주화 이후, 얼마 전인 최근까지도 보수 정권이 집권하면 일본을 방문하는 사람들에게 그러한 주의환기가 있었다고 들었을 정도이니 당시에는 더욱 심했을 것이다. 이렇게 한국에서 일본으로 오는 사람들은 재일코리안을 경계하는 경우가 적지 않았다.

이 사실을 알고, 나는 이 불합리한 사실에 이를 갈 정도로 분개했다. 우리는 조국이라고, 동포라고 생각하는데 그들은 우리를 그렇게까지 색안경을 끼고 보다니!

그때 아버지가 한국에서 온 대학생들과의 식사를 승낙하는 데 주저한 것은 자신이 일찍이 반정부 활동을 하고 있었고, 그 이후에도 감시 대상이었던 자신과 접촉하면 학생들에게 피해가 가지 않을지 생각했을 것이다. 딸이 한국인에 대한 동포의식에 눈을 뜨게 된 것이 기뻐서, 또 학생들의 수고를 치하하고 싶은 생각도 있어서 야키니쿠 집에서 음식을 대접했지만 그 이상의 접촉은 피하는 게 좋다고 생각하셨던 것이 아닐까.

좀 더 진상을 파고드는 것도 가능하다. 아버지는 '김 군의 편지에 제3자의 어떤 의도가 숨겨져 있던 것은 아닐까' 하고 아버지는 생각했을지도 모른다. 안전기획부의 사주 같은 것 말이다. 아, 거기까지 생각하는 것은 역시 한국 영화나 드라마를 너무 많이 본 탓인가.

김 군의 편지 건에 이상한 뒷이야기 따위는 없었다고 믿고 싶다. 그의 순결해 보이던 눈동자가 나의 뇌에 분명히 아로새겨져 있으니까. 김 군과의 만남은 씁쓸해도 소중한 추억으로 오랫동안 남겨두고 싶다.

야키니쿠 이야기로 다시 돌아가 본다.

내가 사회인이었던 1990년대 초반에 야키니쿠는 상당히 일반화되었다.

'야키니쿠를 같이 먹는 커플은 이미 관계를 맺은 사이'라는 시시한 말까지 등장했다. 나도 회사 동료들과 야키니쿠 가게에 가는 경우가 종종 있었다. 호르몬(내장 구이)도 일반화되어 가게가 늘었고, 지금은 야키니쿠 가게도 다양하다.

나는 곰탕에 들어가는 벌집위라고 하는 소의 위장 부위를 제외하면 다른 부위의 호르몬은 잘 먹지 못하는데, 작년 교토의 히가시쿠죠에서 먹었던 호르몬야키는 각별히 맛이 있었다.

같이 테이블에 둘러앉은 사람들은 차별에 맞서 싸운 동료들로, 그들과 함께여서인지 고기도 술도 자꾸만 들어갔다. 그 이후로 히가시쿠죠에서 호르몬을 먹는 것은 교토에 가는 즐거움 중 하나가 되었다.

히가시쿠죠나 쓰루하시 같은 재일코리안 집성지에는 특히 잘하는 야키니쿠 가게가 있기 마련이고 재일조선인이나 한국인이 운영하는 야키니쿠 가게는 지금도 전국 각지에 많이 있다. 하지만 이제는 야키니쿠 가게라고 하면 재일코리안들이 운영하는 게 당연한 시대는 점차 멀어지고 있다.

아이들이 한창 자라던 시절에는 적당한 가격의 야키니쿠 체인점에 자주 갔다. 아들 녀석은 유학을 간 미국에서도 야키니쿠 체인점인 규카쿠(牛角)에 가는 것이 즐거움인 것 같은데, 그곳은 아마도 일본식 레스토랑으로 분류되겠지.

삼겹살도 야키니쿠라고 친다면 의외로 재일코리안, 특히 일본에 온지 오래된 분들에게 삼겹살은 최근까지도 그리 익숙하지 않은 음식이었다. 나도 아이들 관계로 친해진 주변의 엄마들이 데리고 가준 신오쿠보에서 2000년대 말쯤에 처음으로 삼겹살을 먹었다. 1세대인 아버지나 2세대인 어머니는 지금까지도 드셔본 적이 없다.

삼겹살은 내가 좋아하는 음식이 되었다. 특히 숙성된 삼겹살을 좋아한다. 이제는 슬슬 기름진 고기는 피해야 하는 나이라 가끔씩만 먹지만, 특히 한국에 갔을 때는 절대로 놓칠 수 없는 메뉴다.

일본에서는 '야키니쿠 가게'라고 하기보다 '한국 요리점'이라는 이름에 어울리는 식당이 많이 늘어서 그 인기도 여전히 시들 줄 모른다. 그리고 일본뿐만 아니라 전 세계에서 한국 요리는 인기가 높다.

해외의 한국 요리점을 떠올리면 생각나는 것이 괌에서 만난 가게다.

가족끼리 간 해외여행으로는 한국을 제외한 첫 여행지였다. 1983년, 고등학교 2학년 여름이었다. 비행기에서 내려 공항에서 택시를 타자, 30세 전후의 아시안 운전사가 어설픈 영어를 썼다.

가족 중에서 서툴게나마 영어로 말할 수 있는 유일한 사람인 내가 어느 나라 사람인지 물었는데, 그는 한국인이었다. 괌으로 이주한 지 얼마 안 되었다고 했다. 아버지에게 그가 한국인이라고 전하자 그때부터 아버지는 한국어로 그와 얘기했다. 아버지는 그와 의기투합해서 레스토랑을 추천받았고, 그 차로 곧장 레스토랑까지 갔다.

우리 집 첫 해외여행의 첫 식사는 그렇게 또 한국 요리였다. 그것도 한국인이 모여 사는 지역의, 한국인밖에 안 가는 작은 식당으로 운전사 아저씨 부부와 함께 가게 되었던 것이다. 우리 집의 절대 권력자인 아버지에게는 누구도 반항할 수가 없었다. 우리 아버지는 해외에까지 슈트케이스에 김치를 넣어서 온 그런 양반이다.

'이제는 정말 지긋지긋하다. 어디를 가도 늘 한국이 따라붙어.'

'늘 가는 야키니쿠 가게와 비슷한 분위기의 이런 가게, 한국 아버지 고향에 가면 나오는 요리들과 비슷한 음식들, 이젠 신기하지도 않아.'

'본토의 햄버거가 먹고 싶었는데!'

'완전 기대하고 있었는데!'

'난생 처음으로 온 외국인데!'

'여기는 미국인데!'

나는 모든 게 지긋지긋해져서 비행기와 차 때문에 멀미가 난다고 둘러대고 요리에는 거의 입도 대지 않았다. 운전사 아저씨 부부는 아주 좋은 분들로 신경 써서 내게 영어로 말을 걸어주었지만, 아버지가 바로 끼어들어 한국어로 대화하기 시작했다. 나한테는 무척 씁쓸했던 추억이다.

하지만 그런 나도 몇 년 전 딸과 함께 미국 플로리다주의 한 지방 도시에 갔을 때, 공항에서 탄 택시의 한국인 기사님과 의기투합해 코리안 레스토랑을 소개받아 곧바로 직행하고 말았으니 결국엔 아버지와 똑같은 행동을 하고 말았다. 역시 '피는 못 속이는 법'이라고 새삼 느꼈다.

그런데 40년 가까운 세월이 흐르자 시대는 변했고 아이들의 반응은 완전히 달라졌다. 딸은 코리안 레스토랑에 가는 것을 오히려 기뻐했고,

재미교포 2세인 젊은 운전기사와도 즐겁게 영어로 대화하고 있었다. 레스토랑에서는 만족스럽게 짜장면을 먹었다.

특별하게 코리안들이 모여 사는 지역이 아니고 지역민들이 오가는 마을 한 곳에 위치한 그 가게는 미국인 손님들로 붐볐다. 근처에는 한국계 슈퍼마켓이 있고, 한국 식자재로 가득 채워져 있었다. 슈퍼마켓 옆에는 한국식 카페까지 있어 팥빙수를 맛있게 먹을 수도 있었다.

생선을 좋아했던 아버지는 이상하게 나이가 들자 고기를 더 좋아하게 되었다.

깜빡깜빡 잊어버리는 경향이 늘었을 때는 아버지가 매일 안창살과 갈비를 대량으로 사서 나에게도 나눠 주었을 정도다.

간병인이 돌봐주는 맨션으로 옮긴 지금은 다리에 기운이 없어 고기를 전처럼 대량으로 사는 일은 없어졌지만, 아버지가 고기를 좋아하는 것은 여전하다.

93세 아버지와 87세 어머니를 두 달에 한 번 정도 야키니쿠 가게로 모시고 간다. 아직도 두 분이 고기를 드시고 싶어 하는 것은 건강하시다는 증거라고 생각하니 한결 안심이 된다.

식탁에서의 화제는 주로 옛날이야기다. 최근의 기억은 불분명하지만 두 분 다 오래된 과거 일은 오히려 잘 기억하고 있어서 나는 부모님을 만날 때마다 젊은 시절의 이야기를 물어보려고 한다.

지난번에는 아버지에게 김 군의 이야기를 물어본 적이 있는데, 기억을 못 하셨다. 아주 유감이다.

〈1987〉이라는 민주화 투쟁을 그린 한국영화를 보면 김 군이 생각난다.

그리고 영화를 다 보고 나면 몸 둘 바를 모르겠다. 한국에서는 나와 같은 세대의 학생들이 싸우고 있었을 때, 나는 버블이 한창이던 일본에서 태평하게 자기 일만 생각하고 살았던 것인가 싶어 괴로워진다.

내가 연세대학교 2학년이던 김 군과 만났던 것은 1985년이었다.

그로부터 2년 후, 연세대학교 정문에서 이한열 군이 최루탄에 맞았을 때, 김 군은 어디서 무엇을 하고 있었을까. 징병을 당해 군대에 있었을까.

그로부터 40여 년이 흐른 지금의 김 군은 어떤 사람이 되어 있을까. 소설이었다면 나와 김 군은 다시 만날 수 있었을 텐데.

과연 어떤 이야기가 펼쳐졌을까.

서로 마주보고 고기를 먹으면서, 술잔을 나누며, 각자 살아온 궤적을 이야기하는 스토리는 너무 진부할까.

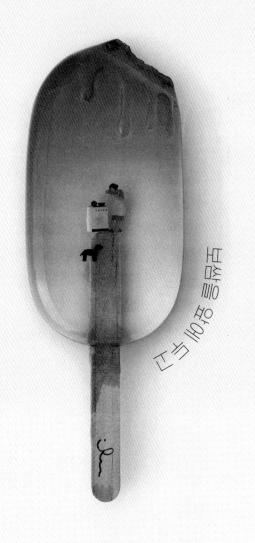

근무 환경을 묻는 그녀

나에게는 나이 차이가 많이 나는 여동생이 둘 있다.

바로 아래 동생과는 8살, 막냇동생과는 13살이나 차이가 난다. 중학교에 입학한 해에 여동생이 태어나서 나는 세 자매의 장녀가 되었다. 이렇게 나이 차이가 많이 나면 동생들과 싸우는 일은 감히 있을 수 없는 법이다. 동생들과 싸움이 나면 어린아이를 상대로 뭐 하는 짓이냐며 나만 야단맞을 게 뻔했고, 딱히 여동생들과 싸울만한 동기도 없었다.

동생들이 어렸을 때는 내가 그들을 돌봐야 할 때가 많았다. 특히 막냇동생은 어머니가 고령에 낳은 아이라 내가 작은어머니 같은 역할을 담당했다고 할 수 있다.

나에게 여동생들은 마냥 귀여운 대상이었다.

위의 여동생은 어머니가 나가시면 인형처럼 여러 벌의 옷을 갈아입

히고, 어머니의 화장품을 빌려 삼 면이 거울로 된 화장대 앞에서 화장을 해주면서 놀았다. 여동생도 싫어하지 않고 재미있어했다고 생각한다.

여동생은 어머니의 원피스를 입고 자기가 가수 주디 온이 된 것처럼 뽐내며 〈매력에 빠졌어요〉를 불렀다. 그때는 우리 집에 텔레비전이 부활해서 매주 〈더 베스트 텐〉이라는 음악방송을 볼 수 있었기에 그 영향으로 신나게 가수 놀이를 하며 놀았다.

커가면서 아이들이 코스프레(분장)를 싫어했기 때문에 그 놀이는 그만두었지만, 여동생들을 보살피는 일은 계속됐다. 대학교 1학년이 되자 목욕을 시키는 등의 자잘한 일만이 아니라 13살 차이가 나는 막냇동생을 매일 아침 유치원에 보내고, 어머니가 잘 못하는 재봉과 다리미질까지 도맡아서 동생이 유치원을 잘 다닐 수 있도록 보살폈다.

유치원 가방에 새긴 자수는 디즈니 캐릭터인 덤보로 내가 만들었지만 꽤나 근사했다. 나는 의외로 바느질을 좋아해서 내 손으로 직접 만드는 것이 재미있었다.

어머니가 "이 자수는 첫째가 했다니까"라며 자랑한 적도 있었는데 여동생의 유치원 엄마들이 "어머나, 세상에! 정말 잘했네", "이런 언니가 있어서 얼마나 좋아"라며 자주 칭찬해 주어서 나로서도 그리 싫지 않았다. 무엇보다 어머니에게 인정받는다는 것도 나에게는 중요한 일이었다.

나중에는 우리 아이들 것도 열심히 만들었지만 이혼 후에는 다시 일을 하기 시작한 데다, 나 혼자 가사와 육아를 책임져야 해서 끝까지 다

만들지 못하고 결국에는 돈을 주고 맡기거나 친구에게 부탁한 적도 있다. 상황이 그렇긴 했지만 찜찜한 기분이 드는 건 어쩔 수 없었다.

그러나 과연 그렇게 생각할 필요가 있었을까.

아직도 부모가 만든 공작물 등 부모에게 과제를 대신 만들어줄 것을 강요하는 유치원이나 소학교가 있는 모양이지만 이제는 그렇게 하지 말아야 한다고 생각한다.

마찬가지로 직접 만든 도시락만 좋은 평가를 하는 풍조도 바람직하지 않다고 생각한다. 물론 아침 일찍부터 도시락을 싸는 일은 무척 수고스럽고 그 노력 역시 칭찬받을 만한 일이다. 그런데 도시락 싸기가 대수롭지 않은 사람도 있겠지만, 직접 도시락을 싸주지 못하는 사람들에게도 아이들에 대한 애정이 부족한 건 아니다.

요리나 재봉에 서툰 사람들도 있다. 나도 오랫동안 이른 아침부터 도시락을 싸는 생활을 했지만 정말 힘들었다. 냉동식품으로 도시락을 싸줬다고 다른 엄마들한테 험담을 들은 적도 있다.

가능한 한 가사나 육아의 부담을 가볍게 덜어주는 방향으로 사회 분위기가 변했으면 좋겠다.

이야기가 좀 빗나갔다.

동생들은 내게 자주 편지를 써주고 그림을 그려주었다. 한때는 단사리(斷捨離, 불필요한 것을 끊고〈斷〉, 버리고〈捨〉, 집착에서 벗어나는〈離〉 것을 지향하는 삶의 방식—옮긴이)에 빠져 단호히 물건을 버렸던 나도 동생들한테 받은 몇 가지는 소중하게 간직하고 있다. 물론 우리 아이들이 준 것들도 엄선해서 남겨 두었다.

그 물건들을 추억하는 것을 노후의 즐거움으로 삼고자 한다.

아래 동생이 소학교 저학년이 되었을 무렵에는 다 커서 〈치비마루코짱〉 만화를 내게 빌려주는 관계가 되었고, 이제는 책을 빌려볼 수 있는 대상이 된 여동생의 성장에 무척 기뻤다. 지금껏 여동생들을 돌보기만 했는데, 이제는 그들도 다 커서 쌍방향으로 서로 마음을 나누게 된 것이다. 솔직하게 호의를 표현하는 어린 여동생들이 너무 사랑스러웠다.

이렇게 쓰고 보니, 내가 아주 훌륭한 언니였던 것 같은데 실제로도 나는 좋은 언니였다고 생각한다. 여동생이 다니는 유치원 엄마들 중에는 나를 보고 "첫째는 수녀님이 되면 좋겠어"라고 말하는 사람까지 있었다.

그리고 한순간이긴 했지만 나 역시 '수녀님이 되는 것도 나쁘지 않을지 몰라'라고 생각한 적이 있다. 궁극의 봉사, 신을 섬기는 일이란 얼마나 멋진 일인가. 신을 섬기면 지금까지의 내 죄와 나쁜 성격까지 모두 용서받을 수 있을 것 같았다.

그러나 내가 당시 근본적으로 희생과 봉사를 최상의 기쁨으로 여기고 있었느냐고 묻는다면, 물론 그렇지 않다고 답해야겠다. 나로서는 좋은 언니가 되는 것 말고는 다른 선택지가 없었다. 게다가 동생들이 나를 좋아하고 따르는 것이 내 마음의 버팀목이기도 했다.

나는 누군가를 돌봄으로써 사랑받는다는 생각이 강하게 몸에 배어 있었다. 아니, 보살피는 정도가 아니라 헌신을 다했을 때 비로소 삶의 의미가 있다고까지 생각하게 되었다. 그런데 이런 성향이 훗날 이성 교제에서도 부정적인 면을 초래했다.

희생과 봉사를 좋게 여기는 경향은 어머니의 영향도 있었다. 어머니도 누군가를 보살피고 헌신하는 일이 삶의 보람이었고 87세가 된 지금까지 93세 아버지를 세심하게 돌보고 있다. 게다가 오랫동안 양로원이나 아동복지관에서 자원봉사를 해오셨다. 어머니는 열성적인 가톨릭 신자로 어머니와 가톨릭 신앙은 서로 굉장히 잘 맞았다.

그런데 잠깐, 아직까지 보쌈 이야기가 나오지 않고 있다. 조금만 더 이야기를 들어주었으면 한다.

시간을 좀 더 뒤로 돌려보자.

중학교 시험을 마치고 드디어 나는 당당히 세일러 교복을 입게 되었다. 새 교복과 함께 모든 것을 리셋하자는 생각은 앞서 말했듯 친한 벗에게 끔찍한 짓을 저지르게 된 배경이 되었다.

그뿐 아니라 학교생활에서도 새로운 친구를 사귀는 일에 필사적이었지만 친구들과 잘 어울릴 수 없었던 내가 취한 행동은 친구들에게 알랑거리고 최선을 다해 맞춰주려는 행동이었다.

예를 들면, 자리가 가까워서 이야기를 나누게 된 아이에게 호감을 사고 싶어서 생일도 아니었는데 선물 공세를 하는 등 나는 그 아이에게 잘 보이고 싶어 무작정 잘해주려고만 했다.

내 용돈은 많지 않았기 때문에 어머니의 지갑에서 돈을 훔쳐, 그 아이가 좋아하는 뮤지션의 LP 레코드를 사서 보냈다. 그러나 결과적으로 그 아이와는 별로 친해지지도 못했고, 돈을 훔친 것이 들통 나 어머니는 개탄스러워했고, 아버지한테는 호되게 꾸중을 듣고 나서 매까지 맞았다.

당시 나는 정말 쓰레기 같은 인간이었다.
나의 나쁜 본성이 고쳐지지 않았던 것이다.
그 누구보다 내 스스로가 가장 싫었다. 마음속 깊이 반성했다.

만회를 해보자는 생각에 이번에는 모범적인 가톨릭 신자가 되려고 성당의 미사에도 열심히 다녔다. 학교에서 가톨릭 신자를 위한 신앙 수업에도 성실하게 나갔다.

선량하고 좋은 사람이 되려는 마음이 내 안에서 점점 커져 갔다. 그런 사람으로 보이고 싶기도 했고, 진심으로 선량해지고 싶었다. 그렇게 되지 않으면 이대로 지옥에 떨어지고 말 거라고 믿었다.

상류층 자녀들인 학교 친구들은 다가가기 어려운 이들이었지만, 내가 입학한 사립학교의 가톨릭 정신이 바탕이 된 도덕적이고 윤리적인 가치관은 내 마음속의 빈틈을 메워주고 살아가는 데 중심을 잡아주었다. 가톨릭 신자 학생들을 위한 신앙 과외 수업을 맡은 수녀님은 상냥한 분이어서 나는 점점 더 그 수녀님이 좋아졌다. 수녀님 말씀대로 언제나 약한 자들에게 다가서는 사람이 되고 싶다는 소망이 생겨났다.

재일코리안이었기 때문에 차별에 예민했던 나는 소학교 때《안네의 일기》를 읽고 독후감을 쓰면서 여름방학 자유 연구 주제로 나치의 홀로코스트에 대해 알아보기도 했다.

그리고 차별받는 사람이나 사회적 약자에 관한 책들을 적극적으로 찾아 읽었다. 제목은 잊어버렸지만, 〈아사히신문〉이 아동용으로 출간한 책에서 처음으로 알게 된 부락 문제(신분적·사회적으로 차별 대우를 받아온 사람들이 집단으로 거주하는 지역을 부락이라고 한다. 에도시대에 형성되어 1871년에 법제상 신분이 해방되었으나, 현재도 이러한 사회적 차별이 완전히 근절되지 않고 있다―옮긴이)나 장애인을 차별하는 현실에 충격을 받고 그 후 강한 관심을 두게 되었다.

영어를 가르쳐 주시는 수녀님이 수업을 시작할 때 언제나 "전 세계의 가난한 사람들이나 곤경에 처한 사람들, 약자를 위해 기도합시다"라고 합장하시면 나는 순수한 감동을 받곤 했다.

그런 마음으로 크리스마스가 오기 전에 고아원에 선물을 가져다줄 사람을 모집할 때, 기말 시험을 앞두고 있었음에도 솔선해서 손을 든 적이 있었다. 나도 나에게 주어진 소임을 다하고 싶은 마음에 고아원을 방문하게 되었다.

그런데 그곳에는 난폭하게 날뛰는 아이들이 있을 뿐이었다. 내겐 어린아이의 비교 대상이 되는 것이 여동생들뿐이었기 때문에 비교적 얌전했던 두 여동생과는 완전히 다른 갱스터들에게 깜짝 놀라고 말았다.

한 5살짜리 아이는 장난감 자동차를 붕붕 휘두르며 내던졌다. 다행히 아무도 맞지 않았지만 그동안 상상해왔던 '가엾고 거룩한 아이들'과는 완전히 거리가 멀었다.

지금은 그 아이를 이해할 수 있다. 아마 모처럼 낯선 누나들이 방문하자 흥분했을 것이다. 관심을 끌고 싶기도 했을 것이다.

나도 소학교 때 수업 참관을 겸한 간담회가 있던 날, 모자(母子) 피구대회에서 큰 소리로 소리치며 떠들었던 적이 있었다. 그때 주변 사람들이 아연실색해서 나를 바라보던 것을 기억한다.

언니가 하늘나라로 떠나고 얼마 지나지 않았기 때문에 어머니는 언니가 다녔던 학교에 올 수 있는 심경이 아니었다. 어머니가 오지 않아 쓸쓸했던 나는 사람들의 관심을 끌고 싶었다.

애당초 고아원에 있던 아이들을 막연히 '가엾고 거룩한 아이들'이라고 제멋대로 생각한 것이 잘못이지만 당시에는 그런 줄도 모르고 고아원 아이들의 모습에 그저 낙담할 뿐이었다. 어리기도 했지만 마음속 어딘가에 어떤 오만한 생각이 숨어 있었던 것이다.

중학생 시절의 나는 아직 순수해서 〈24시간 텔레비전〉(일본 니혼 TV〈NTV〉에서 매년 여름 방송하는 대규모 자선 프로그램으로, 24시간 논스톱으로 진행된다. 출연자들이 입은 티셔츠를 판매한 금액을 기부한다—옮긴이)에 비친 장애인들의 삶에 감동해 눈물을 흘리고, 근처 편의점으로 기부하러 달려가기도 했다.

그러다 점차 친구를 사귀고 탁구부 동아리 활동에 나름 공부도 해야 했고 좋아하는 서양 팝도 들어야 해서, 그러니까 매일의 생활에 쫓겨 신앙심을 높이고 일과 더 선량해지기 위한 발걸음은 정체되어 갔다.

게다가 한국인이라는 정체성에 대해 고민하던 와중에 갑작스레 친구에게 커밍아웃을 당해 왕따가 된 일도 있었다. 나는 그 일로 너무 충격을 받아 자살까지 생각할 정도였다. 세상의 약자들보다 우선 내 일이 시급했다.

결국 중학교 3학년 때, 자살미수 사건을 일으켰다.

드라마나 책에서 보고 수면제를 다량으로 복용하면 죽는다는 것을 알았지만 집에 수면제가 없어서 대신 위장약 한 병 분량을 다 삼켰다. 당연히 죽지는 않고 심한 구토만 남긴 한심한 결과를 낳았다. 그 일은 부모님에게도 알리지 않았다.

그 후에는 '선한 사람이 되어봤자 결국에는 한국인이라고 미움받지!'라는 생각에 선량한 사람이 되려는 노력도 내팽개쳐 버렸다. 공부에도 소홀해지고 동아리 활동도, 동생들을 보살피는 일도 다 귀찮아졌다. 어느 날엔 동생 학원에서 발표회가 있었는데, 내가 가지 않은 일로 어머니에게 야단을 들었지만 오히려 정색을 하며 대들고 말았다.

고등학교 1학년이 되자 모든 것이 지긋지긋해져서 무력하게 지낸 데다가 몸무게가 계속 늘어나 외모에 대한 콤플렉스는 더욱 심해졌다.

그러다 여름방학이 되자 처음으로 세 살이 된 막냇동생을 데리고 아버지 고향에 다녀왔다.

일본에서 재일코리안이라는 사실에 갈등이 컸지만 한국에 가서도 언제나 손님 취급을 받거나, 아예 일본인으로 보는 경우도 많아서 나도 딱히 한국을 조국이라고 생각하지 못하고 한국에 있기가 불편했다.

정체성에 대한 방황은 내 나라에 돌아가서 더욱 심해졌다. 사실은 한국에 가기 싫었지만 도저히 저항할 수 없는 독재정권은 한국만이 아니라 우리 집에도 존재했다.

우리 가족이 고향에 가면 친척들의 대접이 끝없이 이어진다. 환영해 주는 마음이 전해져 기뻤지만 말이 통하지 않아 난처하기도 했다.

아버지가 있으면 대화는 거의 한국어로 진행됐다. 자식들을 배려해 주는 분위기는 없었다. 일본어가 가능한 친척이 있으면 가끔 일본어로 말을 걸어주었지만, 가부장제가 강한 1980년대 경상남도의 시골에서 아이들은 오로지 참아야만 했다. 시무룩해져 있으면 어머니가 야단을 쳤기 때문에 표정에도 신경을 써야 했다.

아버지는 9형제로, 절반 정도가 고향에 남아 계셨다. 각자 결혼해서 나는 기억할 수조차 없을 정도로 많은 사촌들이 있었고 그중 한 명이 우리를 집으로 초대해 주었다.

삼촌과 고모, 사촌들 집에서 음식 대접을 받은 적은 여러 번 있었지만 상세하게 기억나는 경우는 많지 않다. 하지만 이날 사촌 집에 간 것은 그 광경이 자세히 떠오를 정도로 선명하게 기억하고 있다. 그때 부모님은 다른 집에 초대받아 가셔서 동생 둘과 함께 사촌 집으로 갔다.

사촌은 결혼한 지 얼마 안 된 때라, 나는 사촌 부부가 '신혼 커플'이라는 점에 흥미가 일었다.

'알콩달콩 하는 모습을 보게 될까? 아니, 친척 앞이니 그럴 일은 없겠지? 그래도 부모님들이 안 계시니 또 모르지!'

이런 상상의 나래를 펼치며 고등학생인 나는 모처럼 가슴이 두근거렸다.

그렇게 사촌 집으로 가보니 사촌은 뇌성마비를 앓고 있었고, 부인도 마찬가지였다. 그런 사실을 전혀 몰랐기 때문에 깜짝 놀랐지만, 감정을 밖으로 드러내서는 안 된다고 주의를 받아 포커페이스로 있으려고 노력해야 했다.

뇌성마비인 사람을 만나는 것은 이번이 처음이었다. 식탁을 마주하고 앉았지만 말도 통하지 않았다. 무엇보다 어떤 태도로 이 사촌 부부를 대해야 좋을지 전혀 알 수가 없었다.

사촌 부부는 일본에서 온 우리를 대접하려고 식탁이 넘쳐나도록 요리를 내왔다. 마침 내 눈앞에는 삶은 돼지고기(보쌈)가 접시에 수북이 담겨 있었다.

나는 식사와 동생들을 돌보는 것에 전념하기로 했다. 살찌는 것이 싫어서 먹는 것에 공포감을 느끼고 있던 당시의 나였지만 일단 열심히 먹으면서 이 상황을 벗어날 수밖에 없다고 생각했다.

여덟 살 여동생은 옆자리에, 세 살인 막내 여동생은 무릎에 앉히고 오로지 삶은 돼지고기를 덜어먹는 일에만 열중했다. 여덟 살 동생의 접시에도 고기를 덜어주고, 세 살짜리 동생에게도 삶은 돼지고기를 잘게 찢어 입에 넣어주었다. 두꺼운 살점을 삶아낸 돼지고기는 적당하게 수분이 있어서 촉촉하고 맛있었다. 별다른 조미료 없이도 맛있게 먹을 수 있었다.

우리 세 자매는 묵묵히 삶은 돼지고기를 계속 먹었다. 과일 같은 것도 먹었겠지만, 고기를 엄청나게 많이 먹었던 것밖에 기억이 나지 않는다.

그날 밤, 세 살짜리 여동생이 한밤중에 설사와 구토를 해대는 바람에 아주 야단이 났다.

나는 벌을 받았다고 생각했다. 그리고 깊이 반성했다. 여동생에게 무리하게 먹인 것이 후회가 됐고, 사촌 부부가 융성하게 대접해 준 것에 대해서도 알 수 없는 죄책감을 느꼈다.

그때까지의 내 가치관으로는 장애를 가진 사람은 나와는 상관없는 존재들이며 가엾게 여겨야 할 대상이었다. 그런데 사촌이라는 가까운 존재가 장애를 가진 사람이라는 사실이 당혹스러웠다. 제멋대로 가엾다고 생각하다니, 이 얼마나 오만한 태도였나.

그 후로는 자주 안 나가던 교회 미사에도 다시 착실히 다니게 되었고, 학교에서는 신자 학생들이 가는 '종교 합숙'에도 참가하게 되었다. 그리고 동생들 일에도 좀 더 신경 쓰자고 마음속으로 맹세했다. 암으로 입원한 외할아버지의 병원에도 바지런히 간병을 하러 다녔다.

나는 항상 스스로 '위선자가 아닐까' 하는 의심을 지울 수가 없다. 왜냐하면 선량해지고 싶은 동기가 나의 경우에는 그렇게 함으로써 사람들에게 호감을 받고 싶고, 잘 보이고 싶고, 지옥에 떨어지고 싶지 않다는 지극히 이기적인 마음일 뿐, 결코 친절함이나 순수한 마음이 아닌 것 같은 기분이 들기 때문이다.

문득 이렇게 적나라하게 객관화가 되는 순간, 나라는 존재는 마치 연극 소품 같은 가짜로 느껴져 내 자신이 싫어진다.

태어나서 곧바로 세례를 받은, 말하자면 유아세례를 받은 나는 가톨릭교회와 함께 살아왔다. 그런 나는 매일 밤, 자기 전 기도 시간에 그날 일어났던 일들을 떠올리며 반성을 한다.

또 부활제나 크리스마스 전에 죄를 회개하는 고해를 한다. 그렇게 자신을 뒤돌아보고 반성하는 습관이 있다. 나에게는 죄를 범한 인간, 회개하지 않는 인간은 천국에 갈 수 없고, 지옥에 떨어진다는 믿음이 깊이 자리 잡고 있다.

그런데 지금은 '내 치부나 결점을 일부러 드러내는 것보다는 차라리 감추는 것이, 위선이 훨씬 낫지 않을까' 하고 생각하게 되었다. '결과적으로 선(善)'인 것이 더 중요하다는 생각이 든다. 선량한 것을 삐딱하게 보며 조롱하는 풍조가 만연한 작금의 세태에서는 점점 더 그런 생각이 든다.

여러 가지 마음의 변화를 겪고 지금은 가톨릭 신앙에서 멀어졌지만 나는 지금도 선량하게 살고 싶고, 한 발 더 나아가 내가 사는 사회가 선하고 좋은 사회이기를 바란다. 그런 사회가 되도록 나도 가능하면 힘을 보태고 싶다.

삶은 돼지고기는 사촌 집에서 먹은 이후로 꽤 오랫동안 먹지 못했다. 우리 집은 원래부터 돼지고기를 별로 먹지 않기도 해서 우리 집 식탁에서는 보쌈을 볼 수가 없었다. 결혼하고 나서 시댁에서도 그랬다.

삶은 돼지고기를 다시 만난 것은 2010년대의 한국 음식점에서였다. 삶은 돼지고기가 '보쌈'이라는 이름의 요리라는 것도 그곳에서 알았다. 오랜만에 먹은 보쌈은 정말 맛있었다. 그 이후 한국 음식점 메뉴에서 보쌈을 발견하면 나도 모르게 주문하게 된다. 일전에 한국 매체와 인터뷰를 하게 되었을 때, 한국 요리 중 무엇을 가장 좋아하느냐고 물어서 "보쌈"이라고 답했던 적도 있다.

단맛이 올라오는 배춧잎에 보쌈을 올리고 다음에는 젓갈과 된장을 얹는다. 김치까지 그 위에 살포시 올리고는 배춧잎으로 쌈을 싼다. 입을 크게 벌려 한입 가득 쌈을 밀어 넣고 천천히 씹으면 무심코 "음~" 하고 감탄사가 새어 나온다.

보쌈은 축하 자리나 대접하는 자리에 자주 나오는 요리다.
《자두꽃은 져도》의 취재 때문에 이방자 여사와 친했던, 서울에 사시는 김순희 씨를 만나 여러 차례 이야기를 들었다.
김순희 씨는 내가 찾아가면 언제나 환대해 주셨고, 서울 시내의 이방자 여사와 관련이 있는 호텔 레스토랑이나 자신이 좋아하는 음식점에 나를 데려가 음식 대접을 해주시곤 했다. 취재차 온 사람은 난데 오히려 죄송할 정도였다.
젊은 사람들에게 인기가 있다는 남산의 보쌈 가게도 데리고 가주셔서 소고기 보쌈과 오리고기 보쌈, 그리고 돼지고기 보쌈을 대접해 주셨다.

김순희 씨는 손수 배추에 고기를 싸서 내 입 가까이까지 가져다 주셨다. 어릴 적 외가에 맡겨졌을 때 외할머니가 자주 음식을 수저에 떠서 내 입 가까이에 들고, 어서 먹으라고 재촉하던 것이 떠올랐다.

보쌈 맛이 유독 맛있었던 것은 물론이거니와 김순희 씨의 다정한 마음이 전해져 기쁨의 눈물이 차올랐다.

그녀는 "아니, 왜 울어요?"라고 말하며 웃고 계셨다. 그랬던 김순희 씨는 2023년 4월에 책 출간을 기다리지 못하고 별세하셨다.

2023년 10월, 헤이트 스피치를 둘러싼 재판에 소중한 내 벗이 승리했다. 그 축하 자리에서 먹었던 보쌈 맛은 특히 더 잊히지 않는다. 최고의 한국 요리점에서, 멋진 사람들과 함께 가장 맛있는 보쌈을 먹었던 셈이다.

나는 결코 훌륭한 사람이 아니다. 그래도 보쌈을 볼 때마다, 먹을 때마다 좋은 사람이 되고 싶고, 차별 없는 좋은 사회를 만들어 가자고 생각하게 된다.

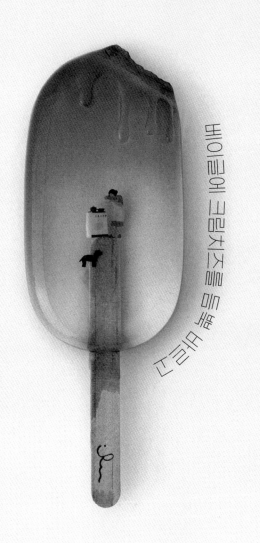

베이글에 크림치즈를 듬뿍 바른다

2023년 4월에 서울에 갔을 때, 한국에서는 어떤 디저트와 음식이 유행하고 있는지 궁금해서 경복궁 가까이에 있는 삼청동을 산책했다. 그러다 한 베이글 전문점을 발견했는데, 입구에 대기줄이 무척 길었다.

삼청동은 젊은 세대도 많이 오는 곳으로 한국의 패션이나 음식 트렌드를 어렴풋이 알 수 있었다. 도쿄로 치자면 오모테산도나 아오야마쯤으로 생각하면 될 것 같다.

베이글 가게 앞에서 줄을 서려고 하자 한국 전화번호가 없으면 순서를 기다릴 수 없는 시스템이었다. 할 수 없이 가게 안에서 먹는 것은 포기하고 포장을 해서 돌아가기로 했다. 테이크아웃은 기다리지 않고 바로 살 수 있었다.

가게 안에는 생크림을 얹었거나 초콜릿 코팅을 한 화려한 베이글들이 선반에 즐비하게 놓여 있었다. 내가 생각했던 심플한 베이글이나 샌드위치도 있었지만 색채가 화려한 베이글 종류가 너무 많아 과연 이것들을 베이글이라고 부를 수 있을지 의문이 생길 정도였다. 일본의 베이글 가게에서도 같은 느낌을 받은 적이 있다.

이런 시도도 나쁘지 않다. 음식이 원래의 형태를 넘어 독자적으로 진화하는 것은 바람직한 일이다. 식문화가 풍부해지기 때문이다.

그래서 나는 한국에서 먹는 한국식 돈가스도, 미국의 일본식 레스토랑에서 조우한 화롯불 구이도, 캘리포니아 롤도, 오키나와에 갈 때마다 먹는 스팸 오니기리도, 그건 그것대로 좋다고 생각한다.

나에게는 익숙한 재일동포 요리도 현지 한국인이 보면 이상하게 보이는 음식이 있는 것 같지만, 나는 오히려 그 점이 사랑스럽고 뿌듯하다.

음식 원리주의는 편협한 내셔널리즘과도 연결되고, 나는 원래부터 음식에 국적이나 국경 같은 것은 존재하지 않는다고 생각한다.

그런 생각들을 하면서 달달한 베이글에 저절로 손이 가는 것을 '칼로리, 칼로리를 생각해야지!'라며 억지로 건강의 위험성을 상기시킨다.

차츰 신진대사가 나빠지고 있는 연령을 고려해서 시나몬과 건포도가 박혀 있는 비교적 단순한 맛의 오리지널 베이글을 샀다.

세트로 같이 파는 여러 개의 크림치즈 중에서도 가장 일반적인 맛의 크림치즈를 골랐다. 사실은 메이플 시럽이나 초콜릿, 콩고물이나 말차가 들어간 것도 매력적이었지만, 소화가 안 될 것 같아서 꾹 참았다. 그러나 아무런 장식이 없는 심플한 베이글도 반들반들 광택이 나서 무척 맛있어 보였다.

그렇게 내일 아침식사가 기대되면서 또 마음이 들뜬다.

가게 안은 인스타그램 사진발이 확실한 세련된 인테리어로 꾸며져 있고, 벽돌 재질의 벽에 영어 문자가 넘쳐난다. 현란한 색채의 토핑이 올라간 베이글을 눈앞에 두고 커플이나 여자친구끼리 만면의 웃음을 띠며 사진을 찍고 있다. 행복한 바이브가 넘쳐흐르는 기분 좋은 공간 이었다.

다음 한국 방문 때는 다시 가서 그때는 가게 안에서 먹어보고 싶지 만 한국의 유행은 눈 깜짝할 사이에 옮겨가 가게들도 몇 년 만에 바뀌 어 버리는 경우가 많다. 다시 서울에 왔을 때 과연 이 가게가 남아 있 을지 불안한 마음이 든다. 그래서 나는 가능한 한 빨리 다시 한국에 오 기로 마음먹었다.

먹겠다는 의지는 인간의 발걸음을 가볍게 만든다.

베이글은 북미의 동해안에서 유명하고 자주 먹는 음식으로, 동유럽 계 유대인이 이주하면서 전국으로 퍼졌다고 하는 정도의 지식밖에 없 어서 「위키피디아」에서 알아봤다. 발췌한 내용을 적어본다.

"밀가루 반죽을 줄이 생길 정도로 늘려서 양끝을 다시 뭉쳐 둥글게 만들어 발효시킨다. 끓는 물에 데친 다음 오븐으로 구워서 만든다. (중 략) 특징으로는 일반 빵의 원료로 사용되는 유지(버터 등), 계란, 우유를 기본 반죽에 사용하지 않아 다른 일반적인 빵과 비교해서 칼로리나 지 방분은 낮고 단백질은 많다."

"베이글은 1880년대에 유대 계열 폴란드 이민자들에 의해 뉴욕에서 시작되어 퍼졌다. 1920년대까지는 대규모의 동유럽계 유대인 커뮤니티가 있는 도시를 제외하면 미합중국에서 베이글은 보기 드문 먹거리였지만, 20세기 말의 20여 년 동안 북아메리카에 널리 퍼져 일반적인 음식이 되었다."

「위키피디아」에 따르면 "일본에는 1990년대 말부터 2000년대 초에 걸쳐 유입되었다"고 한다.

내가 베이글이라는 미지의 음식과 만난 것은 1986년 봄, 미국으로 어학연수를 갔을 때였다. 아직 일본에서는 볼 수 없었던 시기였다. 그때는 미국 전역으로 베이글이 퍼져나가기 시작한 시기이기도 했다. 당시 베이글은 '이민자의 음식'이라고 들어서 한국 태생이자 이민자의 끝자락이라고 할 수 있는 나에게는 왠지 친밀감이 드는 음식이었다.

무엇보다 크림치즈를 듬뿍 발라 한입 베어 문 베이글의 맛은 참으로 감격스러웠다. 원래 크림치즈에는 영 관심이 없었는데 '이 악마의 페이스트 맛은 뭐지!' 하며 그때부터 중독이 되었다.

그 이후 나는 크림치즈에 푹 빠져들고 말았다. 김치와도 맞춰 보고 신라면에 넣어도 보고 생햄으로 싸서 먹어도 보고 그대로 먹기도 한다. 이제는 항상 냉장고에 비축해 두는 식품 중 하나가 되었다. 베이글이 좋은 것은 크림치즈라는 존재가 있기 때문이 아닐까.

내가 어학연수를 간 것은 대학 1학년을 마친 봄방학 때였다. 서해안 샌프란시스코 부근의 오클랜드에 있는 밀스 칼리지 가톨릭 여대,

ECIW(English Center For International Women)에서 3개월 정도를 다녔다.

엄격한 부모님이 유학을 허락해준 것은 가톨릭 여자대학의 부속 어학 학교였기 때문이다.

중학생이 되자, 서구 음악에 빠져 원래도 쉽게 영향을 받던 나는 미국 문화를 추종하게 되었다. 그렇게 한동안 빠져 지내다 대학생이 되어 미국을 선망하는 경향이 한층 강해졌다. 방은 버드와이저 빈 병으로 장식하고 코카콜라 포스터를 붙이고(자본주의에 너무 물들어 있었다!) 표지에 성조기가 디자인된 노트를 사서는 좋아라 사용하거나 라디오를 FEN(Far East Network, 미국 기지의 군인들을 위한 방송국)에 맞춰놓고 듣곤 했다.

할리우드 미국 영화가 공개되면 혼자서라도 꼭 보러 갔다. 바비인형을 좋아해서 베티 굿즈도 사 모았다. 이른바 미국병에 단단히 걸려 있었다.

지금 일본의 중학생이나 고등학생이 'K-팝'을 좋아하고 한국 문화를 동경하는 것도 그와 비슷한 느낌일지 모른다. 아니면 인터넷에서 정보를 쉽게 접할 수 있어 동경까지는 아니더라도 훨씬 가깝게 느끼는 친밀감일 것이다.

아무튼 그때 미국은 지금처럼 간단하게 정보를 접할 수 없었고, 엔이 200엔대 중반이었을 정도로 한창 달러가 강세였던 시절이어서 물리적으로도 심리적으로도 멀고도 먼 나라였다. 그랬기에 더 선망하는 마음이 강했던 것 같다.

'아메리카 본고장으로 유학 가고 싶다!'고 열망하던 나는 성인식 축하 따위는 안 해도 좋으니, 유학을 보내 달라고 부모님께 간청했다.

원래도 주변 친구들이 성인식을 위해 후리소데(성인식 전 남녀 모두 착용하는 소매가 긴 기모노—옮긴이)를 산다느니, 어머니 옷을 물려 입는 다느니 하는 소리를 들을 때마다 내 마음은 착잡하게 가라앉았다. 나는 후리소데도 입을 수 없었고, 한국 국적이니 어차피 지역구에서 하는 성인식에도 초대받지 못할 것이 뻔해 자연히 풀이 죽어 있었다. 당시는 한국 국적 등의 외국인에게는 주민 표가 없었기 때문에 행정부에서 주최하는 성인식 안내장은 오지 않았다.

치마저고리를 차려입고 성인식 기념사진을 찍는 것이 당연하다고 단언하는 부모님에게도 반발심이 솟구쳤다. 일본도 한국도 아닌, 더구나 내가 너무 좋아하는 미국을 선택하는 것은 나로서는 최고의 아이디어로 생각되었다.

영어를 배운다는 대의명분과 가톨릭 여대의 기숙사라는 점 덕분에 예상 외로 부모님의 허락을 쉽게 얻을 수 있었던 나는 1986년 초봄, 나리타공항에서 샌프란시스코를 향해 난생처음 홀로 일본을 떠났다.

여기서부터는 일기를 참조하면서 이야기를 계속 이어 나가겠다.

당시 나는 거의 매일 일기를 썼고, 유학하는 동안 커다란 노트에 그날 일어난 일을 상세하게 기록하고 있었다.

지금 페이지를 넘기면서 읽어 보면 자의식 과잉인데 자기긍정감은 낮고, 몸무게가 늘었네, 줄었네를 반복하며 급기야 강렬한 루키즘

(Lookism)과 지나친 연애 지상주의적 가치관에 물들어 있었던 것이 일기장에 통렬하게 쓰여 있었다.

"뭐야, 이건 좀 심한데?"라고 19세의 나에게 여러 가지 태클을 걸고 싶어지지만, 일단 이 부분은 제쳐두고 이야기를 진행해 본다.

갈 때는 샌프란시스코까지 직항편이었는데, 어떤 문제가 있었는지 도중에 로스앤젤레스에서 내리게 되어 당혹스러운 상황이 되었다. 샌프란시스코까지 가는 국내 편으로 티켓을 교체하기 위해 항공사 카운터로 갔지만, 직원이 이야기하는 영어가 너무 빠르고 횡설수설하는 바람에 나는 거의 울기 직전의 상황이 되었다.

그것을 본 다른 직원이 내 패스포트가 한국 여권이라는 이유로 한국어를 할 수 있는 직원(아마도 한국계 미국인)을 불러주었지만, 설상가상으로 나는 한국어도 전혀 모르는 상태였다.

서툰 영어로 나는 일본에 살고 있고, 일본어밖에 모른다고 아무리 설명해도 의미 전달이 되지 않았다. 급기야 상대방은 한국인인데 왜 한국어를 모르느냐고 느릿느릿한 힐문조(나 혼자서 그렇게 느낀 것인지도 모르지만)의 영어로 물었다. '엎친 데 덮친 격'이란 이런 것을 두고 하는 말일 것이다.

결국 나는 로스앤젤레스 공항에서 닭똥 같은 눈물을 뚝뚝 흘리며 울어버리고 말았다.

그러자 우연히 카운터에 있던 일본 여행사의 투어 가이드가 내게 말을 걸어주었다. 딸꾹질과 우는 소리가 섞여 일본어로 사정을 설명하자, 그 사람이 유창한 영어로 카운터 직원에게 전해주고 수속을 도와주었다.

30대 전후의 남성이었다. 감사의 인사를 전할 틈도 없이 그는 서둘러 사라져버렸다. 눈물이 날 정도로 고마웠다. 그의 얼굴은 전혀 기억이 나지 않지만 그 사람은 평생 잊을 수 없는 멋진 사람이었다.

어렵사리 도착한 샌프란시스코 공항에서 만난 택시 운전사도 참 친절하신 분이었다. 가이드북에는 택시를 주의하라고 쓰여 있어서 바가지 요금을 걱정하며 잔뜩 겁을 먹은 상태였는데.

이런저런 일을 겪으며 어쨌든 오클랜드의 밀스 칼리지에 도착했다.

기숙사는 밀스 칼리지의 학부생이나 대학원생과 함께 방을 쓰게 되어 있었고, 내 옆방은 타이완에서 온 유학생이었다. 인사만 하고 대화는 못했지만 웃는 얼굴로 맞아주어 마음이 놓였다.

그러나 그 기숙사는 일본 집과는 달리 간접조명만 있었고, 오래된 건물이라서 홀로 방에서 짐을 풀고 있으려니 어둠 속에서 더 불안해졌다.

안 되겠다 싶어 기분전환을 위해 샤워라도 하려고 욕실로 들어가는 순간, 웬 남자가 욕실에서 알몸으로 튀어나오는 바람에 완전히 혼비백산하고 말았다.

'여긴 분명히 여자대학인데?'
'대체 왜 남자가 있는 거지?'

그런데 곧바로 타월 한 장만 걸친 여자도 나왔다.

나중에 기숙사에 남성 출입이 특별하게 금지되어 있지 않다는 것과 학내에 있는 기숙사에는 남녀혼합 기숙사도 있어서 근처에 있는 캘리포니아대학, 버클리대학(UC버클) 학생도 살고 있다는 것을 듣고 놀랐던 기억이 있다.

남녀 교제를 금지하던 부모님이 여자대학이라 안심했던 것이 갑자기 우습게 느껴졌다. 밀스와 버클리는 매일 셔틀버스가 왕래하고 있었다.

샤워를 마치고 방으로 돌아와 막 일기를 쓰려고 할 때, 누군가가 방문을 노크했다.

어쩌면 아까 만난 옆방의 타이완 아이인가 싶어서 문을 열자, 비슷한 나이대의 살갗이 하얀 아시아인 여자아이가 웃음을 띠며 서 있다가 내 손을 덥석 잡고 기세 좋게 한국어로 인사말을 걸어왔다. 무슨 말을 하는지 전혀 알 수 없었지만, 상대방이 무척 흥분해 있다는 것은 전해져 왔다.

나는 그 기세에 압도당했고, 잠시 이야기가 끊긴 틈을 타서 영어로 주뼛주뼛하며 "난 한국어를 못 해. 일본에 살거든"이라고 말했다. 그러자 그녀의 안색이 갑자기 확 바뀌며 손을 뿌리치듯 내빼고는 뒤돌아서 나가버렸다.

그날 밤은 비행의 피로와 시차도 있었지만 로스앤젤레스 공항에서의 사건과 방에 찾아온 한국인 여자아이의 일이 좀처럼 머릿속에서 떠나지 않아 잠을 이루지 못했다.

다음 날, ECIW에 등록을 했다.

여기서는 주에서 이민자 여성과 난민 여성에게 영어 교육을 의뢰받아 수업을 하고 있었기 때문에 남미와 중동 출신의 여러 연령층 여성들이 있었다. 그러나 최대 다수파는 일본인이었다. 현재 미국의 어학교나 대학에서는 압도적으로 중국인 유학생이 많고 일본인은 적지만, 당시는 어딜 가든 일본인 천지였다.

일단은 일본인 학생들과 이야기를 할 수 있어 한시름 놓았다. 밀스 칼리지에 진학을 희망하는 사람들도 있었고, 결혼 전에 염원하던 유학을 온 사람도 있었다.

타이완 태생이지만 일본 국적을 가진 사람도 있었는데, 그녀는 대학원 진학을 생각하고 있었다. 일본 여권이지만 이름은 중국식이어서 놀랐다. '일본 국적인데 일본 이름이 아니어도 괜찮은 건가?' 하고.

그러자 그녀는 타이완 출신이라는 것은 소중히 생각하지만 정세가 불안하니까 일본 국적을 취득했다고 답했다. 그리고 그녀의 여동생이 다카라즈카(111년의 역사를 가진 여성으로만 이루어진 일본의 가극단—옮긴이) 음악 학교에 다니고 있다는 것도 알려 주었다. 앞으로 예능 활동을 하려면 편의상 일본 국적이 좋지 않겠느냐는 판단도 있었다고 한다.

나보다 몇 살 위인 이 타이완 친구와는 유학 중이라는 점과, 재일이라는 같은 입장에서 감정적으로도 통하는 면이 있어서 친하게 지냈다. 그녀는 세상물정 모르는 나에게 여러 가지를 알려 주었다.

나는 자연스럽게 일본인들(엄밀하게 말하자면 일본 여권을 가진 사람들)과 함께 뭉쳐 다니게 되었다. 다른 일본인 유학생들은 같은 기숙사였고, 나만 다른 기숙사였던 것은 한국 여권 때문인 것 같지만 스태프에게 부탁해서 기숙사도 일본인 유학생들과 같은 곳으로 옮겼다. 그녀들은 재일코리안인 내 사정을 알아도 간섭하는 일이 없어 같이 있어도 편했다.

전날 밤 내 방을 찾아온 여자아이는 대학, 대학원, ECIW를 통틀어 학내의 유일한 한국인으로, 전부터 ECIW에 다니고 있는 학생이라고 스태프가 알려 주었다.

"그녀는 한국인이 오기를 무척 기대하고 있었어요. 방 번호를 알려 줬는데 벌써 이야기를 나눴나 봐요?"라고 물어봐서 "네……"라고 기어 들어가는 목소리로 대답할 수밖에 없었다.

그 후로 그녀와는 수업을 같이 듣게 되었지만 눈길도 주지 않고 나를 피했다. 딱 한 번, 용기를 짜내어 말을 걸었지만 철저히 무시당했다.

나중에 내가 재일코리안이라 실망했다는 말을 소문으로 듣고 '아아, 나는 정녕 남들을 실망하게 하는 존재란 말인가' 하고 낙담했었다.

그녀가 나를 피했던 것은 실망해서만이 아니라 1986년, 민주화 이전의 한국인에게 어쩌면 재일코리안과 접촉하는 것은 금기였을지도 모르겠다. 지금은 이해가 된다.

여행 자유화도 안 됐던 시절에 미국 유학이 허가가 날 정도로 그녀는 세력 있는 집안의 자제였을 것이고, 당연히 전두환 정권을 지지하고 있던 집안이었을지도 모른다. 정권을 지지하지 않아도, 당시 한국인이 정체도 알 수 없는 재일코리안과 친하게 지내려는 생각은 아예 없었을 것이다. 말도 통하지 않고, 일본인과 다름없는 한국인이었던 나 따위와는 말이다.

안 돼, 안 돼. 스스로를 비하하는 짓은 그만두자.

당시는 이런 식으로 비굴하게 받아들였지만 지금은 나처럼 한국어를 못하는 재일코리안은 역사나 사회구조 때문에 그렇게 될 수밖에 없었거나, 또는 일본에서 살아가는 것만으로도 힘에 겨웠기 때문에 모든 것을 개인의 문제, 자기책임으로 돌릴 수는 없다는 건 잘 알고 있다.

그녀가 재일코리안이라는 존재에 대해 잘 몰랐던 이유도 있을 것이다. 그것도 그녀 자신의 문제라기보다는 그 시대 한국 사회의 재일코리안에 대한 시선이 그녀를 그렇게 행동하도록 만들었을 것이다.

어느 쪽이든 그저 한국말을 못한 것이 문제라거나, 재일코리안을 이해하지 못한 것이 문제라고 쉽게 단정할 정도로 간단한 문제가 아니다.

생각해 보면 이민진 작가의 《파친코》라는 소설이 베스트셀러가 되고, 그 드라마가 히트한 덕분에 'ZAINICHI(재일)'라는 단어와 그 존재가 전미, 아니 전 세계에 알려진 것은 무척 획기적이고 멋진 일이다. 내가 미국에 유학할 당시에는 "재일코리안이라니? 그게 뭔데?"라는 반응뿐이었다.

유학 시절 학생 식당에서 만난 베이글에 완전히 빠졌던 나는 매일 아침 연어, 베이컨과 함께 크림치즈를 듬뿍 바른 베이글을 먹었다. 어느 날은 건포도 베이글을 3개나 먹었다고 일기에 썼다. 말할 것도 없이 귀국할 즈음엔 몸무게가 훌쩍 늘어나 있었다.

미국에서의 식사는 맛에 대한 특별한 기억이 별로 없지만 베이글을 만나게 된 것과 UC버클리로 놀러 가서 캠퍼스 안에서 프로즌 요구르트를 먹었던 기억이 남아 있다.

언젠가 영화를 보러 간 것도 기억하고 있다. 자막이 없어서 내용은 잘 알 수 없었지만 즐거운 추억이 되었다.

점차 생활에 익숙해지자 여유가 생겨나 점점 일본인이 아닌 친구들과도 친해졌다. 늘어난 것은 몸무게뿐만이 아니라 친구도 있었다.

레바논 출신의 여성, 콜롬비아에서 온 여성, 스태프로서 도와준 밀스, 학부생인 라틴계 미국인과도 친해졌다.

한편으론 백인 여성과는 거의 접할 일이 없었다는 사실은 '미국 유학!'이라고 들떠 백인 친구가 생기는 것 말고는 상상도 못했던 나에게 현실을 깨닫게 해준 일이었다.

덕분에 나 자신도 어렴풋이 차별적인 사고를 가지고 있었다는 점도 깨닫게 되었다. '명예 백인' 같은 행동거지라 할 만하다.

유학 중에 버클리대학의 아시아계 학생이 주최하는 댄스파티에 초대받아 몇 번 간 적이 있었는데, 귀국 직전의 일기에는 "댄스파티는 어느 나라나 다 비슷한 법. 근본적으로 별로 좋아하지도 않고"라고 써져 있다.

그렇다, 때는 바야흐로 한창 버블경기 시절의 디스코 전성 시대였기 때문에 일본에서도 학생 주최의 댄스파티는 자주 있었지만 나는 그런 분위기가 맞지 않았다. 일기에는 "어차피 나는 촌스러워서 아무도 상대해 주지 않아"라고 적혀 있다.

나는 그 시절의 나에게 말해 주고 싶다.

"아니야, 그런 거 신경 쓰지 않아도 돼. 너는 그냥 그대로 괜찮아"라고.

비겁한 그 사고방식이 오히려 나쁘다고. 댄스파티니까 그냥 가서 즐겁게 춤추고, 놀고 오면 된다고.

게다가 원래부터 댄스에는 전혀 소질이 없었기 때문에 이런 태클도 의미가 없다.

당시 댄스파티는 당연히 남녀의 만남이 목적이었지만, 그래도 이성의 시선이 너무 신경 쓰였다. 그 당시 나는 상당히 어두운 분위기의 아이였고, 온통 부정적 사고에 물들어 있었다. 그때 쓴 일기는 애처로울 지경이라 차마 자세히 읽기가 힘들 정도다.

그런 나도 미국에 가서 다양한 가치관을 접하고 견해도 조금은 넓어진 느낌이 든다.

미국 체류 중에 레이건 정권은 리비아에 대한 전쟁을 시작했다.

ECIW의 수업에서는 그 일에 대해 토론도 했다.

'미국은 타국을 대상으로 전쟁을 일으킬 수 있는 나라구나.'

문득 내가 미국에 대해 좋은 면만 보려는 색안경을 끼고 있었음을 깨닫게 되었다.

오클랜드라는 장소는 밀스 칼리지의 문밖을 나서면 흑인들이 사는 거리였는데 빈부의 차, 인종차별 등을 피부로 직접 느낀 것도 크다. 대학에서는 유학생 외의 학생이나 교수는 백인이 많은데, 교내의 청소부나 시내의 택시 운전수는 거의 흑인이었다. 흑인은 위험하다고 당당히 내뱉는 교직원도 있었다.

밀스 칼리지의 동성애에 대한 의식은 상당히 진보적이었다고 생각된다. 학교 안에서 여학생끼리 포옹하고 열렬히 키스하던 모습에 당황했지만, 주변 사람들이 자연스럽게 받아들이는 것을 보고 나의 인식도 변하기 시작했다.

나는 레즈비언에 관한 수업을 대학에서 청강했다. 'LGBTQ'라는 단어는 몰랐지만(당시에는 존재하지도 않았다) 중학교, 고등학교 모두 여학교를 다녔던 경험도 있어서 이성애만이 표준이 아니라는 점, 감정의 자유가 있다는 점 등은 감각적으로 이해하고 있었다. 하지만 육체적인 접촉에는 어딘가 위화감이 있었다.

난해한 수업이긴 했지만 수업을 통해 동성애가 특별한 것이라는 인식은 사라졌다. 좀 더 배우고 싶어서 레즈비언에 대해 사회적으로 분석한 책도 샀다. 하지만 일본으로 돌아오자 일상생활에 묻혀 그 책은 어느새 책장의 장식품 신세가 되어버렸다.

그 책은 지금 어디에 있을까. 다시 읽어보고 싶다.

3개월 동안 미국에서 기숙사 생활을 해보고, 지금까지 세상에서 가장 불행하다고 생각했던 내 인생이 오히려 얼마나 축복받은 삶이었는지를 깨달았다. 난민으로 목숨만 겨우 부지해 도망쳐 온 한 레바논 출신 여성은 아이를 조국에 두고 왔다고 했다.

캘리포니아주에는 일본인이 아닌 다른 아시아인들도 많았다. 샌프란시스코의 차이나타운에도 자주 갔다. 국경을 넘은 사람들은 많이 있다. 타국에서 씩씩하게 살아가는 사람들과 우리 할아버지와 할머니, 부모님의 모습이 겹쳤다.

차이나타운을 걷고 있으면 긴장감이 풀렸다. 오클랜드에서 샌프란시스코까지 가는 버스에 아시아인들만 탄 적이 있었는데, 같은 외모의 아시아인들 사이에 섞이면 왠지 마음이 놓였다.

'아, 역시 나는 아시아인이 맞지'라는 생각에 마음이 편해졌다. 일본에 있을 때는 일본 이름으로 살았기 때문에 여권과 동일한 본명을 쓰는 것에 대한 해방감이 아주 컸다.

미국에서 깨달은 '일본인도, 중국인도, 한국인도 모두 아시아인'이라는 생각은 재일코리안으로서 갈등하고 있던 나에게 큰 깨달음이 되었다.

일본으로 돌아와서 가끔은 그 베이글을 다시 먹고 싶은 생각이 들곤 했지만, 어느샌가 베이글의 존재 자체를 잊어버리고 있었다.

한창 아이들 육아에 몰두하고 있을 무렵, 일본에 베이글이 상륙했다. 나는 너무 반가워서 유모차를 끌고 근처에 생긴 베이글 가게에 들어갔다. 아들이 유치원에 가 있는 동안은 채 두 살도 안 된 딸을 돌보았다. 마침 딸아이는 새근새근 자고 있었고, 가게 직원은 유모차를 동반한 아이 엄마에게 상냥했다.

플레인 베이글에 크림치즈를 바르고 한 입 베어 물자 베이글의 은은한 달콤함과 치즈의 짭짤한 맛이 어우러져 절묘한 맛이 났다.

까맣게 잊고 있던 미국 유학 시절의 나날들이 떠올라, 잠시 동안 생각에 잠겼다. 딸아이의 평온하게 잠든 얼굴을 가만히 바라보며, 이 아이와 아들은 부디 정체성으로 고민할 일이 없는 인생을 보내기를 바랐다. 그리고 출신지에 얽매이지 않고 당당히 살아갈 수 있는 환경을 물려주고 싶다고 생각했다.

2022년에 〈에브리씽 에브리웨어 올 앳 원스〉라는 영화를 딸과 함께 보러 갔다.

아카데미 작품상을 받은 이 중국계 이민 가족의 이야기는 엔터테인먼트적인 색채가 강하지만 근간에는 모녀의 갈등도 그려져 있다. 모녀란 영원히 싸우는 관계라는 것도 영화에서는 암시되어 있다.

딸과 둘이 사는 우리 모녀에게는 가슴 깊이 와 닿는 메시지였다. 넘치도록 많은 표상이 내포된 이 영화는 복잡성의 상징으로 검은 베이글이 나와, 그 메타포도 우리 모녀에게 강렬하게 남아 있다. 시커먼 모습으로 계속 회전하는 베이글은 이 세계의 혼돈을 나타내고 있는 듯했다.

유대계 이민자에 의해 퍼진 베이글. 그래서인지 영화 속의 검은 베이글은 유대인의 나라로 존재하는 이스라엘이 전쟁을 하고 있는 지금의 현실을 예언한 것처럼 느껴진다. 지금에 와서 이러한 생각이 드는 것은 지나친 것일까.

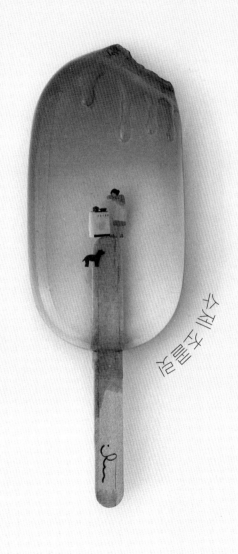

수제 초콜릿

2월 14일 밸런타인데이가 다가오면 최고급부터 가성비가 좋은 것들까지, 각종 초콜릿이 가게 앞의 판매대를 장식한다. 그리고 세상이 떠들썩거리는 분위기를 연출한다.

  디저트 중에서 초콜릿을 좋아하는 나도 이때는 왠지 들뜬 기분이 된다. 그저 상업주의에 휘둘리는 거라고 한다면 어쩔 수 없지만 화사하게 진열된 초콜릿 꾸러미들이 싫지 않다.

  보통 때는 잘 구경할 수 없고 익숙하지 않은 종류의 초콜릿, 예를 들면 루비 초콜릿이나 오가닉, 공정 무역 초콜릿, 그리고 여러 가지 수입 초콜릿도 덕분에 구경할 수 있고, 인테리어에 고심의 흔적이 돋보이는 초콜릿 가게나 진열장을 바라보는 것만으로도 즐거워진다. 패키지도 귀여운 것, 예쁜 것이 많아 무심코 손이 간다.

밸런타인데이를 위한 초콜릿 판매 경쟁을 이런 식으로 온화하고 흐뭇하게 바라볼 수 있게 되기까지는 오랜 시간이 걸렸다.

철 든 무렵부터 밸런타인데이라는 것이 일대 이벤트인 데다, 남성 쪽에서 여성에게 접근해야 한다는 사고방식이 주류였던 시대에 그날은 특별히 '여성이 남성에게 애정을 표현하는 날'로 마음을 담은 초콜릿을 보내는 것이 바람직하고 특별한 행위라고 내 머릿속에 새겨져 있었다.

나에게는 여자 애라면 당연히 좋아하는 남자 애가 있는 것이 자연스러운 것이고 밸런타인데이는 여성이 남성에게 고백하는 기회이며, 커플이라면 애정을 확인하는 날이라는 인식이 있었다.

그래서 좋아하는 사람도, 연인도 없이 혹은 실연 이후에 맞는 밸런타인데이에 쓸쓸한 기분을 맛볼 수밖에 없던 나는 행복해 보이는 커플이 원망스러웠던 적도 있었다.

지금에 와서야 나는 밸런타인데이를 무턱대고 남녀 관계로만 한정해서 생각하지 않을 수 있게 되었다. 그러나 최근까지, 아니 어쩌면 지금도 세상엔 그런 풍조가 뿌리 깊게 남아 있어서 여성의 마음을 설레게 한다. 그런데 어째서인지 밸런타인데이가 초콜릿을 받을 가능성이 없는 남성들의 여성 혐오를 부추기는 이상한 사태에까지 이르렀다.

이것은 엄연히 우리 사회적 구조나 가치관에 문제가 있는데, 오히려 비난의 직접적 타깃이 되는 이들은 여성적 속성을 지닌 사람들이다. 이것이 바로 여성혐오의 실태다. 한국의 여성혐오에 대해서는 남자만 병역의 의무가 있기 때문에 남성이 여성을 원망하는 소리도 나온다고 한다.

2021년에 오다큐센에서 일어난 여성의 무차별 상해 사건도 떠오른다. 여성혐오에 의해 발생한 사건이다. 한국에서도 2016년에 서울에서 한 남성이 전혀 모르는 여성을 무참히 살해하는 '묻지 마 살인사건'이 있었다. 한국에서 미 투 운동과 페미니즘이 부흥하게 된 계기가 된 사건이다.

그러나 현재 한국의 페미니즘은 사회의 거센 반발을 사고 있는 것 같다. 그런 분위기라서 페미니즘에 대한 목소리는 많이 위축되고 있다. 페미니즘에 대한 목소리가 어마어마한 공격에 맞닥뜨리게 되는 현상은 일본도 마찬가지다. 이런 점에서 일본과 한국은 너무 닮았다.

연애 지상주의적 가치관이나 이성에게 인기가 있는 것은 멋진 일이라는 사고방식은 거기서 탈락된 사람들의 저주를 불러일으킨다. 그렇게 해서 남녀만이 아니라 동성끼리도 분열을 초래하고 만다.

교제나 연애가 여성과 남성이라는 이원론에서만 다뤄지게 되고, 더욱이 연애 그 자체에 관심이 없는 사람들의 목소리는 내기 어려운 것도 현실이다.

엔터테인먼트에서도 BL 작품 등은 더 늘었지만 연애 그 자체의 묘사가 많고, LGBTQ나 에이로맨틱(aromantic, 연애 감정을 느끼지 않는 성향—옮긴이)적인 것도 묘사하고는 있지만 아직 소비 단계에 머물러 있는 것 같다.

조금씩 달라졌다고는 하지만 일본이나 한국처럼 가부장제도가 뿌리 깊은 사회에서의 연애지상주의나 이성으로부터의 인기 예찬은 연애 다음으로 이어지는 결혼에 대한 중압감을 만들어내고, 출생률 저하 현상을 연애나 결혼으로 손쉽게 해결하려고 하는 풍조로 이어진다.

물론 연애라는 프로세스 없이 매칭 앱 등의 만남으로(매칭 앱에서 만나 연애하는 것도 당연히 있겠지만) 조건부터 따져보고 결혼하는 패턴도 늘고 있다.

아니, 연애든 결혼이든 스펙이나 조건은 많든 적든 따지게 마련이다. '궁합이 맞다'는 말은 '가치관이 맞다'는 의미로 그 가치관 속에는 스펙이나 조건이 작용하는 부분도 클 것이다.

사람을 좋아하게 되고, 교제를 하고 결혼을 하는 것은 원래 단계적인 변화가 있기 마련이고 양상도 다양하다. 간단하게 정의할 수 있는 것이 아니다.

그렇지만 결혼이라는 제도나 연애를 지나치게 긍정적으로 보고 행복의 본보기로 삼는 시선은 아직도 강하게 남아 있다.

요즘 한국의 젊은 여성들이 남성과의 교제를 바라지 않고 결혼과 출산을 거부하는 경향이 있는 것도 한편으로는 당연하다고 생각한다.

결혼이나 출산은 커리어 중단 문제가 당장 걱정되기도 하고, 전통적으로 여성 쪽이 더 많은 부담을 껴안게 된다는 현실은 좀처럼 변하지 않는다.

그런데도 사회적으로나 정신적으로 끊임없이 결혼을 강요받기 때문에 견딜 수가 없을 것이다. 결혼이나 연애를 원하는 사람이나 원하지 않는 사람 모두에게 다 좋은 세상은 일본도 한국도 아직 멀었다는 느낌이 든다. 두 나라 모두 많은 독신 여성들이 해외로 이주하고 싶어 하는 것도 이해가 간다.

다양한 사람들의 존재 방식과 삶의 방식을 인정하고 싶고, 사회가 그래야 한다고 생각하는 나지만 예전에는 내 인생의 가치 순위에서 연애가 꽤 높은 위치를 차지하고 있었다.

일종의 '로맨틱 증후군' 상태였을 수도 있다.

다시 말해서, 나는 오랫동안 연애지상주의자였다.

그런 분위기는 내 세대에선 상당히 흔했고 지금도 그런 생각이 뿌리 깊은 사람이 적지 않다. 젊은이들 사이에서도 연애지상주의는 일반적이라고 할 정도이며, 엔터테인먼트 작품에서도 연애 에피소드가 중심이거나 이야기의 본질과는 상관없이 무리하게 연애 요소를 집어넣는 경우도 많다.

요즘에는 연애가 전부라고 생각하는 사람은 많이 줄었다. 내 소설 중에 《반려의 편차치》나 《물을 찾아서》는 연애지상주의인 여성이 심리적 속박에서 해방되는 이야기인데, "왜 이렇게까지 남성과의 교제 이야기만 묘사한 걸까?"라는 감상평도 있을 정도이니 확실히 인식의 변화는 있다.

내가 쓴 소설은 나의 심층 심리가 노출되기 마련이라 소설에 나오는 남성에 휘둘리는 주체성 없는 여성은 어떤 의미론 과거 내 모습의 복사본이다.

고백하자면, 나에게 연애는 항상 상대에게 헌신함으로써 성립되는 것이었다. 이에 대해서는 나중에 다시 상세하게 이야기하기로 하고, 다시 밸런타인데이 이야기로 돌아가자.

밸런타인데이에 처음으로 남자아이에게 초콜릿을 준 것은 소학교 3학년 때였다. 그는 나의 첫사랑이기도 하다.

S군은 발이 빠르고 밝은 아이였다. 왼손잡이였던 것도 기억한다. 서로 집도 가까워서 집단 하교 때 우리가 같은 그룹에 속해서 기뻤던 기억이 있다.

초콜릿 판매 회사가 밸런타인데이에 쏟는 에너지는 어마어마해서 CM에서도 밸런타인데이의 고백을 부채질했다.

그런 분위기 속에서 조숙했던 동급생이 조언을 해준 덕분에 밸런타인데이 저녁에 첫사랑 남자아이의 집 우편함에 후지야의 하트 초콜릿을 넣어두었다. 빨간 패키지로 하트 모양을 한, 나이 든 사람들에게는 익숙한 50엔짜리 그 초콜릿. 매달 용돈이 300엔 정도였으니 가격 면에서도 타당했다. 일주일 전쯤에 근처 슈퍼마켓에서 미리 사놓은 것이었다.

직접 줄 용기까지는 없어, 집 앞까지 가서 주변에 사람이 없을 때를 골라 몹시 허둥대며 우편함에 집어넣었지만 어이없게도 내 이름을 써놓지 않고 포장도 안 한 초콜릿을 급하게 던져 넣고 말았다.

3학년 때의 밸런타인데이는 언니를 잃고 나서 반년 정도 지난 후였다. 언니와 관련된 일 말고 그 시절의 가장 강렬한 기억이 밸런타인데이 때의 이 일이었을 정도로 내게는 큰 사건이었다.

다음 날 S군이 학교에서 깨진 하트 초콜릿이 우편함에 들어 있었다고 다른 애들에게 말하는 것을 듣고, 나는 새삼스레 내가 한 짓이라고는 말할 수 없었다.

S군의 그 일은 그 후에도 계속 신경이 쓰이는 와중에 졸업이 임박한 6학년 3월에 반 친구들이 추억의 노트에 각자 한 마디씩 써주는 기회가 왔다. 드디어 S군의 차례가 왔을 때, 내 안에 있는 모든 용기를 쥐어짜내어 "너랑 펜팔하고 싶어"라고 말했다. 그러나 단박에 거절당했다. 이후 중학교도 서로 달라지고 나의 덧없던 어린 사랑은 이렇게 끝을 고했다.

'나는 이렇게나 쉽게 부정당하고 받아들여지지 않는 존재인가!'라는 생각은 나를 심하게 괴롭혔고 한동안 그 괴로움은 지속되었다. 그때는 '3분 스피치'에서 내가 한국인이라고 표명한 뒤였기 때문에 아마도 그게 한 원인이었을 거라는 생각도 했지만, 원래 내 성격에 문제가 있어서 거절당한 게 틀림없다고 억지로 스스로를 이해시켰다. 바뀌지 않는 국적을 부정당하는 것보다는 앞으로 좋아질 가능성이 있는 성격 탓을 하는 것이 훨씬 마음 편했기 때문이다.

밸런타인데이에 누군가에게 초콜릿을 다시 준 것은 그런 일이 있고 난 이듬해였다.

중학교부터 사립 여학교에 진학한 나는 동경하는 선배가 생겼다. 중학교 1학년 무렵에는 아무튼 그 선배가 좋았다. 탁구부의 2학년 위인 F선배였다.

운동부 1학년한테 3학년 선배란(물론 어느 학년 선배도 마찬가지지만)

무조건 공경해야 하고, 복도에서 스쳐 지나가면 멈춰 서서 고개를 숙이고 인사를 해야만 하는 존재였다. 중학교, 고등학교가 같은 계열의 학교였기 때문에 고등학교 2학년 선배(고등학교 3학년생은 대학 입시에 전념하기 위해 은퇴)는 구름 위의 존재와도 같은 것이었다.

무서운 선배들도 많았는데 F 선배는 상냥하고 따뜻한 사람으로 내게 자주 말을 걸어주었다. 친해지기 쉬운 스타일인 그녀는 탁구도 무척 잘했다. 그런 F 선배에게 나는 홀딱 반했다.

나는 F 선배에게 초콜릿을 주기 위해 과자 만들기에 관한 책을 사고 일부러 아메요코 시장까지 가서 수제 초콜릿의 원료가 되는 쿠베르츄르 초콜릿을 사왔다.

시험작을 포함해 3일간 고군분투해서 밸런타인데이 직전에야 겨우 하트 모양의 초콜릿이 완성되었다. 우리 집 키친은 원래 어머니만 쓸 수 있는 곳이었지만, 친구들과 초콜릿을 교환한다고 하니 어머니는 기분 좋게 키친 사용을 허락해 주었다.

연습한 것들을 먹어보니 역시 시판 초콜릿이 더 맛있는 것 같긴 했지만 수제라는 점이 중요하다고 마음속으로 외쳤다. 이미 수제 초콜릿에 관한 환상이 싹 터 있었으니까.

밸런타인데이 당일이었나, 정확한 날짜는 기억 나지 않지만 탁구부 연습을 끝내고 돌아가는 길에 선배를 불러 세우고 초콜릿을 건넸다. 산리오에서 산 카드와 함께. 카드에는 "저랑 교환일기 쓰실래요?"라고 썼다. 당시에는 친한 친구나 선배와 주고받는 교환일기가 유행이었다.

선배는 약간 쑥스러운 듯 받아주었고, 교환일기도 승낙해 주었다.

나는 당장 시부야의 버라이어티 숍(과일 가게도 겸하고 있던 잡화점)에 가서 노트를 찾았다. 좀 비쌌지만 색채가 예쁜 작은 노트를 용돈으로 구입했다.

집에 돌아오자마자 곧바로 내가 먼저 일기를 쓰기 시작했다. 먼저 자기소개를 다시 정식으로 쓰고 소학교 졸업 때 반 사인북에 쓴 말과 동일한 소개 글까지 쓰고 나자 다음에는 무엇을 써야 할지 몰라 탁구의 기술 향상에 관한 질문 등을 덧붙였다. 동아리 활동이 끝날 무렵, 노트를 선배에게 주고 일주일 정도 후에 되받았다. 내용은 거의 탁구 이야기였다.

교환일기는 약 3개월 정도 계속되었고, 선배가 노트를 다시 돌려주지 않아 끝이 나게 되었다. 나는 1학년 중에서도 탁구를 그리 잘하는 편이 아니었다. 그래서 관심을 못 받은 건가, 하고 이해했지만 나중에 F 선배가 탁구부 코치로 와 있던 대학생 오빠를 좋아한다는 소문을 듣고 나서야 내 행위가 F 선배에게는 민폐가 되었음을 깨달았다.

이후 서먹서먹해졌지만 F 선배는 교환일기 사건 같은 것은 없었던 것처럼 지금까지와 마찬가지로 상냥하게 대해주었고, 그것이 오히려 내 자존심을 상하게 했다.

그래도 탁구부 동아리 활동은 중학생 때까지 비교적 착실하게 다녔다. 이후 F 선배가 고등학교 3학년이 되어 동아리를 은퇴하고, 나도 고등학생이 되자 학교 밖의 남자아이들에게 관심이 쏠려 친구랑 학교를 빼먹고 놀러 다니느라 바빠 탁구부를 그만두게 되었다.

내가 다니던 학교에서도 운동부에 속하는 것이 히에라르키(피라미드형 계층 조직, 신분제도—옮긴이)의 상위 그룹으로 인식되어, 탁구를 별로 좋아하지도 않는데 '소속될 집단을 선택해야 한다'는 이유로 탁구부에 복귀하기도 했다. 게다가 나는 친한 그룹 사이에서 내가 한국인임이 알려져 왕따를 당하기도 해서 소속될 집단을 찾아야 했다.

돌아오긴 했지만 마지막까지 정규 선수가 되지 못하고 불성실한 데다 실력도 없는 부원이었던 나는 후배들에게조차 원망을 듣기도 하고 안 좋은 기억들이 꽤 많았다. 생각해 보면 자업자득인 셈이다. 그래도 '졸업생을 위한 행사'에서 후배가 내 탁구 경기를 조롱하며 우스꽝스러운 모습으로 따라했을 때는 상처가 컸다.

탁구부에서는 선배로서, 부원으로서 최악이었던 나도 고등학교 2학년 때, 후배한테 밸런타인데이 초콜릿을 받았던 적이 딱 한 번 있었다.

탁구부 후배가 아니었던 건 분명한데 누구한테 받았는지, 그 후 내 반응은 어땠는지 전혀 기억이 나지 않는다.

기쁜 마음과 함께 '왜 나한테 주었을까' 하고 이상하게 생각했던 것은 기억난다.

밸런타인데이를 초콜릿과 연계해 상업화했다고 알려진 '메리'라는 브랜드의 초콜릿이었다. 고디바 같은 수입 초콜릿은 아직 쉽게 살 수 없었던 시절에 메리 초콜릿은 충분히 고급스럽고 아주 특별한 느낌이었다.

고백하자면, 고등학교 1학년 때 가출을 한 적이 있다.

통학 때 이용하던 야마노테선(도쿄의 JR전철 노선 중 하나—옮긴이)에 좀 마음에 드는 남자 애가 있었다.

머리가 길고 살짝 파마를 했는데, 당시 아이돌인 다케모토 다카유키를 닮았었다. 나는 다케모토 다카유키의 열렬한 팬이었다. 엄격한 어머니의 눈을 피해 친구 이름으로 팬클럽에 들었을 정도였다.

동급생들도 당시 아이돌에게 빠져 있는 아이들이 많았고, 특히 내가 눈여겨 보던 반이나 학년에서 인기가 있던 아이들이 아이돌을 쫓아 다니던 것에도 영향을 받았다.

아이돌을 좋아한다는 것은 촌스럽고 어두운 아우라를 풍기던 내 가치가 올라가는 요소 중 하나처럼 생각되던 시절도 있었다. 그렇게 비뚤어진 계기도 한몫한 덕분에 발견한 아이돌이 다케모토 다카유키였다. 그를 알게 되자마자 좋아하게 되었고 그 매력의 늪에 한없이 빠져들었다. 미국과 영국 음악을 좋아하면서도 일본 아이돌에 빠진 것이다. 어쩌면 서양 뮤지션에게는 없는 '친근함'을 느낀 건지도 모르겠다.

아이돌을 좋아하는 일이 이렇게 즐거울 줄은 몰랐다. 그전까지 사이조 히데키를 좋아했지만 그의 동향을 뒤쫓거나 콘서트와 팬 미팅에 다닌다는 발상은 전혀 하지 못했고, 그 무렵에는 이미 히데키를 좋아한다는 것조차 슬슬 잊고 있었다. 그래서 지금 말하는 소위 '덕질'은 아주 즐거웠고, 당시의 우울한 일상 속에서 살아갈 재미가 되어주기도 했던 것 같다.

그의 팬클럽 회보지에 "비누 향이 나는 여자가 좋다"고 써져 있어서 하루에 두 번씩 아침저녁으로 샤워를 하고 비누로 몸을 씻었다. '글씨를 바르게 쓰는 습자가 특기'라는 사실을 알고는 나도 전에 다녔던 습자교실에 다시 다니기 시작할 정도였다. 그랬기에 나는 전철에서 본 그 아이를 완전히 다케모토 다카유키로 감정이입을 해서 생각했던 것이다.

밸런타인데이는 승부의 날이었다.

나는 여기에서도 수제 초콜릿을 선택했다.

물론 진짜 다케모토 다카유키의 사무소에도 같은 것을 보냈다.

내가 만든 것은 쿠키에 초콜릿을 코팅한 것이다. 나는 그 시절 수제 과자를 좋아해서 〈논노〉의 제과 레시피 대로 슈크림을 만들어 친한 친구 생일에 전해주곤 했다. 마음을 담아서 만들 때는 분명히 백조 모양이었는데, 전해준 순간 친구가 뒤집어서 들고 돌아가는 바람에 엉망진창이 되어버린 슬픈 기억이 난다. 내 정성과 성의에도 불구하고 친구는 그다지 기뻐하지 않았다.

친구에게도 내 마음이 보상받은 적은 별로 없었지만 지금 생각해 보면 내가 한 모든 것이 너무 과하고 무거웠다.

자, 이제 수제 초콜릿 쿠키 이야기를 해보자.

지금까지 연습으로 만들어 본 파운드케이크와 쿠키를 여동생들에게 자주 맛보게 해주었기 때문에, 초콜릿 쿠키를 만들어도 이번에는 어머니가 관대했다. 재료비를 내주실 정도였다. 손수 만든 것이 좋은 거라는 생각이 강한 어머니는 손님이 오실 때면 내가 만든 쿠키를 대접하곤 했다.

밸런타인데이 날 아침, 환승하는 요요기역에 도착하기 직전에 좋아하던 남자애에게 초콜릿 쿠키를 떠안기고 도망치듯 야마노테선에서 내렸다. 편지를 같이 줄까도 고민했지만 그만두기로 했다. 집 전화는 부모님을 거쳐야 해서 연락처도 쓸 수가 없었고, 어차피 아침마다 같은 전철을 타니까 다음 날 무언가 말로 전하면 될 거라고 생각했다.

당시 친했던 친구의 조언도 있어서 밸런타인데이에 수제 초콜릿 쿠키를 전달했던 건데, 결과는 실패였다.

다음 날, 그 애는 늘 타던 전철 차량에 없었다. 그 후 며칠 동안 다른 차량으로 가보고, 시간을 변경해 보아도 그의 모습은 보이지 않았다. 역시 그렇지. 여드름투성이에 뚱뚱하고(내 스스로는 신경을 쓰고 있었다) 촌스러운(자신이 없었다), 전혀 모르는 여자애가 별안간 초콜릿을 떠안기니 난처했을 것이다. 게다가 많은 사람들이 타고 있는 전철 안에서 일방적으로 떠안겼으니 말이다.

그 후, 그 애와는 두 번 다시 만나지 않았다.

돌이켜보면 자기긍정감이 낮은 것에 비해, 나는 꽤 적극적으로 남자애에게 다가갔다. 그 뒤로도 내가 좋아하는 사람하고만 교제하고 싶었는데, 고백하고 거절당하는 과정의 반복이었다. 결국은 짝사랑의 경험만 쌓아갔다.

드물게 나를 좋아해 주는 사람에게는 관심을 가져보려고 하지 않았다. 밸런타인데이에 초콜릿을 보냈던 것은 그 뒤에도 몇 명인가 더 있었고, 직접 짠 스웨터를 준 적도 있지만 결실을 보지 못했다.

내가 처음으로 '애인'이라고 부를 수 있는 사람과 제대로 사귀게 된 것은 대학교 4학년 때였다. 그때는 내가 적극적으로 다가간 것도 아니고 친구에서 애인이 된 것이었지만, 그 기간도 짧았다. 그래도 즐거운 추억도 나름 있다.

하지만 그때의 내 태도는 너무 과도하게, 오로지 상대방에게만 맞춘 자세였다. 그가 부담스럽지는 않았을까? 당시 무라카미 하루키의 소설을 읽은 것도, 아네스 베의 스냅 가디건이나, 세인트 제임스의 개더 컷 소우(일본식 조어, 〈cut + sew〉, 커트 앤드 소운, 니트 소재를 재단 〈cut〉·봉제 〈sew〉하여 만들어지는 의복—옮긴이)를 입게 된 것도 그의 영향이었다.

젊다는 것이 그런 것이긴 하지만 나는 "이런 옷을 입는 애가 좋아"라는 그의 요청을 그대로 받아들였다. "난 머리 긴 애가 좋더라"라고 해서 머리도 길렀다.

한편으론 어머니가 사오는 옷을 그대로 입었던 내가 조금씩 달라진 계기도 됐기 때문에 그렇게 싫은 기억만은 아니었다. 결과적으로 촌스러움에서 탈피했으니 좋은 일이었지만 내가 그에게 '이런 식으로 해달라'고 말한 적은 없으니 역시 비대칭적인 관계였다고 생각한다. 호출을 받으면 바로 달려가고, 스케줄도 모두 그를 최우선하는 것이 당연하다는 식이었다.

내가 사회인이 된 것은 1989년으로, 세상은 버블 전성기임과 동시에 밸런타인데이에 회사 상사나 동료 남성에게 주는 '의리 초콜릿'이 유행했던 시기였다. 고급 초콜릿도 슬슬 시판되던 때로 밸런타인데이에는 회사 동료들에게 나눠주는 의리 초콜릿 때문에 뜻하지 않은 비용 지출이 많았다.

의리 초콜릿까지 수제로 만들지는 않았지만 좋아하지도 않는 상사 몫까지 사야 했고, 기껏 사서 나눠주면 여성 사원들 간의 센스를 비교 당했다. 정말이지 지긋지긋했다.

물론 3월 14일의 화이트데이 때는 다시 되돌려 받는 선물이 있어서 내가 준 것 이상의 것들을 되돌려 받기도 했지만, 그렇다고 별로 기쁘지도 않았다.

의리 초콜릿을 주고받는 관습이 사라진 것은 정말 다행이다.

사회인이 되어서도 나는 여전히 연애에 관해서는 상대에게 헌신하고 섬기기만 했다. 상대방이 먼저 교제를 신청해서 사귀는 경우에도 어째서인지 나의 연애는 언제나 비대칭인 관계였다.

어떤 남자친구는 집으로 불러서 "니쿠자가(고기 감자조림—옮긴이)나 카레를 만들어 줘"라고 명령해서 만들어 주었더니 "으, 맛없어!"라고 혹평해서 낙담하고 말았다. 그는 자기랑 사귀려면 니쿠자가와 카레를 제대로 만들지 않으면 안 된다고 주장했다. 니쿠자가는 좀 더 달달한 맛이 좋다느니, 카레는 닭고기가 아니라 돼지고기여야만 한다느니 해서 다음부터는 그가 말한 대로 만들었다.

도대체 왜 일본에서 태어나고 자란 수많은 남성들은 니쿠자가와 카레를 여성을 판단하는 지표로 삼는 경향이 있었던 것일까?

당시에는 원래 그러려니 하고 의문도 갖지 않고 그대로 받아들였지만 요리 솜씨를 교제의 조건으로 삼다니, 전적으로 남성을 돌보는 것은 당연하다는 생각이 횡행하던 시절이었다.

그 사람은 늘 기분이 좋지 않았고 사람을 컨트롤하는, 지금 생각해 보면 모럴 해러스먼트(언어나 태도 등에 의한 정신적 폭력이나 학대—옮긴이) 남성이었다. 한번은 그가 어떤 일로 화가 났는데 나를 차에서 강제로 내리게 해서 도메이 고속도로 갓길에 두고 떠나버린 적도 있다.

또 다른 남자친구는 연말에 "와서 냉장고 청소 좀 해줘"라고 해서 허둥지둥 달려가 청소해 주었다. 다음에는 "세탁소에 들렀다가 세탁물 좀 받아와 줘"라고 해서 받으러 갔더니 세탁비까지 내가 내야 했다. 하지만 그는 모르는 척 하며 세탁비를 돌려줄 기색도 없었다. 나는 왜 그렇게까지 상대방이 하자는 대로 했을까, 하고 돌이켜 보면 내 자신이 너무 어리석어 마음이 아프고 화가 난다. 한 마디로 난 그저 자기들 편할 대로 부려 먹기 좋은, 지나치게 헌신적인 여자였던 것이다.

그에게 헌신함으로써 사랑받고 싶었던 것이다, 나는. 그 외에 다른 이유는 생각할 수가 없다.

'한국인이라 거절당하는 건 아닐까' 하는 공포는 언제나 나를 짓누르고 있었다.

실제로도 한국인이라고 털어놓으면 "피가 더럽잖아", "그건 좀 곤란해!" 하며 질색을 해서 헤어진 적도 한두 번이 아니었다. 그래서 미움받지 않기 위해 상대방에게 헌신하고 맞추려는 심리가 평소에도 작동하고 마는 것이다. 나의 있는 모습 그대로를 좋아해 줄지, 자신이 없었으니까.

결국 나는 선을 봐서 결혼했다. 약혼하고 나서 요리 교실을 다녔고, 결혼한 후에도 오랫동안 요리를 배웠다. 남편을 위해 열심히 요리하고, 아이가 태어나면 이유식도 모두 손수 만들고, 그 후에도 요리는 가능한 한 직접 만들어야 한다는 생각에 사로잡혀 있었다. 또, 임신 중인데도 남편이 부탁하면 차로 남편의 배웅과 마중을 나가곤 했다.

그러다 어느 샌가 결혼 생활은 파탄이 났다.

이혼을 선택하기까지는 상세히 밝힐 수 없는 여러 가지 이유가 있지만 너무 자신을 억눌렀던 것도 그중 하나라고 생각한다.

이혼 이야기가 나오기까지 큰 싸움을 한 적은 없다. 일을 그만두라고 하면 내 커리어를 아주 쉽게 포기했고, '남편과 아이들을 위한다'는 말로 자신을 설득하고 있었다.

아이들 도시락 싸기도, 아이들 학원도, 가족을 보살피는 일도 모두 잘해내고 싶다는 스스로의 규칙에 집착했다. 시댁 제삿날에도 열심히 일했다. 사실은 불만이 있었지만 꾹 참고 있었다.

헌신이 나쁜 건 아니다. 직접 요리하는 것도 멋진 일이고, 이런 가치들을 부정하고 싶지 않다. 그러나 거기에 지나치게 과도한 정당성을 부여하게 되면 역시 비틀림이 생기는 것이다.

딸이 소학생(여학교)일 때도 밸런타인데이에 친구들과 초콜릿을 주고받는 것이 당연한 문화였다. 딸아이는 깜짝 놀랄 정도로 많은 초콜릿을 받아서 돌아왔다.

훈훈하게 느껴지는 마음 한편으론 받은 초콜릿의 숫자에 따라 인기 등급이 생기겠다 싶어 솔직히 걱정도 되었다. 받아온 초콜릿 중에는 수제로 만든 것도 꽤 있어서 위생적으로 걱정이 되기도 했다.

한편으론 내가 만들었던 수제 초콜릿도 위생적으로는 엉망이었다는 게 생각났다. 수제 초콜릿이 무겁다는 것도 이제는 알게 되어서 일부러 수제 초콜릿을 피하는 경우도 많다. 코로나 팬데믹을 겪은 지금은 위생 개념상 수제 작업에 대한 과도한 의미를 부여하는 것도 앞으로는 줄어들 거라고 생각한다.

한번은 남학교에 다니던 중학생 아들에게 밸런타인데이에 고급 초콜릿을 선물했다. 그랬더니 "엄마한테 받는 초콜릿 같은 거 말고!"라고 한다.

아아, 사춘기여! 어렵다, 어려워!

여전히 밸런타인데이는 희비가 교차하는 날임에는 변함이 없을 것이다. 적어도 이제는 연애지상주의나 로맨틱증후군과는 거리가 있어서 내 마음은 평온하다.

초콜릿을 진심으로 좋아하지만 초콜릿이라는 식품이 플랜테이션, 즉 식민지적 작물이란 것도 요즘에는 신경이 쓰인다.

대자본과 원래 종주국이었던 나라의 기업이, 현지 사람들이 먹고 마시는 작물이 아니라 자본주의적 영리 목적으로 대규모 카카오 재배를 하고 있다. 거기에는 늘 착취 구조가 형성되어 있다. 바나나 아보카도, 파인애플, 커피도 다 마찬가지다.

이런 사실들을 알게 된 이상, 완벽하게는 못하겠지만 가능한 한 공정무역 기업의 초콜릿을 사려고 한다. 고급 초콜릿의 맛은 더할 나위 없이 황홀하고, 적정한 가격대의 초콜릿도 아주 좋아하지만 머릿속 한편에는 플랜테이션의 의미를 담아두고 싶다.

2023년, 한국 서울에 갔을 때는 이전보다 공정무역 커피나 초콜릿이 눈에 많이 띄었다. 세련된 카페나 초콜릿 숍이 공정무역 상품을 취급하고 있다는 것은 선진 의식이 패션이나 트렌드에 반영되었기 때문이다. 아주 바람직하다.

일본도, 한국도 조금씩 먹거리를 통해 환경이나 사회 구조에 대한 의식이 바뀌어가는 것 같아 마음이 좋다.

이번 밸런타인데이에는 초콜릿에만 한정하지 않고 스스로에게 꽃이라도 선물해 축하하고 싶다. 원래 크리스트교의 성인, 세인트 밸런타인과 초콜릿은 전혀 상관이 없으니까. 밸런타인데이를 '누군가를 생각하는 날'이라고 한다면 살벌한 세상 속에서 우선은 자신을 소중히 여기는 것이 필요하지 않을까.

아, 그래도 역시 초콜릿은 포기하기 힘드니까 어디 있는지 찾아봐야겠다.

최근의 설문조사에 따르면 "밸런타인데이에 깊은 의미를 두지 않는다"는 사람이 늘고 있다고 한다. 좋은 경향이라고 생각한다.

그리고 이제야 나도 겨우 다른 사람에 대한 봉사에 과도한 의미를 부여하여 자기긍정의 잣대로 삼는 일에서 벗어날 수 있게 되었다.

이제는 다가오는 밸런타인데이가 기대된다.

다이어트와 함께하는 긴 여정

나는 늘 살이 찌는 것에 신경을 써왔다.

물론 소학생 때는 다이어트라는 걸 전혀 모르고 살았었다. 소학교 고학년이 되자 중학교 수험 공부를 중심으로 생활했기 때문에 학원을 오가다 군것질이나 야식을 먹는 버릇이 생겼고, 운동 부족까지 더해져 갑자기 몸무게가 폭증했다. 그래도 별로 걱정을 안 했었다. 오히려 '몸이 커졌다'는 것을 성장하는 것으로 받아들여 자랑스럽게 생각했을 정도였다.

유소년기에는 표준이었거나 아니면 좀 말랐던 것 같다. 우리 집에는 그런 나보다 더 마른 언니가 있었다. 언니는 심장병 때문에 식사량이 적어 거의 늑골이 드러날 정도였다.

어머니는 언니에게 영양가 있는 것을 먹이려고 필사적이어서 식탁에는 햄버그, 그라탕, 비프스튜, 오므라이스, 멘치카츠 등이 자주 나왔다. 아마 어머니는 양식이 영양가가 높다고 생각했던 것 같다.

아버지는 한국의 해변마을인 삼천포가 고향이라 해산물을 좋아하셨고 특히 생선을 한국식으로 맵게 조린 요리를 좋아했지만, 바빴던 아버지는 그 즈음 가족과 함께 저녁을 드시는 경우가 많지 않았다. 그래서 생선이나 해산물을 집에서 아버지와 함께 먹는 경우도 드물어 우리 자매는 주로 칼로리가 높은 양식, 그것도 주로 고기류를 먹었다.

어머니는 한방약을 자주 달였다. 인삼과 대추 냄새는 우리 집 부엌을 대표하는 냄새였다. 가끔은 사슴뿔을 달인 적도 있는데 어린 마음에 '우웩, 저런 것을 먹는다고?' 하며 깜짝 놀랐었다.

양식만이 아니라 한국 요리 중에서도 자주 먹던 것이 있다.

어머니는 몸에 좋다고 꼬리 수프(곰탕)를 자주 만들었다. 근처 고깃집에서 그 당시 일본인은 먹지 않았기 때문에 가게 진열대에 없었던 꼬리뼈(곰탕은 꼬리뼈를 푹 고아 우려낸다)를 팔라고 부탁하면, 고깃집 주인은 "아, 한국인이야?"라고 깔보는 태도로 말하곤 했다. 그런 대우를 받자, 어머니는 근처 고깃집에서 주문하지 않고 한국 식재료를 파는 히가시우에노까지 꼬리뼈를 사러 다니곤 했다.

20여 년 전에 어머니가 같이 간 슈퍼마켓에서 "요즘은 꼬리뼈를 파는 가게가 늘어서 좋구나. 멀리까지 안 가도 살 수 있으니"라고 조용히 중얼거린 적이 있다. 쇼핑할 때조차, 지극히 일상적인 것에서조차 차별을 두려워하며 지내야만 했으니 어머니는 살면서 불합리한 일들을 참 많이 겪었다. 그래도 심장병을 앓던 언니의 몸을 조금이라도 건강하게 만들고 싶어서 아이들을 위해 갖가지 굴욕을 참아왔던 것이다.

우리 아들은 유소년 시절에 병약해서 늘 천식 발작을 일으키거나 유행하는 각종 전염병(세균 감염이나 바이러스 감염, 어느 쪽이든 다)을 자주 앓았다. 그럴 때마다 어머니는 곰탕을 대용량으로 끓여서 가지고 오셨다.

"간병하는 너도 건강해야 하니까, 곰탕을 주욱 마시거라"라며 내가 좋아하는 벌집위도 건더기로 듬뿍 넣어 주셨다. 독박육아로 힘들었던 육아기에 어머니가 만들어준 깊은 맛의 뽀얀 곰탕을 먹고 나면 기적처럼 다시 살아갈 기운을 얻곤 했다.

우리 어머니, 아니 어머니만이 아니라 아버지도 객관적으로 보면 소위 '나쁜 부모'라고 부를 수 있을 것이다.

억압과 폭력이 있었고, 그런 부모님에게 지배당하기도 했다.

하지만 부모님이 일본 사회에서 재일코리안으로 겪은 힘든 일이나 자식을 둘이나 잃은 것을 생각하면, 이제는 부모님을 이해할 수 있다. 품어왔던 원망 비슷한 감정 역시 썰물이 빠져나가듯 사라진다.

물론 상처는 깊고, 지금까지 치유되지 않은 것도 있다. 무엇보다 부모님을 미워함으로써 나 자신을 더욱 상처 입히는, 그런 자신이 싫은 것도 매한가지다.

나는 스스로가 편해질 수 있는 쪽을 선택하고 싶다.

미워해서 마음이 편해질까? 아니면 용서하는 것으로 나의 상처도 아물게 될까?

이혼 후에도 어머니가 얼마나 육아를 도와주셨는지, 아버지가 금전적으로 얼마나 도와주셨는지를 생각하면 두 분의 은혜를 잊을 수가 없다.

게다가 고령이 된 부모님은 이제 젊었을 때의 일을 거의 기억하지 못한다. 그렇게 나를 때려놓고도 아버지는 나에게 손을 댄 적이 없다고 태연하게 말한다. 어머니는 자신을 어머니로서 완벽하고 훌륭했다고 자랑스레 말한다. 반론하고 싶은 마음이 굴뚝 같지만 꾹 참고 고개를 끄덕일 수밖에 없다.

아버지도, 어머니도 이제는 너무 약해졌다. 발 언저리도 불안하고 건망증도 심해져 이제는 나에게 완전히 기대고 있다. 돌봐주시는 분이 계시지만, 자잘한 일들로 매번 전화가 걸려오고 뭘 해달라고 부탁하는 일도 많다.

때로는 너무 지나친 요구를 하는 경우도 있지만, 무리가 되지 않는 범위 안에서는 부모님께 맞춰 드리고 있다. 고생하며 살아온 두 분이 건강하고 행복하게, 평안한 나날을 보내셨으면 한다.

그런 바람으로 나의 마음은 안녕하다.

다시 다이어트 이야기로 돌아온다.

언니 옆에서 고열량의 음식을 먹어도 문자 그대로 살이 찌는 일은 없었다. 키가 쑥쑥 자라서 그랬는지도 모른다. 그러나 6학년 여름에 초경을 시작하자, 키 크는 속도는 늦춰졌고 몸은 어느새 살이 잔뜩 붙어 있었다.

중학교 수험 공부에 버텨낼 만한 체력을 기르게 하기 위해 어머니는 영양가 높은 음식을 계속 만들어 주었고, 간식이나 군것질거리까지도 모두 고칼로리여서 체중이 늘어나는 기세는 멈출 줄을 몰랐다.

게다가 우리 집에서는 식사할 때 반드시 우유도 한 컵 가득 마셔야 했다. 어머니는 열렬한 우유 신봉자였다. 학교 급식 때도 우유를 마셨으니 한 마디로 세 끼 식사 때마다 우유는 세트로 빠지지 않았다.

나 역시 중학교 수험에 성공하기 위해 '몸이 자산'이라는 믿음으로 무조건 많이 먹고 우유도 열심히 마셨다. 실제로 그 시절은 '한창 먹을 나이'라는 말 그대로 늘 배가 고픈 상태이기도 했다.

몸무게나 체형 따위에는 전혀 신경 쓰지 않았고 튼튼하고 건강한 몸으로 수험 전쟁에 임했다. 물론 곰탕도 늘 먹었고 수험일 직전에는 녹용이 들어간 한방약도 억지로 코를 틀어막고 마셨다.

'혹시, 나 살찐 거야?'

그렇게 명확하게 느낀 것은 중학교에 들어가고 나서였다. 입학한 사립여학교는 늘씬하고 귀여운 여자아이들 천지였다. 어머니의 취향으로 자른 내 단발머리는 도대체 왜 그렇게까지 짧게 잘라야 했는지 이유를 알 수 없었고, 짧은 머리 때문에 자주 남자아이로 오인되던 나와 그 아이들의 격차는 하늘과 땅 차이였다.

머릿결이 반지르르하고 목덜미까지 내려오는 단발머리의 청초한 아이, 머리를 세 갈래로 정성껏 땋은 인형 같은 아이를 보며 나는 그야말로 기겁했다. 물론 공립 소학교에도 머리가 길거나 날씬한 아이는 있었지만 뭐랄까, 뿜어내는 분위기가 달랐다.

'아, 이런 애들이 진짜 아가씨로구나' 하며 세상이 이 학교를 '아가씨 학교'라고 부르는 이유가 이해되었다. 동시에 나는 너무 동떨어진 곳에 서 있는 것 같아 비참한 생각이 들었다. 이 강렬한 열등감이 소학교 친구에게 그렇게 심한 편지까지 쓰게 된 이유였을 것이다.

그래도 중학교 2학년 때까지는 탁구부 동아리 활동을 열심히 했기 때문에 주변에는 나와 비슷한 느낌의 아이들도 상당히 많았다. 그래서 체형이나 외모를 그다지 의식하지 않았고, 다이어트를 하려는 생각도 한 적이 없었다. 신경이 쓰인 건 주로 여드름이었다.

집에서 먹는 식사도 수험 시기 때와 다르지 않게 여전히 양 많고, 고열량의 음식만 먹었는데 동아리 활동이 끝나면 늘 배가 고팠다. "성장기에는 많이 먹어야 한다"는 어머니의 말에 따라 밥을 남긴 적도 없다. 사실은 남길 수가 없었다.

어머니는 손수 만든 음식이 남으면 불쾌해 하고 때로는 한숨을 쉬기도 했다. 어머니의 기분을 망치고 싶지 않았던 나는 늘 쌀 한 톨 남기지 않고 눈앞의 음식들을 모조리 먹어 치웠다. 언니의 사망 후엔 언제나 컵라면만 먹었던 것을 생각하면 어머니가 나를 위해 만들어준 음식을 도저히 남길 수가 없었다.

게다가 "세상에는 굶는 아이들도 많아!"라는 어머니의 마지막 펀치까지 듣게 되면 더 이상 배겨낼 수가 없었다. 도시락도 상당히 컸는데, 역시 깨끗하게 다 먹었다. 먹는 것이 부실했던 언니가 죽고 나자 어머니는 무조건 아이들이 많이 먹는 것은 아주 바람직한 일이라고 여겼다.

손수 만드는 음식이 늘 자랑이었던 어머니는 식사를 거부하거나 남기면 자신이 부정당하는 느낌을 받았는지도 모르겠다. 물론 신앙심이 깊은 어머니가 기아에 시달리는 아이들을 걱정했던 것도 사실일 것이다.

한국에는 남아돌 정도로 넉넉하게 음식을 준비해서 있는 힘껏 먹이는 문화가 있다. 한국에서 건너온 재일동포 1세 부모 밑에서 자란 2세 어머니에게도 그런 풍습은 깊숙이 뿌리박혀 있었다. 먹고 남을 정도로 음식을 넉넉히 준비하는 것은 어머니에겐 지극히 당연한 것이었다.

아무리 운동부 동아리에 들어갔다고 해도 그렇게 많이 먹으면 당연히 몸무게는 늘어날 뿐. 그런 데다 동아리가 끝나고 돌아오는 길에는 선후배들과 함께 자주 패스트푸드나 아이스크림을 먹었다.

어느 날은 집에 돌아오다가 요요기역 앞의 쉐이키스 피자에서 파는 피자 무한리필을 주문해서 피자와 프라이드 포테이토를 양껏 먹었다. 쉐이키스의 프라이드 포테이토는 사이즈도 크고 스파이시한 향신료가 뿌려져 있어서 내가 좋아하는 메뉴였다.

그날은 상당히 배가 불러서 집으로 돌아갔다. 우리 집은 귀갓길에 다른 곳에는 일절 못 들르게 했기 때문에 당연히 어머니에게 쉐이키스에 들렀던 것은 비밀이었다. 이미 배가 터질 지경이었지만 다른 걸 먹고 온 것이 들통 나서 야단맞는 것은 싫어서 차려진 저녁식사도 남김

없이 먹었다.

집에서는 식사를 거를 수 없어서 오다가 도중에 뭔가를 먹을 때는 양을 조절해야 하는데, 그날은 도저히 유혹을 뿌리칠 수가 없었다. 그런 일상이 반복되던 그 시절은 내 인생에서 가장 많이 먹던 시기였다.

당시 스즈키 소노코 씨의 책 《먹어야 살이 빠진다》가 베스트셀러가 되고 '스즈키식 다이어트'라는 것이 유행했다. 어머니는 막내 여동생을 출산하고 풍채가 좋아져 살이 빠지지 않자 여러 다이어트를 추천받았는데, 스즈키식 다이어트도 바로 시도해 보았다.

밥을 많이 먹고 반찬은 비교적 담백하게 먹는 것이 스즈키식이다.

현재 다이어트의 상식처럼 되어 있는 탄수화물을 피하는 당질 제한과는 양립하지 않는 다이어트 방식이기도 하고, 칼로리는 적어도 영양 밸런스가 나쁜 방식인데 어머니는 이 책을 읽고 웬일인지 흰 쌀밥을 먹으면 살이 빠진다고 굳게 믿었다.

어머니는 그때부터 우리에게 "쌀은 살 안 쪄"라며 이전보다 더 많은 밥을 담아주었다. 도시락 밥 양도 늘었고, 반찬은 여전히 고칼로리여서 내 몸무게는 갈수록 늘기만 했다.

게다가 당시 어머니가 완전히 빠져 있던 다이어트는 스즈키식 외에도 친구가 추천해준(강매당한) 미키푸른의 프로틴을 먹는 것이 있었는데, 식사는 평소대로 하면서 프로틴을 많이 섭취하거나 기름을 녹인다고 해서 보이차를 벌컥벌컥 마시기도 했지만 그다지 성공적이었던 것 같지는 않다.

아마 섭취 방식을 멋대로 해석해 버렸거나 권해준 사람의 이야기를 그대로 따랐기 때문일 것이다. 원래 어머니는 친구에 대한 의리로 피라미드식 판매 상법에 걸려들어 여러 가지 것들을 샀다. 어머니는 식이요법만이 아니라 운동도 작정을 하고 조깅과 수영을 열심히 했던 시기가 있었지만 그리 오래 가지는 않았다.

일기를 다시 읽어보면 중학교 1, 2학년 때는 체형이나 몸무게 때문에 깊이 고민한 흔적은 없다. 그러나 드디어 멋부림의 시기가 나에게도 도래했다. 조금씩 향수를 뿌리고 머리도 길렀다. 손톱도 깔끔하게 손질하고 예쁜 색 립스틱을 발랐다. 외모에 신경을 쓰게 되면서 거울을 보는 횟수도 점점 늘어갔다.

집에서는 금지되어 있던 소녀 만화를 친구에게 빌려 몰래 탐독하면서 연애에 대한 동경심을 키워갔다.

소녀 만화의 주인공들은 모두 예쁘고 스타일도 좋다는 것도 점점 알아차리게 되었다. 처음에는 지저분하거나 시답잖은 안경을 끼고 있어도 사실은 예쁜 아이였다는 반전이 기본이었다.

텔레비전에 나오는 청순가련형 아이돌이나 드라마에 나오는 아름다운 여배우들의 영향도 받았다. 그러면서 멋지고 빛나는 연애는 용모가 빼어난 여성들만의 특권이고, 남자들이 좋아할 만한 자격이 있는지의 여부도 외모에 달렸다는 가치관이 점점 확고해져 갔다.

부정할 수 없는 루키즘의 맹아가 바로 나였다.

아니, 맹아라기보다 태어난 순간부터 외모를 판단하는 나라에서 태어나 특히 여성에게는 엄격한 환경에서 살아온 탓에, 루키즘은 내 안에서 서서히 자라고 있었다. 어느샌가 씨를 뿌리고 싹이 터서 줄기를 키우고 꽃이 피어 열매를 맺었던 것이다.

그러나 인간관계라고는 가족과 천진난만한 친구들이 다였던 소학교 아이들 사이에서는 그다지 루키즘이라 할 만한 것도 딱히 없었다. 그런데 전철 통학으로 중학교에 다니게 되면서 바깥 세상을 알게 되고 인간관계가 넓어지자 완전히 루키즘에 휘둘리게 되었다.

일본만이 아니라 한국도 루키즘이 만연한 사회다. 그리고 그런 경향은 재일코리안 1세인 아버지, 2세인 어머니, 친척들에게도 엿보인다. 모두 사람들의 용모를 칭찬하거나 깎아내리는 등 언제나 외모에 대한 말들이 등장한다.

인사 다음에 곧바로 나오는 말이 미인이네, 예쁘네, 코가 낮네 등등의 평가였다. 친척들이 모이면 사촌들 사이에서 외모 순위를 매기는 경우도 있었다.

조금씩 변하고 있다지만 지금도 루키즘은 한국 사회의 디폴트(default)라 해도 좋을 것이다.

한국에 가면 직접적으로 외모에 대한 말을 듣게 되는 경우가 상당히 많고, 한국어 텍스트나 학습 앱에는 "~는 멋집니다", "~는 예쁩니다", 이런 대사가 자주 등장한다. 지난번에는 "외모는 중요합니다"라는 예문까지 있어서 정말 깜짝 놀랐다.

텔레비전 방송에서도 "이 중에서 누가 제일 잘생겼어요?"라는 질문이 아무렇지도 않게 나온다. 아이돌 멤버들에게는 '얼굴 담당'이라는 역할까지 있다.

한국 드라마나 영화 대사에서도 외모에 대해 언급하는 경우가 종종 있는데, 칭찬은 그나마 낫지만 나쁘게 말하는 경우도 적지 않다.

한국, 특히 서울에는 미용성형, 미용 시술 전문 피부과가 어디든 있어서 중년 아저씨들까지 병원에 다니기도 한다. 이렇게 남녀노소를 가리지 않고 미용에 대한 의식이 상당히 높은 사람들이 많다. 다시 말해서 외모가 아주 중요하다는 가치관은 확고하다.

일본에도 여전히 루키즘은 뿌리가 깊다. 이제는 그런 언동을 하지 않는 사람이 늘긴 했지만 여전히 아직 갈 길이 멀다고 생각한다. 나도 나이를 먹으니 에이지즘(노인, 노년, 나이 드는 것 자체에 편견을 가진 태도들의 조합—옮긴이)까지 가세한 세태에 언짢은 경우가 많다.

다시 내 이야기로 돌아가자.

'아, 이런 몸으론 도저히 안 되겠어'라는 생각이 확실하게 든 것은 아마도 중학교 3학년 때였던 것 같다.

세일러복 교복 스커트를 짧게 입고, 밖으로 보이는 외모에만 온통 신경을 쓸 때라 자의식 과잉이었던 시기다. 패션 잡지나 하이틴 잡지를 읽기 시작하자 '마른 것이 정의'라는 가치관이 점점 각인되게 되었다.

그러는 와중에 내 얼굴에는 여드름 꽃이 만발했는데 사실 이것이 가장 싫었다. '오도무게'라는 아주 강한 화장수로 피부를 살균 소독하고,

'유황을 그대로 바르는 게 아니냐'는 말이 나올 정도로 유황 냄새가 강한 '크레아라시르'라는 여드름 치료 크림을 매일 바르고 거울을 보면, 이건 뭐 자기혐오에 빠질 수밖에 없다.

고등학교 1학년이 되자 방안지에 기록한 몸무게 그래프를 일기장에 붙였다. 그날 먹은 것을 상세히 기록하고, 칼로리 표나 다이어트에 관한 잡지 기사를 찢어서 일기장에 끼워 두기도 했다. 목표로 했던 모델이나 여배우, 아이돌 사진 옆에는 '날씬해지고 싶다', '예뻐지고 싶다', '귀여워지고 싶다'는 말만 되풀이되어 있어 지금 보면 마음이 짠할 정도다.

몸무게는 최고치를 향해 가는 상황에서도 집에서는 여전히 식사를 남겨서는 안 됐기 때문에 '운동으로 소비 칼로리를 늘리는 수밖에 없다'는 사실은 잡지에서 본 지식으로 알고 있었다.

동아리 활동은 일시적으로 그만둔 상태라 살을 빼기 위해 통학 시 학교에 도착하기 두 정거장 전 역에 내려서 먼 거리를 걷거나, 집에서는 방에서 복근 운동을 시작했다.

"귀갓길에 잠깐 들러서 달달한 간식을 먹지 않도록", "너무 과식하지 않도록" 등등 내 나름대로 노력했던 모습이 일기에서 보인다.

그때는 도시락도 남기게 되어 귀갓길에 남은 밥을 버리는 꺼림칙한 짓도 했다.

그렇다고 본격적인 다이어트를 한 적은 없고 기껏 양을 줄이거나 운동을 좀 하거나 먹은 것을 기록해서 칼로리 계산을 하는 정도였다. 그렇게 해서 한 2킬로그램 정도 뺀 것이 최대치였고 내 몸무게는 높은 수치를 안정적으로 유지했다.

그래도 지금 생각해 보면 통통한 정도의 건강한 느낌이었고 비만 상
태까지는 아니었다. 하지만 그 당시에는 내 체형이 싫어서 견딜 수가
없었다.

몸무게만이 아니라 나와 관계된 모든 것이 마음에 들지 않았다.
어중간한 외모, 어둡고 비뚤어진 데다 귀염성 없는 성격, 한국인이라
는 태생, 시원치 않은 성적, 한 번도 이루어지지 않는 짝사랑, 이 모든
것에 넌덜머리가 났다.

친한 친구에게 한국인이라고 밝히자, 따돌림 당한 일이 있었다. 너무
큰 충격을 받아 견디다 못해 자살 시도를 한 것이 중학교 시절이었는
데, 그렇게 자기혐오는 점점 심해지기만 했다.

노스트라다무스의 "1999년, 세상은 멸망한다"는 예언이 그럴듯하게
들렸다. 차라리 더 빨리, 지금 바로 멸망해 버리라고 바랐을 정도였다.

그나마 학교 친구들 사이에서 서로의 외모를 헐뜯는 일은 없어서 살
았다고 해야 할까.

누가 귀엽네, 예쁘네, 이런 말 정도는 오갔지만 어느 정도 배려가 있
었고 타인의 외모에 대해 나쁘게 말해서는 안 된다는 공통의 인식도
있었던 것 같다.

여학교였기 때문인지 몰라도 공부, 운동, 성격(애교와 개성) 등 여러
가지 기준이 있고, 외모가 전부라는 가치관은 없어서 그나마 살아남을
수 있었다. 아이돌 다케모토 다카유키를 좋아하는 마음도 매일 나를
구원해 주는 힐링 요소였다.

그러나 어쩌다 학교 밖의 남자아이들을 만난 순간, 여자는 일단 외모로 판단되고 그것이 남자아이들의 태도에 그대로 나타나는 것을 보고 절망했다.

사귀고 싶은 욕망은 강한데, 외모에 대한 자신이 없었다. 거기에서 오는 열등감과 한국인이라는 태생을 비관하고, 내 존재에 대한 생각이 복잡하게 얽혀 있어서 무척 비겁하지만 한편으로는 자의식 과잉인 상태였다.

나르시시즘(자기애)은 강한데, 자기평가는 턱없이 낮았다.

누군가에게 받아들여짐으로써 인정받고 싶다는 생각이 강렬한 반면에 자기긍정감은 부족한, 꽤나 골치 아픈 성격이었다. 그 결과, 친구에게도 지나치게 헌신적으로 굴다 따돌림당한 적도 있었다. 단정한 생김새의 남자아이를 일방적으로 좋아했는데, 이런 때는 마치 돌격해서 격침시켜버리는 것과 같은 거침없는 태세로 지극히 모순된 행동을 취하기도 했다.

이런 상태였기 때문에 당연히 고교 시절에 즐거운 이성교제 같은 것은 해본 적이 없다. '멋진 남자친구를 갖고 싶다!'라는 열망만 품은 채 치열하게 대학 수험 준비를 해야 했기 때문이다.

대학 수험 공부는 중학 수험 때보다 덜 힘들었지만, 그래도 역시 힘들긴 매한가지였다.

그 시절의 일기에는 공부에 대한 열정과 학습 계획, 실제 성적, 그리고 그때까지도 변함없던 체중의 증감 상태가 세세하게 쓰여 있었다.

하지만 그 후의 인생을 좌우한다고 믿었던 대학 진학이 최우선 사항이었기 때문에, 대학 수험 공부에 필요한 체력을 위한다는 구실로 여전히 살이 찐 나를 쉽사리 용서하고 말았다.

'대학생이 되면 그때 다이어트를 해서 리셋하면 되겠지!' 하고 편하게 마음먹고 뒤로 미뤄 두었다. 살이 빠지고 날씬해지면 장밋빛 인생이 기다리고나 있다는 듯, 일기장에도 꿈을 꾸듯 그렇게 쓰여 있었다.

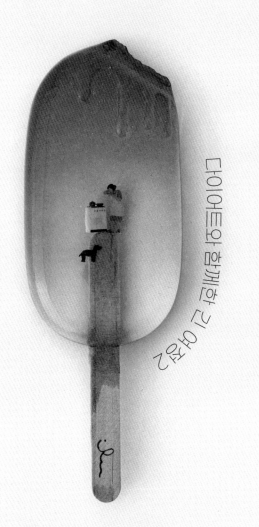

다이어트와 함께한 긴 여정2

드디어 공식적으로 남녀공학의 대학생이 되었다.

그곳에서 나를 기다리고 있던 것은 예상대로 남학생들의 냉정한 외모 판정이었다.

학부의 선배는 여자 신입생들의 외모 순위를 매겼고, 테니스 동아리는 들어올 때 선발이라고 할 만한 면접이 있었다.

뒤풀이 자리에서 동아리 선배가 "50킬로그램 이상 나가는 여자는 여자가 아니다"라고 단언하던 모습은 아직도 잊을 수가 없다. 그 장면은 이후 나에게 약간의 트라우마로 남았다.

지금도 체중계 위에 표기된 숫자가 50킬로그램을 넘으면 위가 콱 막혀온다. 요즘은 부하가 걸리는 모든 일에 내성이 약해져 가능한 한 체중계에 올라가지 않으려고 마음먹었다.

대학생이 되자 화장도 시작하고 옷에도 신경을 쓰게 된 나는 이제 본격적인 리셋을 해보자고 다짐만 하다가 드디어 다이어트를 시작했다. 스스로 살이 쪄서 촌스럽다고 생각하는 마음의 병이 들어 있었기 때문에 그때의 나는 무척 진지했다.

절대로 50킬로그램을 넘어서는 안 된다고 생각했다.

당시 유행하던 에어로빅스도 해보고, 테니스랑 수영도 해보았지만 생각만큼 몸무게는 줄지 않았다. 거기에 미국 유학이라는 변수도 생겨서 몸무게는 줄기는커녕 늘기만 했다.

가능한 한 집에서 먹지 않으려고 해서 혼이 나면서도 일부러 저녁 식사 시간보다 늦게 들어가 식사를 거르기도 하고, 점심도 소자이빵(고로케, 카레빵처럼 반찬이 토핑된 빵—옮긴이) 한두 개로 끝내는 나름대로의 식사 제한도 해보았지만 큰 효과는 없었다.

토마토 다이어트, 바나나 다이어트, 사과 다이어트, 파인애플 다이어트처럼 한 가지만 먹는 원 푸드 다이어트도 시도해 봤지만 지속되진 않았다. 늘 감시하는 어머니와 같이 사는 집에서는 철저하게 다이어트를 할 수 없는 사정도 있었다.

한 번은 내 방에 무단으로 들어와 일기를 훔쳐 읽은 어머니가 내가 다이어트를 하고 있다는 사실을 알게 되어 격노한 사건도 있었다. 일기장에는 어머니에 대한 욕도 한가득 쓰여 있어서 분노 게이지는 최고치에 이르렀다.

어머니는 딸이 다이어트하는 것을 몹시도 싫어했다. 그 배경에는 아마 죽은 언니가 무척 말랐었기 때문일 것이다.

평소에도 텔레비전 드라마를 보다가 탤런트의 체형이 호리호리하면 그에게 원망이라도 있는 사람처럼 나쁘게 이야기하기도 했다. 어쩌면 어머니 자신이 다이어트에 모조리 실패해서 마른 사람을 질투한 것일까?

아무튼 그런 어머니 밑에서 자란 나는 당당하게 다이어트를 할 상황이 아니었다. 그래서 이것저것 몰래 시도해 볼 수밖에 없었다.

어머니는 딸이 다이어트하는 것을 좋게 생각하지 않았을 뿐만 아니라 멋을 부리면 요염하게 꾸미고 다닌다며 화를 낸 적도 있다.

고등학교 1학년 때는 친구들과 영화를 보러 갔다가 밖에서 산 귀걸이를 하고 돌아왔는데, 어머니에게 들켜서 뺨을 맞기도 했다. 머리를 부분 펌을 한 것과 학교 수업을 빠진 것이 들킨 날에는 어머니가 다니던 미용실로 끌려가 공들이고 있던 내 긴 머리가 어처구니없이 짧게 잘리는 것을 지켜보아야만 했다.

옷은 어릴 때부터 눈에 띄지 않는 것이 어머니의 옷을 고르는 첫 번째 원칙으로 감색이나 검정색, 회색 등 주로 수수한 색의 옷을 입혔다. 어머니 말에 따르면 그런 색이 '품위 있는 옷'의 색깔이었다. 색감이나 무늬가 화려한 옷은 유치하고 상스럽다고까지 말했다.

대학생이 되어 사복을 입게 되었는데도 매일 아침 등교 전에 현관에서 어머니에게 복장을 점검받았다. 언제나 어머니와 같이 샀거나 어머니가 사준 옷만 입도록 엄하게 관리했다.

우리 집은 그 시절 충분히 여유가 있는 생활이었는데도 용돈은 극단적으로 적게 받았다. 내가 부모님 마음에 들지 않는 짓을 하면 벌칙으로 용돈을 주지 않은 적도 많았다. 그렇다고 내가 돈을 모아 스스로 옷을 살 여유는 없었으니 그저 어머니가 사주는 대로 입을 수밖에 없었다.

"아르바이트는 안 돼"라는 금기를 깨고 가정교사나 출판사 아르바이트를 하게 되어(마지못해 인정해준 아르바이트였다) 가끔씩 내가 좋아하는 옷을 살 수 있었지만, 그 옷을 입으면 늘 어머니로부터 불만 섞인 푸념을 들어야 했다.

사회인이 되고 월급을 받고 나서야 자유롭게 쓸 돈이 생겨 옷을 마음대로 살 수 있게 되었다. 하지만 여전히 집에서는 어머니의 복장 체크가 따라다녔다. 그것을 무시하고 출근하는 날에는 집에 돌아오면 어머니의 불쾌한 기분과 신랄한 잔소리가 기다리고 있었다.

우리 부모님은 내가 일하는 것도 반대했다.

"여자애는 군이 일을 안 해도 된다"며 대학원에 진학하든가 집에서 신부 수업을 받으라고 강요했다. 그것도 아니면 한국의 대학으로 유학을 가라는 것이었다.

대학원에 갈 정도로 학문에 흥미는 없었고 고생 고생해서 힘들게 대학에 들어갔는데, 여자라는 이유로 왜 새삼스레 신부 수업을 받아야 하는지 화가 났다.

한국으로 유학을 가는 것은 말도 통하지 않아 싫었다. 당시의 나는 그렇게 생각했다.

물론 지금은 신부 수업도, 한국 유학도 다 좋은 경험이라고 생각한다. 대학원은 오히려 지금 가고 싶다. 그러나 이제 곧 사회에 나가 일한다는 생각에 가슴이 부풀어 있던 당시의 나에게는 있을 수 없는 선택이었다.

부모님이 나를 취직시키고 싶어 하지 않은 것은 용돈이 극단적으로 적었던 사실에 비추어 볼 때, 경제적으로 묶어둠으로써 나를 계속 지배하고 싶었기 때문임을 눈치 챈 나는 무슨 일이 있어도 반드시 일을 해야겠다고 맹세하고 구직 활동에 뛰어들었다.

영어 검정과 비서 검정을 따고 영문 타이프(워드 프로세서를 사용하기 위한)도 마스터했다. 대학 성적도 좋았다. 그런데 한국 국적이었던 나는 구직 활동이 무척 힘들었다.

남녀고용기회균등법도 시행된 이후여서 여성은 종합직에 채용되었지만 재일코리안에게는 여전히 매정한 세상이었다.

어쩌면 그러한 사정을 알고 내게 상처주기 싫어서 부모님이 취직에 반대한 건지도 모른다는 생각이 머리 한구석에서 맴돌았지만, 나는 좌절하지 않고 끈질기게 구직 활동을 지속했다. 버블기의 취업 시장에서 주변 친구들은 몇 개씩이나 내정을 받았는데, 나는 한국 국적이라 문전박대 당하는 경우가 많았다. 정말이지 분해서 견딜 수가 없었다.

가까스로 외국계 은행에 들어갔지만, 사회에서 지속적으로 거부당하는 것은 너무 불합리해서 참기 힘들었다. 이런 경험이 나중에 내가 일본 국적을 취득하게 된 이유 중 하나이기도 했다. 내 아이들에게는 나와 같은 경험을 겪게 하고 싶지 않다고 굳게 마음먹었다.

나를 일일이 체크하고 판단하는 어머니의 태도는 반대급수적인 면이 있지만 일종의 외모지상주의, 루키즘일 것이다. 덧붙이자면 지금도 어머니는 나(그리고 손주)와 만나면 여전히 복장이나 외모에 대해 이러쿵저러쿵 평가한다. 이제는 한 귀로 듣고 한 귀로 흘리고 말지만 역시 기분은 좋지 않다.

나는 루키즘의 피해자라 할 수 있지만, 동시에 루키즘의 가해자이기도 했다. 타인의 판단으로 상처를 받고 외모 지상주의에 그렇게나 치를 떨었음에도, 나 역시 이른바 미남자를 좋아했다. 당시에는 '얼굴만 보는 사람'이라는 말이 있었는데 정말로 내가 딱 그랬다.

고교 시절에 한눈에 반한 사람도 내가 상상하던 외모가 멋있는 남자였기 때문이다. 아이돌을 좋아한 것도 그래서인지 모르지만 다케모토 다카유키의 얼굴이 딱 나의 이상형이었다.

얼굴만 보는 경향은 대학에 들어가서도 변하지 않았다. 내면에 대해서는 잘 모르는데도 외모만 멋있으면 일단 끌렸다. 내 취향은 일반적인 미남과도 약간 다른 느낌이었던 것 같지만 어쨌든 난 언제나 첫눈에 반했다.

진정한 의미에서 그건 좋아했다고 할 수 있을까.

그저 외모가 내 취향인 남자친구를 갖고 싶다는 생각에 사로잡혀 있었던 것 같다. 자기애가 지나치게 강해서 자기 외모에는 자신이 없는 주제에 나와 사귈 사람은 멋진 사람, 얼굴이 잘생긴 사람, 세련된 사람, 키가 큰 사람만을 생각했다.

나부터가 외모로 타인을 판단하고 심판했던 것이다.

얼마나 오만한가.

그런 심보였기 때문일 것이다. 연애가 잘될 리 없었다.

나를 좋아해 주던 마음씨 좋아 보이던 사람은 거절하고, 외모는 멋있지만 성격이 좋지 못한 남성과 사귀거나 바람기 때문에 속을 썩이는 등 나의 이성 교제는 늘 엉망이었다. 결국 친구로부터 "너는 정말 남자 보는 안목이 없어!"라는 말까지 들어야 했다.

드물게 성격 좋은 사람과 좋은 느낌으로 교제를 시작해도, 부모님은 남자친구에게 걸려온 전화를 바꿔주지 않았다. 또 일본인과는 절대로 교제해서는 안 된다는 부모님에게 걸리면 강제로 헤어져야 했기 때문에 상대방 입장에서는 나와 사귀는 것 자체가 성가신 일이 많은 연애였다.

결국 이렇게는 계속 못 사귄다며 헤어진 사람도 있었다. 나도 그다지 솔직한 편이 못됐고 어찌 보면 차이는 것도 당연했다.

나의 연애 여정은 험난했지만 애초에 그런 교제들을 '연애'라고 부를 수 있을지도 의문이다. 순전히 나 혼자만의 생각으로 내달렸던 것인지도 모른다. 엄한 가정환경 속에서 나는 왜 그렇게까지 필사적으로 연애를 하려고 했을까. 정말 그때는 젊었다. 한때의 청춘이 절실하게 느껴진다.

사회인이 되자 나이가 들어서인지 특별히 다이어트를 하지 않아도 서서히 살이 빠졌다. 매일 출근해서 일하고 먹는 양도 줄인 것이 도움이 되었을 것이다. 여드름도 좀 가라앉아서 점차 외모 콤플렉스는 줄어들었다.

그렇게 내 인생 최고의 인기 구간을 맞이하게 되었다.

그러나 마음은 어째서인지 차갑게 식어 있었다. 자기가 한 짓은 짐짓 모르는 척 외면한 채 세상 사람들의 이해타산에 질려 있었고 '그렇게 다가와 봤자 내 정체를 알게 되면 날 경멸할 테지' 하는 생각이 지배하고 있었다.

실제로도 그랬다.

한국인이라고 털어놓으면 곧 이별이 기다리고 있었다.
상대방이 떠나갔다.

일본인과 사귀어도 어차피 결혼은 할 수 없다.
양쪽 다 부모님이 반대했다.

그때까지의 경험을 통해 이러한 패턴을 깨닫게 된 나는 '그렇다면 차라리 학창 시절처럼 외모가 멋진 사람과 짧게 사귀자. 그 정도로 벌을 받지는 않겠지!' 이런 생각을 진지하게 했던 때도 있었다.

우리 집 규칙으로는 저녁 식사를 반드시 집에서 가족과 함께 먹어야 했고, 귀가 시간도 엄격했다. 남녀교제도 금지되어 있었는데, 과감하게 연애를 계속했던 것은 아마도 그 반발로 일부러 더 고집을 부렸기 때문인지도 모른다.

강하게 억누르면 억누를수록 반발심이 끓어올랐다.

남자친구의 차를 타고 집에 돌아올 때쯤에 귀가하던 어머니와 맞닥뜨리는 바람에 혼비백산한 우리는 도망치고 어머니는 차로 맹렬히 쫓아와 일반 도로에서 추격전을 벌인 적도 있다.

결국 나는 지쳐버렸다.

부모님의 권위가 너무 커서 도저히 대적할 수 없음을 깨달았다.

내가 졌다.

게다가 결혼은 역시 해야 한다는 압박이 내 안에서도 커져 갔고, 그런 사회 분위기도 점점 심해졌다. 물론 그중에서도 부모님의 압박이 가장 컸다.

"25세까지는 결혼해야 한다(당시는 '25일을 넘기면 팔리지 않는다'는 의미로 '크리스마스 케이크'라고 했다)"고 어머니는 내 얼굴을 볼 때마다 잔소리를 했다.

이 답답한 집안에서 어떻게든 탈출하고만 싶은 나날들이 이어졌다.

사회인이 되었어도 독립은 허락되지 않았고, 나는 여전히 과도하게 간섭하는 부모님 밑에서 감시받으며 살고 있었다.

큰맘 먹고 가출을 시도했지만 발각되어 결국은 집으로 끌려갔고, 그날 아버지한테 엄청 맞기도 했다. 사랑의 도피를 시도하다 집에 감금된 적도 있었다.

'그래, 결혼밖에는 이 족쇄에서 헤어날 방법이 없어.'

그렇게 생각한 나는 부모님이 권하는 재일코리안과 맞선을 보기 시작했다. 부모님이 허락하는 결혼 말고는 이 집을 나갈 수 있는 선택지가 없었다.

가부장제가 강한 가정으로 시집가는 것도 불안했지만 '우리 집의 감옥 같은 엄격함에 비하면 그래도 낫지 않을까'라고 판단했다. 그때 나는 25세였다. '25세까지'라는 말도 저주가 되었다.

몇 번의 맞선을 거치고 난 후에 내 단편집 《인연을 맺는 사람》 속에 소개된 〈가나에 아줌마〉의 모델이 된 중매쟁이 아줌마의 소개로 남편을 만났다. 그렇게 나는 27세에 결혼했다.

중매였지만 역시 나에게 중요한 것은 외모였다. 남편은 밝고 상큼한 분위기의 사람이었고 '이 사람이라면?' 하고 호기심이 동했다. 물론 멋진 외모만이 아니라 성격도 밝고 얘기를 나누면 즐거웠다.

필사적으로 일본인과의 교제를 반대하고 방해했던 어머니가 재일코리안인 맞선 상대와 데이트를 하러 갈 때면 새 옷을 사주고 싱글거리며 전화를 바꿔 주었다. 지금까지와는 너무 다른 어머니의 태도에 어안이 벙벙해졌다.

동시에 '부모가 반대하지 않는 연애는 이렇게 편한 거구나'라고 느끼게 되었다.

결혼이 정해지고 나서부터는 다이어트를 크게 의식하지 않게 되었다. 이제 선택은 끝났고, 연애 시장에 더 이상 출전하지 않아도 됐으니까. 물론 결혼식이나 피로연을 위해 과하게 살이 찌지 않도록 노력은 했지만 학생 시절의 그 매서웠던 다이어트에 대한 욕망과는 확실히 달랐다.

내가 인생에서 가장 말랐던 시절은 첫아이를 임신 12주 만에 유산하고 난 직후였다. 그러나 그런 식으로 살이 빠지는 방식은 건강하지 못하다. 몸이 망가진다.

그런데 사실 나는 그런 상황에서도 몸무게가 빠진 것이 조금은 기뻤다. 내면이 뭔가 잘못되어도 단단히 잘못되어 있었던 것이다.

그 뒤에 다시 임신했을 때는 산부인과 진료 때마다 체중을 재고 몸무게가 너무 늘었다고 야단을 맞았다. 언제나 몸무게 때문에 일희일비해야만 하는 것은 역시 스트레스였다. 배가 너무 고파지면 참기 괴로웠지만 '아이를 위해서'라는 마법의 말로 겨우겨우 자제할 수 있었다.

산후에는 모유 수유를 했기 때문에 아무리 먹어도 살이 찌지 않고 몸무게도 순조롭게 빠졌다. 갓난아이를 돌보는 일이 너무 힘들어서 오히려 쓰러질 지경이었다.

그러고 나서 약 3년 후에 딸을 낳은 뒤로는 아이 둘을 돌봐야 하는 독박 육아로 내 식사나 영양은 제대로 챙길 여유가 없었다. 필사적으로 하루를 겨우 보내는 바람에 체중계에 올라갈 틈도 없었다.

사실, 그 시절의 일은 거의 기억이 나지 않는다. 내 생각에는 말랐던 것 같지만 어쩌면 오히려 살이 찐 상태였는지도 모른다. 이혼에 이르는 여러 가지 사건이 있었던 시기와도 겹쳐, 내 외모나 일은 완전히 뒷전이었다.

딸이 중학생이 되자, 겨우 나 자신의 외모를 살펴볼 여유가 생겼다. 살찌기 쉬운 나이가 되었다는 것을 깨닫게 된 나는 끈질기게 다시 다이어트에 돌입했다.

친구가 추천한 영양제를 대량으로 섭취하는 다이어트를 시작했는데, 피라미드 방식의 영업에 당한 적도 있었다(이런 점은 어머니와 닮았다). 이후에는 식사 제한을 하지 않고 근처 헬스클럽에 다니기 시작했다. 헬스클럽에서는 근육 트레이닝과 필라테스, 수영, 러닝을 했다.

그 즈음에는 암반욕도 유행하기 시작해 자주 갔다.

아이들이 없는 짧은 시간을 틈타 내 몸과 마주 대했다.

요가를 만나게 된 것도 이 즈음이다. 실은 당시 이혼으로 인해 아이들에게 아버지와 어머니가 다 갖춰진 가정을 빼앗았다는 죄책감과 '내 인생은 실패했다'는 생각으로 마음 상태가 무너져 있었다. 그때 다니고 있던 카운슬링센터의 선생님이 운동을 권했다. 실제로 헬스클럽에 다니면서 마음의 건강함을 되찾고, 많은 도움을 받았다.

슬슬 일본어 강사 일을 시작하게 되면서 싱글 마더로서 매일의 생활은 더 힘들어졌다. 아이들 친구 엄마들과 사귀는 것도 고역이었지만 충실했던 나날들이었다고 생각한다.

헬스클럽은 다이어트뿐만 아니라 정신적인 면에서도 유익한 효과가 있었다.

소설을 쓰기 시작한 것도 이 무렵으로, 악착 같이 글을 썼다. 소설을 쓰는 것도 헬스클럽에 다니는 것 못지않게 마음에 긍정적인 효과를 불러왔다. 소설을 쓰는 것은 쌓아두었던 생각을 표현하게 만들었고, 무엇보다 글 쓰는 일이 재미있었다. 나의 중심이 되는 일을 발견한 느낌이었다.

그러자 슬슬 '더 이상 다이어트를 하고 싶지 않아. 외모만 신경 쓰는 일은 이젠 그만하자'라는 생각이 들기 시작했다.

그렇다고 바로 다이어트를 끝내지는 못했지만.

나는 신인문학상을 수상하고 정식으로 작가가 될 수 있었다.

그런데 수상 선물이 타니타 체중계였다.

이 무슨 얄궂은 선물이란 말인가!

인터뷰 등으로 사진을 찍을 기회도 늘어, 이제는 세상에 내 모습이 드러나게 되었다.

그런 즈음, 갱년기라는 불청객이 내게도 찾아왔다. 몸무게가 급격하게 늘어 고등학교 1학년 무렵의 최대치까지 거의 근접했다. 몸의 컨디션도 좋지 않고 마음도 우울했다. 헬스클럽에 갈 기력마저 꺾였다. 콜레스테롤 수치도 자꾸 올라가 의사의 주의를 받았다.

그 무렵까지도 나는 끈질기게 루키즘에 사로잡혀 있었다. 무엇보다 나이를 먹는 일, 늙어 보이는 것에 대한 공포도 컸다.

'나이를 먹는 것은 멈출 수 없지만 적어도 살이 찌는 것은 피할 수 있겠지. 콜레스테롤 수치도 낮춰야 하는데!' 하고 생각했다.

그렇게 다시, 다이어트 시작이다!

이후 나는 단식의 세계와 조우했다.

체험자가 10킬로그램이나 빠졌다는 사실을 알게 되자 '바로 이거야!'라고 생각했다.

침 치료를 받으면서 지도를 받아 단식을 하는 방식이었다. 단식에는 디톡스 효과도 있다고 들어서 "불필요한 것은 잘라내서 리셋하면 되겠지"라고 의욕에 넘쳐 침을 맞으러 다니고 단식을 시작했다.

나는 아무래도 리셋을 좋아하나 보다.

때마침 두 아이 모두 유학 중이어서 혼자 살고 있었기 때문에 단식하기도 수월했다. 4일 동안 단식한 후에 점점 식사량을 늘려가는 프로세스인데 나는 약 3개월 만에 8킬로그램을 줄일 수 있었다. 콜레스테롤 수치도 많이 떨어졌다.

단식 중에는 두통이 생겼고, 식사 제한으로 공복을 견디는 일은 짐작한 것 이상으로 힘든 일이었다. 머리털이 빠지고 뾰루지가 엄청나게 생긴 것은 호전반응이라 해도 힘든 건 사실이었다.

그러나 결국에는 8킬로그램이나 빠졌다는 사실이 너무 기뻤다. 아이들에게 날씬해진 나를 어서 보여주고 싶었다. '아마도 깜짝 놀라겠지?' 하는 생각에 마음이 들떴다.

그런데 여름방학을 맞아 오랜만에 만난 딸아이는 공항에서 나를 죽 훑어보더니 "꼭 아픈 사람 같아!"라며 얼굴을 찡그렸다. 나이가 들어 보인다고도 했다.

나는 도대체 무엇을 위해 살을 뺀 것일까.

신간 프로모션을 위해 사진을 찍을 때 '마른' 것이 좋겠다고 굳게 믿었는데, 그저 나 혼자만의 착각이었을까?

원래부터 내가 살이 찌든 빠지든, 주위 사람들은 그다지 관심 없는 것은 아닐까?

여기서 패러다임의 전환이 일어난다.

사실, 그렇게까지 마를 필요는 없지 않을까?
그저 나 스스로를 그렇게 옭아매고 있을 뿐이지 않은가?

그렇다. 자의식의 문제다.
마른 몸에 대한 집착에서 손을 떼자.
다이어트와 이별을 고하자.
루키즘에 더 이상 휘둘리지 않도록 하자.

그렇게 결심하고 몇 년이 지났다.

여전히 마른 몸에 대한 세간의 예찬은 끈질기고, 내 안의 루키즘도 완고하다. 최근에도 미용 시술 전문 피부과를 검색했으며, 외식을 할 때도 요리를 앞에 두고 이것을 먹으면 살이 찔 것인지를 순간적으로 생각하고 만다. 하루 동안 먹은 것들을 되새겨보거나 칼로리를 머릿속으로 계산하는 버릇도 여전하다.

그러나 적어도 주위 사람들의 외모 평가를 입에 올리는 경우는 줄었다. 완벽하지는 않지만 스스로 루키즘을 타인에게 발동시키는 일이 없도록 신경을 쓰게 되었고, 마른 몸매만이 정의라는 풍조에는 앞으로도 저항하고 싶다.

지금의 내 몸무게는 작년에 크게 늘어서 단식 전으로 되돌아갔다. 결국 리바운드해서 대학 시절 동아리 선배의 시점으로는 여자가 아니게 되었지만, 이제는 약간 나온 배도 그렇게 나쁘지만은 않다고 생각한다.

무엇보다도 독감을 앓은 다음에 연달아 코로나에 걸려 후유증으로 고생하고 있는 지금은 건강이 가장 중요하다는 것을 통감하고 있다. 유전적으로 콜레스테롤 수치가 높아지기 쉬운 체질이긴 하지만 몸무게 수치를 지나치게 신경 쓰기보다 식사의 내용물에 좀 더 신경을 쓰게 되었다.

작년까지 입었던 옷은 이제 작아서 들어가지가 않는다. 그렇다고 다이어트를 해서 살을 빼고 입으려고 하기보다는 이제는 새로 한 사이즈 큰 옷을 사려고 한다.

끝없이 자신에게 불만이 많고, 살을 빼려는 생각에 끊임없이 시달리는 것은 너무 힘든 일이다. 지금의 나는 그런 생각에서 해방되어, 다이어트로 몸무게를 줄이기보다는 먹고 싶은 것을 억지로 참지 않는 것이 훨씬 즐거운 인생이라고 생각한다.

운동도 건강을 위해, 요가는 마음의 평안을 위해.

이런 자세로 충분하다.

단, 콜레스테롤 수치만은 신경을 쓰면서.

의지만으로는 어찌해 볼 도리가 없는 일이 생기기 마련이다.

그것이 인생이다.

세상살이는 언제나 만만치 않다.

내가 좋아하는 밝은 색이나 화려한 무늬의 옷은 앞으로도 계속 입을 것이다. 어머니가 수수한 옷만 입혔던 어린 시절의 반동이 지금에야 폭발하고 있지만, 내가 기분이 좋아지는 일은 이제 소중히 여기며 살고 싶다.

이제는 예전만큼 어떻게 보이는지에 그다지 신경이 쓰이지 않게 되었다. 나이듦과 함께 자의식이 조금씩 약해지는 것도 좋은 면이 있는 법이다. 지나친 자의식 부족으로 남에게 폐를 끼치지 않을 정도, 그 정도면 됐다.

긴 여정을 함께 걸어온 다이어트는 이제야 겨우 적당한 거리를 둘 수 있을 것 같다.

고백하자면, 지금도 루키즘을 완전히 버리고 리셋하기는 어렵다.

나는 오늘도 한국 드라마와 영화를 보고 "이 배우, 진짜 멋진데!"라며 마음속으로 비명을 지르고 있다.

나이가 들어도 '최애'의 모습에 마음을 빼앗기는 일은 지금도 여전하다.

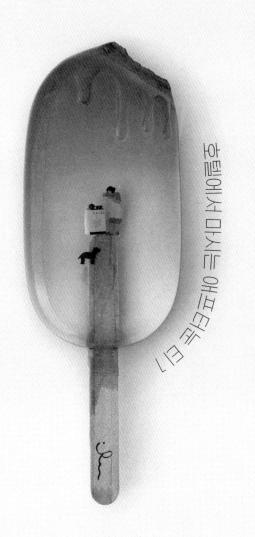

호텔에서 마시는 애프터눈 티

애프터눈 티.

이 단어에서 떠오르는 이미지는 우아한 한때다.

장소는 고급 호텔의 티룸. 플레이트 위에 놓인 고운 빛깔의 디저트, 작은 샌드위치 등과 함께 홍차를 마시며 담소하고 있는 이들 역시 격조 있는 옷으로 몸을 휘감고 있는 사람들이다.

3단 플레이트 위에 놓인 예쁜 디저트가 상징적인 영국식 애프터눈 티는 1990년대 전반의 일본에서는 아직 일반적이지 않았다.

싱가포르나 홍콩 같은 옛 영국령 지역으로 여행을 간 사람들 중에서도 럭셔리 호텔에서 홍차를 마실 수 있는 지극히 한정된 사람들만 경험했던 문화였다.

그러나 엔화가 강세였고 경기도 좋아서, 트렌드에 민감한 사무직 여

성들의 해외 여행지로 홍콩이나 싱가포르는 인기가 높았다. 얌차나 애
프터눈 티는 그녀들의 여행 이유이기도 했다.

내가 당시 근무하고 있던 출판사에서도 〈홍콩·싱가포르 사전〉이라
는 무크지가 간행되고 있었다. 광고부에서 진행 업무를 담당하고 있던
나는 이 무크지를 읽고 애프터눈 티에 매료되었다. 여름휴가에 고등학
교 친구들과 함께 싱가포르의 그 유명한 래플스 호텔에서 난생처음으
로 영국식 애프터눈 티를 경험했다.

막 구운 스콘이 무척 맛있었고, 래플스 호텔의 격조 있는 호화로움
에 감동하지 않을 수 없었다. 그 경험으로 30년 전의 싱가포르 여행은
아직까지도 즐거운 추억으로 남아 있다. 특히 한때 탐독했던 무라카미
류의 소설에 나오는 래플스 호텔에 직접 가본 것도 기뻤다.

그 시절의 나는 유행에 휩쓸리기 쉬운 젊은이로 세상 분위기에 휩
쓸려 좀 우쭐해 있었다. 아니, 나만이 아니라 일본 전체가, 일본에 사는
사람들 모두 버블 호황기 덕에 콧대 높던 시절이었다.

그러나 그 시절 애프터눈 티라는 말은 아직 세상에 그리 넓게 퍼진
것은 아니었다. 내가 싱가포르에 갔을 때도 애프터눈 티가 아니라 '하
이 티'라고 불렀던 것 같지만 하이 티라니, 이 말 자체를 모르는 사람이
많았다.

애프터눈 티를 간단하게 번역하면 오후의 차, 그러니까 일본의 청량
음료인 '오후의 홍차'를 자동으로 연상하게 된다. 그러면 바로 친숙한

느낌이 든다.

내 생활 속에서도 오후의 차 시간은 일상의 중요한 한때이기도 하다. 집필하는 도중에 한숨 돌리고 마시는 녹차, 친구와 함께 디저트랑 같이 마시는 홍차, 출판사 담당 편집자와 미팅 때면 연거푸 마시는 커피, 이렇듯 여러 상황에서 마시는 오후의 티타임이 있다. 커피도 좋아하지만 여러 가지 다른 차를 마시는 시간도 내겐 소중하다.

그러나 호텔에서의 애프터눈 티는 비일상적인, 특별한 일이 되어버린다. 때로는 애프터눈 티 시간이 우아하기는커녕, 예상 외로 싸움이나 갈등의 현장이 되기도 한다. 적어도 내 경우에는 그랬다.

호텔에서 차를 마신 기억이 강렬하게 남아 있는 것은 여러 맞선 자리에서의 추억이었다. 그곳은 수많은 신경전이 펼쳐지는 장소이기도 했다.

대학교 3학년이 되었을 때부터 어머니는 "졸업하면 바로 맞선을 봐야지"라고 틈만 나면 말하곤 했다. 그 말은 저주가 되어 나를 덮쳤다. 나는 이 말에 발끈해서 더욱 더 일본인과의 보답 받지 못할 연애에 기를 쓰고 열심히 노력했다.

구직 활동을 할 때는 일본 사회로부터 철저하게 거부당했지만, 일본인과 결혼하면 나도 이 사회에 자연스럽게 받아들여질 거라고 생각했던 시절도 있었다.

그 시절, 연애의 결승골은 결혼이라고 믿어 의심치 않았고 세상 분위기도 그랬다. 결혼을 못하는 것에 대한 공포도 있었다. 지금은 그런 생각 따위는 전혀 없고 우리 아이들을 비롯해 남들에게도 그런 생각을 강요할 일도 없다. 하지만 당시에는 연애를 하지 않는 건 문제가 있다고, 결혼을 하지 않으면 안 된다는 사고가 강박관념처럼 내 안에 깊이 스며들어 있었다.

이런 생각과는 달리, 지금껏 밝혀 왔듯 내 연애가 결혼으로 연결되는 일은 없었다.

그래서 결국은 '나도 재일코리안 사회 속에서 살아갈 수밖에 없는 것인가' 하며 체념을 하고 선을 보기로 했다.

재일 한국인임을 필사적으로 숨기면서 살아왔고 그 운명에서 벗어나기 위해 몸부림쳤지만, 결국은 한 치도 벗어날 수 없다는 것을 깨달았다.

재일코리안과의 맞선은 나로서는 대단히 중대한 결단이었다. 내 인생에 있어서 하나의 전환점이었다고 생각한다.

맞선 시스템화라고 할 수 있는 매칭 앱이 번성하고 있는 지금과 달리, 당시는 맞선을 보는 친구들도 주변에 거의 없었다. 맞선은 연애를 잘 못하는 사람이나 하는 거라는 이미지가 있었다.

연애에 성공하지 못하면 낙인을 찍는 것처럼, 연애결혼이 역시 좋은 것이고 맞선을 봐서 하는 결혼은 일종의 '타협의 결과'라는 선입견이 있었다.

게다가 맞선이라는 건 참으로 전근대적 산물이 아니던가. 왜 내가 이 시대착오적인 맞선을 봐야 하는지 곱씹을수록 너무 화가 났지만, 한편으로는 결혼이야말로 집에서 벗어날 수 있는 가장 현실적인 방법이라는 생각도 들었다.

그래서 마음을 먹었다. 아니, 실은 포기한 것이다. 그 정도로 부모님, 특히 어머니의 강압이 힘들었다. 하루 빨리 집에서 나가고만 싶었다.

어머니는 "너는 가만 두면 나중에는 방법도 없는데, 이제라도 맞선 볼 마음이 들다니 다행이다"라고 끊임없이 말했고, 나는 그럴 때마다 부모님에게 굴복할 수밖에 없는 무기력한 내가 한심해서 견딜 수가 없었다.

당시 재일코리안이라고 해도 일본인과 연애결혼한 사람도 많았다. 그런데 재일코리안끼리 하는 맞선자리에 나오는 남성이, 재일코리안으로서의 정체성이 희박하고 나아가 재일코리안이라는 사실에 부정적인 마음까지 품고 있는 나와 과연 맞을 것인지, 또 재일동포 며느리를 바라는, 아마도 민족의식이 높을 집안 분위기에 내가 익숙해질 수 있을지 등의 불안도 컸다.

그래도 '혹시 좋은 만남이 있을 수도 있지 않을까' 하는 약간의 희망도 있었다. 성격이 좋고 외모도 나름대로 괜찮은 사람이라면 좋겠다는 작은 기대도 품었다.

먼저 맞선 사진이라는 것을 찍었다.

기분이 좋은 듯 말수가 많아진 어머니와 함께 맞선 사진을 잘 찍는다고 소문난 사진관으로 향했다.

맞선 사진을 위해 어머니가 옷도 사주었다. 어머니가 선택한 약간은 수수한 하얀색 깃이 달린 무늬 없는 회색 원피스를 골랐다.

청초해 보이기는 하지만 아무래도 촌스러웠다. 나는 좀 더 밝은 색 옷을 입고 사진을 찍고 싶었지만 맞선을 보기로 승낙한 시점부터 주도권은 완전히 어머니에게 넘어갔다. 아니, 언제나 주도권은 어머니가 쥐고 있었다.

억지로 찍은 느낌이 배어 나오는 건지, 사진 속의 내 표정은 결코 밝지 않았다. 웃으라는 요구에 만들어낸 억지 미소를 짓고 있어도 체념이 삐질삐질 새어나오고 있었다. 나중에 남편이 "그 맞선 사진은 너무 수수하고 좀 어두워 보였지"라고 말할 정도였다.

나의 맞선 사진은 두 명의 중매 아주머니에게 전달되었다. 고탄다의 A 씨와 이케가미의 B 씨다.

일본에는 두 가지 재일코리안 민족 단체가 존재한다.

재일본대한민국민단(소위 '민단')과 재일본조선인총련합회(소위 '총련')로, 재일코리안은 이 두 단체로 나누어져 있다. 지금이야 어느 쪽 소속이든 별 상관없이 살아갈 수 있지만 이 단체들은 마이너리티 상조 조직이기도 해서 예전에는 살아가기 위해 두 곳 중 어느 한 쪽에 속해야만 하는 재일코리안이 대부분이었다.

예를 들면, 우리 집의 경우에는 아버지가 사업을 운영하는데 일본 은행은 재일코리안에게 돈을 빌려주지 않아 민단 계열의 금융기간에서 자금을 조달했다. 또한 당시에는 민단을 통해 한국 여권을 발행하고 있었다. 아버지는 민단 상공회에서 인맥을 쌓기도 했다.

중매쟁이 아주머니도 민단계의 A 씨와 총련계의 B 씨로 대략 나누어져 있었다.

그렇지만 재일코리안 세계가 확실하게 두 갈래로 나누어져 늘 대립했던 것은 아니었다. 친척 중에서도 민단계와 총련계가 섞여 있기도 했고, 친구도 마찬가지였다.

민족단체의 간부가 아닌 이상 아니, 설령 간부라 해도 다른 계통이라고 해서 으르렁거리고만 있을 수는 없었다. 원래 재일코리안의 고향은 남쪽 지역이 많았는데, 이데올로기보다는 동향이나 친척이라는 요소가 훨씬 중요하게 작용했다. 서로 다툴 때는 오히려 친척들이 모이는 제사 자리에서 술에 취해 싸우는 경우가 많았다.

이 싸움의 원인도 금전 문제가 얽혀 있거나 아니면 단순히 나쁜 술버릇에서 비롯되었다.

당연히 예외도 있어서 이데올로기가 강한 사람들끼리는 견원지간이 되는 경우도 있었다. 정치 이야기로 뜨거워지고, 정치적 입장 차이로 대립하는 경우도 있었을 것이다. 재일코리안들이 모여 사는 지역에서는 한국 전쟁의 대리전쟁이 벌어지는 경우도 있었고, 조선민주주의인민공화국으로 돌아가는 귀국 사업을 둘러싼 폭력 사건이나 항쟁도 있었다.

그러나 내가 맞선을 보기 시작했을 무렵에는 재일코리안 사회에서 민단계도, 총련계도 평화롭게 공존하는 듯이 보였다. 적어도 내 주변의 재일코리안들은 그랬다.

　나는 도쿄에서 재일코리안들이 모여 살던 지역에 살지 않았고, 게다가 일본식 통칭명으로 생활하고 일본 학교만 다녔기 때문에 그렇게 보였을지도 모르겠다.

　'재일코리안'이라는 한 단어로 부르기에는 속사정이 그리 단순하지가 않다.

　그런 사정으로 나는 민단인지 총련인지에 대해 그다지 의식한 적은 없었다. 창피한 일이지만 실은 한반도 사정도 잘 이해하지 못했고, 민족단체에 관한 일도 자세히는 알지 못했다. 친척이나 극히 소수의 지인과 친구들을 통해서만 재일코리안에 대해 알고 있었다.

　중매쟁이 아주머니도 총련계 사람이지만 민단 사람들과도 혼담을 맺어줬고, 민단계에서도 조선학교를 나온 사람과 혼담도 있었다.

　중요한 것은 얼마나 '좋은 연분'인가 하는 것으로, 굳이 말하자면 직업이나 집안, 금전 상황이 어떤지가 중매쟁이에게 있어서는 '좋은 연분'이고 승부처였던 것 같다.

　이 이야기는 소설 《인연을 맺는 사람》에서 내 경험을 바탕으로 재미있고 코믹하게 썼지만 여기서는 내가 실제로 했던 경험을 되돌아보려고 한다.

　나의 맞선 사진과 계보(혼담 등에서 주고받는 가족이나 친척의 신상명세서―옮긴이)가 두 사람의 중매쟁이 아주머니들에게 전해지자 곧바로 혼담이 진행되었다. 상대방의 계보도 우리 집으로 전해져 왔다. 25세라는 나이가 선 시장에서는 잘 나가는 조건인 것 같았다.

그때 나는 상대방의 사진을 본 기억이 없다. 그 후 수많은 맞선을 봤지만 여자 쪽은 사진관에서 찍은 사진과 함께 평상복에 가까운 캐주얼한 모습의 스냅 사진, 나중에는 한복을 입고 찍은 스냅 사진도 보여줬는데, 남자 쪽에서는 사진을 보내주는 경우가 드물었다. 있어도 기껏 스냅 사진 정도고 계보만 보내는 경우가 더 많았다.

그러니까 남자 쪽은 여자의 외모를 보다 중요시하고, 여자 쪽에서는 남자의 경력이나 직위가 중요했던 것이다. 나도 남자의 사진을 미리 천천히 뜯어보고 싶었지만, 여성의 외모만 중시하는 불공정함을 그다지 신경 쓰지 않았던 당시 나의 젠더 감각은 권위주의와 루키즘이 어울려진 구세대의 감각이 완전히 내면화되었던 것이다.

기념할 만한 첫 번째 맞선은 고탄다의 A 아주머니가 가져온 혼담으로, 상대는 오타구에 사는 치과의사였다. 8살 연상으로 장남이라는 점이 계보에 의한 사전 정보였다.

계보에는 성명(본명과 일본식 통칭명), 부모님의 성명, 형제의 유무(장남, 차남 등도 명기), 고향은 어딘지(본적지), 현재의 주소, 학력, 직업, 취미 등이 쓰여 있었다. 나도 같은 내용을 써서 보냈다.

맞선은 메구로의 한 호텔 티룸에서 일요일 오후에 이루어졌다. 각자의 어머니가 동행했는데 이 구도는 그 후에도 변하지 않았다. 그리고 토요일이나 일요일에는 호텔 라운지나 티룸에서 오후의 티타임에 맞선이 세팅되는 것이 대부분이었다.

치과의사인 상대는 키가 185센티미터 정도로, 호텔에서 만났을 때 '키가 엄청 크구나'가 그에 대한 첫인상이었다.

먼저 중매쟁이인 A 씨와 상대방과 나, 각자의 어머니, 이렇게 다섯 명이 자리에 앉았다. 쾌활해 보이는 사람으로 상대 어머니도 상냥해 보였다.

각각의 소개를 A 씨가 하고, 곧이어 어머니들이 차례대로 계보에 적혀 있지 않은 아버지의 직업에 대해서 설명한다. 그리고 15분 정도 있으면 소위 드라마 등에서 자주 보는 "이 다음은 젊은 사람들끼리"라는 대사가 A 씨의 입에서 튀어나온 이후에 "두 사람은 저쪽 자리로 옮기시게"라고 말한다.

실제로 그런 대사가 나오고 그런 상투적인 상황 속에 있자니, 나는 거의 감동까지 할 뻔했다. 마치 연기를 하듯 현실감이 느껴지지 않는 상황이었지만, 시키는 대로 조금 떨어진 곳으로 상대방과 함께 이동했다.

어느덧 나는 이 상황을 즐기고 있었다. 덕분에 긴장은 사라졌다.

어떤 이야기를 했는지 전혀 생각이 나지 않지만, 역시 나이 차이를 느꼈던 적은 있다. 25세인 내가 보기에 32세를 넘은 치과의사 선생님은 지나치게 차분했다. 아주 온화한 사람이었고 느낌도 좋았지만 나는 이 맞선조차도 연애 요소를 아주 조금은 바라고 있었던 것 같다.

가슴이 두근두근하고 꽉 메이거나 눈과 마음이 가서 어쩔 줄 모르는 느낌을 첫 만남에도 느끼고 싶었던 것 같다. 그때까지 나의 연애가 첫눈에 반하거나, 아니면 그에 가까운 느낌에서 시작되었기 때문에 아무래도 이 감각을 완전히 버리기가 힘들었던 것이다. 그러니까 심장이 총에 맞은 것 같은, 나는 그런 느낌을 원했다.

'결혼과 연애는 다르다'고 어머니가 지겨울 정도로 말했지만, 연애의 끝에는 결혼이 있기를 바랐다.

그때 나는 머릿속에서 '이 사람과 아이를 만들 수 있을까' 등의 초현실적인 것들을 생각하고 있었다. 남성의 직업이나 집안의 일, 어머니의 느낌 등을 생각하며 시집가서 내가 그 집안의 맏며느리 역할을 잘할 수 있을지 등등에 머리를 풀가동시켰다.

둘이서 마주 보고 앉아 차를 마셨지만, 이야기가 그다지 활기를 띤 것은 아니었다. 그렇다고 싫은 느낌도 아니었던 것 같다.

나는 무조건 얌전하게 보여야 한다는 어머니의 말을 지켰다. 그렇게 해야 맞선볼 때 좋다고 했다. 나도 어차피 맞선을 봐야 한다면 상대방의 마음에 드는 것이 좋겠다고 판단했다. 물론 머릿속에서는 무척이나 수다스러웠지만.

그런 이유로 말수가 적었던 나를 앞에 두고 그 사람은 신경 써서 여러 가지를 물어봐 주었던 것 같다. 배려심 있는 사람이었다. 둘이서 차를 마시는 사이, A 씨와 두 어머니는 다른 자리에서 기다렸다가 잠시 후 우리가 그곳으로 돌아가면 맞선은 폐회를 선언했다.

집에 돌아와서 어머니가 어땠냐고 물어보았다. 나는 그다지 석연치 않게 대답했다. 그러자 어머니가 무서운 표정으로 "한 번 만나서 뭘 알겠어!"라고 했다.

나는 "그래도……"라고 우물거리고 말았다.

"어디 싫은 구석이라도 있었어? 내 보기엔 좋은 사람 같던데."

"별로 싫은 것은 아니지만, 나이가……."

"나랑 네 아버지도 6살 차이야. 원래 그런 법이다. 아무튼 거절하지 말고 한 번은 데이트를 해봐야지. 그게 예의니까."

"응……. 알았어."

이런 내용의 대화를 했다.

그날 밤 중매쟁이한테 걸려온 전화에 어머니는 긍정적인 답변을 했다. 아버지는 어머니한테 이야기를 들었지만 아무 말도 하지 않았다.

그 다음 주 토요일, 나는 아오야마에 있는 일본식 레스토랑에서 맞선 본 치과의사와 데이트를 했다. 이번에도 어머니가 다카시마야 백화점에서 사준 청초한 원피스를 입고 갔다. 내 취향은 아니었지만 달리 방법이 없었다.

유일하게 기뻤던 일은 갖고 싶어도 살 수 없었던 페라가모 구두를 어머니가 사준 것이었다.

카운터 자리에 나란히 앉고 보니 그는 생각 외로 여윈 몸이었다. 반면 발 사이즈는 너무 커서 깜짝 놀랐다. 발에 맞는 구두를 구하기 힘들다든지, 옷도 사이즈가 맞는 것을 찾기 어렵다는 등의 이야기를 했다. 구두를 좋아하는 취향은 나와 비슷하다고 느꼈다.

그밖에 나는 어떤 일을 하는지 등을 이야기한 것 같다. 중간 중간에 이야기가 끊겨서 그 순간이 무척 길게 느껴졌다. '그 사람과 결혼했더라면······' 하고 새삼 생각해 보지만 도저히 상상이 안 된다. 좋은 사람이고 싫은 건 아니지만 그렇다 해도 좋아질 것 같은 예감은 들지 않은 것이 솔직한 심정이었다.

나는 좋아할 수 있는 사람, 좋아질 것 같은 사람과 결혼하고 싶었다.

데이트라고 해도 저녁식사를 같이 한 것뿐이었지만 집에 돌아오면 어머니가 시시콜콜 물어봤다. 나는 적당히 대답했지만 너무 집요하게 물어봐서 "아휴 정말, 그 사람과는 안 만날 거니까 이제 그만 물어봐" 하며 도중에 어머니의 이야기를 끊어야 했다.

그 뒤로 분명 어머니가 한 소리 할 거라고 생각했지만 어머니는 예상외로 흔쾌히 "그래? 그럼 거절한다고 A 씨에게 전화해야지"라고 말했다.

나는 갑자기 맥이 빠졌다. 그러나 곧바로 어머니가 그리 간단하게 물러난 이유를 알았다.

하나는 아버지가 그 치과의사 집안의 고향이 제주도라는 점에 난색을 표했던 것이다.

게다가 장남에게는 가능한 한 시집보내고 싶지 않다는 이유도 있었다. 가부장제가 뿌리 깊은 재일코리안 집안은 장남 며느리가 고생할 것이 너무 뻔했기 때문이다. 일 년에 치러야 하는 수많은 제사, 드물긴 하지만 그래도 가끔가다 있는 시부모와의 동거, 아들을 낳아야 한다는 중압감 등 다양한 억압이 존재한다.

나 역시 몇 안 되는 재일코리안 친구의 언니가 양반집 장남에게 시집가서 몸무게가 10킬로그램이나 빠졌다는 이야기를 들은 후라 가능하면 장남은 피하고 싶었다.

그래서 아버지가 '장남에게 보내고 싶지 않다'고 거절해 주어서 무척 안심했다.

그러나 그때까지 상대의 고향 지역이 마음에 들지 않는다는 것이 거절 사유가 되리라고는 꿈에도 몰랐다.

재일코리안으로서 차별을 받아온 아버지가 같은 동포를 고향에 따라, 그러니까 자신이 어찌해 볼 도리가 없는 속성 때문에 기피한다는 사실에 무척 놀랐다.

아버지는 경상남도가 고향인데 전라도 사람도 가능하면 피하고 싶어 했다는 어머니의 말을 듣고, 한국인이나 재일코리안 사이에서도 지역 차별이 뿌리 깊다는 사실을 처음으로 알게 되었다.

'내가 재일코리안에 대해 정말로 잘 모르고 있었구나' 하고 그때 새삼 느꼈다.

지금 내가 사는 곳도 아니고, 고향이 어디든 나야 별 상관이 없었기 때문에 왜 고향이 문제가 되는지 도대체 알 수가 없었다.

이런 이야기까지 하고 있는데, 그렇지 않아도 좁디좁은 커뮤니티 안에서 적절한 상대를 찾아 혼담이 결정이 날 수 있을까 싶었다.

그런 이유로 사람을 판단하는 아버지가 못마땅했다. 일본인은 안 된다는 것뿐만이 아니라 그 외에도 안 되는 사람이 하필이면 동포 중에서도 있다니, 아버지는 도대체 뭐가 그리 대단한 사람이라는 건지!

어머니가 쉽게 물러났던 또 한 가지 이유는 다른 중매쟁이인 B 씨가 어머니에게 연락을 해온 것이었다. 몇 가지 좋은 혼담이 있다고.

"바로 결정하지 않아도 된다. 더 좋은 사람이 있을지도 모르고. B 씨가 그러는데 25세라면 아직 잘 팔린다고 하더라. 괜찮을 것 같아."

어머니의 말에 내가 마치 신선도를 다투는 날것의 상품이라도 된 듯한 기분이 들어 상당히 불쾌했다.

이거야말로 딱 '크리스마스 케이크'잖아!

우리 집의 나에 대한 인권 유린은 맞선을 볼 때조차 분명히 드러났다. 결정권의 지분은 나만이 아니라 부모님에게도 상당히, 아니 아주 많다는 점도 깨달았다.

어찌됐든 내가 재일코리안 사회의 맞선 시장에 나왔다는 것 자체는 인정하지 않을 수 없었다. 그래서 입 다물고 부모님의 말을 받아들였다.

'좋은 사람'에 대한 정의는 부모님과 다를지도 모르지만 가능하면 나도 좋은 사람과 만나고 싶었다. 이 시장에서 자신을 가능한 한 비싼 값에 팔고, 비슷하게 비싼 값어치의 사람과 결혼할 수밖에 없다고 생각했다. 참으로 역겨운 생각이지만 당시에는 그렇게 생각했다.

"그래서 말인데, 내일 당장 B 씨 집으로 인사하러 갈 거니까. 거기에서 상대방의 계보도 바로 받을 수 있다는구나."

어머니는 눈동자를 반짝거렸다.

"B 씨는 일본에서 가장 중매를 잘하는 사람이야. 조건이 좋은 재일코리안의 혼담을 많이 성사 시켰어"라고 말하며 미소까지 지었다.

중매쟁이 B 씨는 내가 신인문학상을 수상한 단편 〈가나에 아줌마〉의 모델이 된 인물이다. 캐릭터성이 짙은, 인상이 강렬한 사람이었다.

안경다리에 루비나 다이아몬드가 붙어 있던 것을 잊을 수가 없다. 소설에서는 상당히 각색해서 한층 더 부드럽게 표현했지만 실제의 B 씨는 소설 속 인물보다 훨씬 더 신랄하게 말하는 사람이었다.

일요일 오전에 나는 어머니와 함께 B 씨의 집을 방문했다. 오후에는 다른 선 자리가 있다고 이른 시간에 오라고 했다. 일요일 아침에 왜 이리 일찍 일어나야 하는 건지 불만이 많았지만 정성을 들여, 그러나 최대한 자연스럽게 보이게 화장을 하고 어머니를 따라갔다.

응접실인 듯한 소파와 테이블이 있는 방을 지나서 마주한 B 씨는 훑어 내리는 시선으로 머리에서 발끝까지 값을 매기는 듯 바라보았다. 그리고 B 씨는 나의 계보와 사진을 확인하고는 한숨을 내쉬며 머리를 흔들었다.

"너 말이다, 먼저 회사부터 그만두도록 해. 그리고 신부 학교도 좀 다니고."

'신부 학교? 뭐라고? 아니, 왜? 그리고 '너'라니?'

"여자가 좋은 학교를 나오면 며느리로 받아들이겠다는 집안이 더 줄거든. 어울리는 남자가 줄어든다고. 남자는 말이야, 자기보다 머리 좋은 여자를 싫어해요. 일하는 여자도 싫어하고."

'이건 정말 너무 하잖아!'

"그리고 한복 사진도 찍어. 이 사진으로는 안 되겠어."

'……'

나는 머릿속이 멍해져 버렸다. 이 아주머니가 주선하는 좋은 혼담이 있다고 해서 왔는데, 나를 모조리 부정하는 이 거침없는 말들을 왜 가만히 듣고 있어야만 하는 거지?

어머니를 흘낏 쳐다보았더니 "맞네, 맞아" 하며 진지한 안색으로 고개를 끄덕이고 있었다.

적어도 어머니는 나를 감싸줘도 좋았을 텐데. 그렇게 교육에 열심이었던 어머니라면 적어도 좋은 대학이나 머리가 좋네, 어쩌네를 운운할 때만이라도 뭐라고 되받아쳐 주었더라면 좋았을 텐데.

눈물이 북받쳐 오르는 것을 겨우 참고 있었더니 B 씨가 "이영차" 하고 일어나 구석에 쌓여 있던 서류 다발 속에서 거드름을 피우며 한 통의 계보를 꺼냈다. 그러고는 내 옆에 앉아 있던 어머니에 건네주었다.

나중에 들은 이야기로는 계보가 랭크 순서대로 쌓여 있었다고 한다.

"이 사람이 지금으로서는 가장 좋은 상대지. 어서 보고 만날지 말지 결정하도록 해요."

나는 일요일 오후, 다카나와 프린스 호텔의 로비로 어머니와 함께 나갔다.

B 씨로부터 옅은 핑크나 하얀색 같은 밝은 색상의 옷을 입고 나오도록 주의를 받았기 때문에, 전날 어머니와 다카시마야 백화점에서 파스텔 옐로우 톤의 슈트를 사서 입고 나갔다.

내가 맞선을 본 상대는 서울대학교를 나온 의사로 이번에는 5살 이상 차이가 나는 사람이었다. 고등학교까지는 민족학교를 다녔다고 한다. 출신지는 기억이 안 난다.

처음 본 맞선과 마찬가지로 양쪽 어머님과 B 씨가 한 자리에, 그리고 나와 그 사람이 따로 자리를 잡고 둘이서 차를 마시게 되었다.

이번에도 어떤 얘기를 나눴는지는 기억에 없지만 지난번처럼 이야기를 많이 하지 않도록 주의했다. 다행히 상대가 이야기를 잘하는 사람이라서 나는 말을 많이 하지 않고 끝낼 수 있었다.

그는 자기 일에 대한 이야기를 했었던 것 같다. 장남이라는 점이 마음에 걸렸지만 깔끔하고 느낌도 좋았다. 그러나 30세를 넘어서 그런지 내게는 역시 너무 어른스러웠다. 그리고 이번에도 가슴이 설레는 일은 없었다.

둘이서 차를 마시고 자리로 돌아와 남자 쪽에서 계산을 끝내면 해산이었다. 그러자 B 아줌마가 내 곁으로 다가와 "어땠어? 좋은 남자지?"라고 속삭였다.

'좋은 남자라~.'

이런 생각을 하면서 "음……"이라고 애매하게 대답하자 B 씨는 "저

쪽은 무척 마음에 들어 하는 것 같으니까, 데이트 한 번 해봐"라고 말하며 내 손을 잡았다.

"아, 네."

B 씨의 찌르는 듯한 시선에 기가 눌려 나는 서둘러 고개를 끄덕였다. 벌써 저쪽의 의사를 확인했단 말인가.

이 중매쟁이 아줌마의 기세는 실로 대단해서, 과연 일본 제일의 수완가다웠다.

나중에 내가 그 의사와 데이트를 한 것은 긴자의 어느 한 고층 빌딩의 위층에 자리 잡은 이탈리안 레스토랑에서였다. 점심을 먹었는데 그때의 일은 비교적 또렷하게 기억하고 있다.

그는 도쿄대학 의국에 근무하고 있어서 격무에 시달린다고 했는데, 내가 보기에도 무척 야위어 있었다. 몸집도 작은 편이었는데 나와 몸무게 차이가 별로 나지 않아 보일 정도였다.

그는 아주 순수한 사람이었다. 젠체하지도 않았고 싹싹하기도 했다. 음악은 클래식을 좋아한다고 했는데 나는 주로 서양 팝을 듣는다고 하자 "마쓰다 세이코는 의외로 좋더군요"라며 나에게 이야기를 맞춰 주었다. 그러나 그 시절의 나는 서양 음악을 추구하고 있었던 때라 '왜 마쓰다 세이코를?' 하고 취향이 서로 다르다고 느꼈다.

그는 사정이 딱한 아이들의 사진전(아마도 아프리카의 기아 사진전이었던 듯하다)에 가서 감동을 받아 노래를 만들었다고 했다. 그러고는 "이런 노래입니다. 타이틀은 〈이 아이들에게 무엇을〉이에요"라고 말하더니 그 자리에서 바로 노래를 부르기 시작했다.

조용한 레스토랑에서 노래가 울려 퍼졌다. 아니, 노래가 시작되자 주위가 잠잠해졌다고 해야겠다.

자의식이 넘치던 나에게 제일 먼저 드는 생각은 너무 창피하다는 것이었다. '안 되겠어, 이 사람은!'이라고 마음속으로 외치고 말았다.

집에 돌아와 어머니에게 거절해 달라고 말했다. 어머니가 끈질기게 싫은 이유를 물었지만 나는 아무런 대답도 하지 않았다. '이 사람은 아니야!'라는 느낌은 그저 감각적인 것이기 때문이다. 그리고 '그의 노래가 싫어서'라고 말할 수도 없는 일이었다.

할 수 없이 아니라고 머리만 가로젓고 있었더니 어머니가 "어쩔 수 없네. 뭐 하긴 장남이기도 하고. 그쪽 어머니도 장남이라 더 애지중지 키웠을 테니 며느리로서는 힘든 자리긴 하지"라며 스스로를 납득시키려는 듯 중얼거렸다.

지금의 나라면 '아, 얼마나 착한 사람인가!'라고 생각하고 〈이 아이들에게 무엇을〉을 듣고 눈물을 흘릴지도 모른다. 그 시절의 나에게 "이 사람과 결혼하는 것이 좋지 않겠어?"라고 충고해 주고 싶다.

사실, 젊다는 것은 오만하고 지나치게 감각적인 것이다. 물론 감각이라는 것은 중요하다. 하지만 싫어지는 포인트는 너무 많고, 자신이 받아들일 수 있는 범위는 매우 한정적이다.

생각해 보면 처음에 본 맞선 상대도 아주 좋은 사람이었다.

요즘 일본 젊은이들이 '개구리화 현상(좋아하던 상대방의 사소한 행동에 갑자기 애정이 식어버리는 현상으로, 왕자라고 여겼던 상대가 개구리처럼 보인다는 의미에서 붙은 일본의 신조어—옮긴이)'이라고 부르는 것은 분명히 내가 그 노래를 들었을 때 느꼈던 것이었다. 그 이후에는 모든 것이 부정적으로 느껴졌다.

그러나 지금에 와서 생각해 보면 그들은 좋은 사람이었다.
그 뒤로도 맞선은 계속됐고 나는 호텔의 티룸에서 계속해서 맞선대전을 벌여야 했다. 고민도 계속되었다.

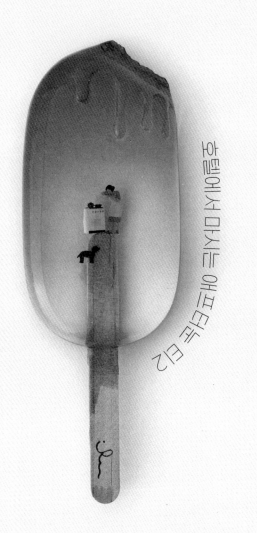

그 이후 이케가미 B 씨의 소개로 연달아 선을 봤다.

상대는 주로 변호사, 공인회계사 등 '사(士)' 자가 붙는 사람들이었다. 그중에서도 압도적으로 의사가 많았다.

드물게 부모님의 일을 돕거나 특수 기술자인 사람도 있었다. 그들 중 샐러리맨이 전혀 없었던 것은 아직 그 시절의 재일코리안 남성들도 일반 기업 취직은 힘들다는 것을 의미했고, 맞선 시장에서는 기술직이나 전문직이 최강자였다.

B 씨의 말에 따르면 내가 4년제 대학을 졸업해서 상대가 '사' 자가 붙는 사람들이 많아졌다고 한다. 장사를 하는 집은 며느리가 고학력인 것을 바라지 않는다고 분명히 말했다.

여자는 차라리 2년제 여대 졸업이 낫다는 말까지 들었다. 그렇게까지 단언하는 중매쟁이 아줌마 B 씨에게 나는 시종 일관 압도당했다.

B 씨 소개로 보는 맞선은 언제나 다카나와나 신다카나와의 잔디 깔린 정원으로 유명한 프린스 호텔의 티룸에서였다. 결혼이 성립되면 그 호텔에서 결혼식이나 피로연을 하도록 권유하는 방식이었다.

B 씨는 호텔 측으로부터 수수료를 받았다. 결혼반지나 한복을 맞추도록 한 것도 B 씨의 소개로 이루어져, 이 모든 건에 수수료가 붙는 것 같았다. B 씨는 한 번의 맞선으로 당시 10~30만 엔의 소개료를 받았고, 결혼이 성립되면 50~100만 엔, 혹은 그 이상의 보수를 받았다.

우리 집은 B 씨에게 상당한 돈을 지불했을 것이다. 내 혼담이 쉽게 정해지지 않았기 때문이다. 열 명 이상이나 만났고 몇 명과는 데이트도 했다.

지금은 잊어버린 사람도 있지만 기억에 남는 사람도 있다.

어느 의사는 첫 데이트에서 도메이 고속도로를 페알 레디Z(닛산 자동차)으로 몰아, 자기가 대학시절에 다녔던 학교 근처의 찻집까지 나를 데리고 갔다.

그 집은 단골 외에는 찾는 사람이 없을 것 같은 오래된 찻집이었는데 인베이더 게임(우주의 침략자를 주제로 한 비디오 게임의 하나—옮긴이)이 테이블 탁자에 맞춰 짜넣어져 있고, 코인을 넣으면 점을 볼 수 있는 재떨이가 놓여 있는 완전히 쇼와 시대의 유물 같은 곳이었다.

가게 주인은 담배를 피우며 흥미진진하게 이쪽을 쳐다보고 있었고, 커피는 싱거웠다. 커피가 담긴 컵은 이가 빠져 있었고, 찻물 때까지 끼어 있었다.

아마 있는 그대로의 자신을 보여주고 싶어서 그곳으로 데려간 것이리라. 백번 양보해서, 결혼이 결정 난 뒤의 데이트였다면 이해했을 것이다. 그러나 첫 시작 단계부터 그런 찻집은 솔직히 견디기 힘들었다.

레트로한 찻집이 지금은 유행이지만 그때는 낡고 지저분한 그 찻집이 너무 싫었다.

또 다른 만남은 재일코리안 중에서 재력 1, 2위를 다툴 정도로 유복한 집안으로 자가용 헬리콥터를 소유하고 있다는 실업가의 아드님이었다. 나이 차이가 그리 많이 나지 않고 외모도 나쁘지 않다는 것이 첫 번째 인상이었다.

그러나 호텔에서 단 둘이 차를 마시는 동안, 그는 거의 말을 하지 않았다. 어쩔 수 없이 내 쪽에서 말을 걸어도 이야기가 이어지지 않았다.

그렇게 한 30분 정도 지났다. 이제 그만 포기하려고 생각할 때쯤 그는 "제가 원래 성격이 이래요. 언제나 별로 말을 안 하니까 신경 쓰지 않아도 돼요"라고 말했다. 역시나 그 사람과 데이트할 일은 없었다.

《인연을 맺는 사람》에도 에피소드로 잠깐 나온 사람이지만 아버지도 의사고 형제들도 대부분 의사인 사람(3남)을 소개받았다. 그는 10살 정도 위였다.

이 집안도 재일코리안 사회에서 유명한 집으로 큰 병원을 경영하고 있었고, 아버지는 김일성의 치료도 하고 있다고 했다(그때는 김일성이 아직 살아 있었다).

나이 차이가 너무 많이 난다는 것이 아무래도 마음에 걸렸고 우리 아버지가 "혹시 북으로 가게 될 경우에는 아무래도……"라고 난색을 표해서 거절했다. 그런데 곧바로 "그럼 동생은 어때?"라고 B 씨한테 연락이 와서 황당했다. 그의 동생도 의사였다.

'형이 안 되면 동생은 어떠냐고? 감성이 너무 무딘 게 아닌가?'
물론 동생과도 만날 일은 없었다.

어느 변호사는 맞선 자리에서 "저는 변호사로서 우리 동포를 위해 헌신하고 싶다"고 눈을 빛내며 말했다.
하지만 그 시절의 나는 완전히 시니컬한 인간이었다.
'동포를 위해서'라는 말을 듣자마자 나와는 안 맞는다고 생각했다.
나는 재일동포들에 대해서는 1초도 생각한 적이 없었고, 솔직하게 말하자면 생각하고 싶지 않았다.

오로지 내 일만 생각하는 인간이었다.
오히려 동포와는 거리를 두고 싶었다.

원래가 이런 인간이라 재일코리안 맞선 시장에 참여한 것이 모순이었다. 그래도 그중에는 나처럼 동포에 특별한 관심이 없고, 생활에만 전념하는 사람도 있을 거라고, 그러니 문제없을 거라고 느슨하게 생각하고 있었다.
그런데 막상 해보니 역시 나 같은 사람은 이런 맞선 자리에 어울리지 않는다는 것을 깨달았다.

최근에는 재일코리안 변호사들과도 알게 되는 기회가 꽤 많은데, 만약 그때 그 사람과 만나게 되면 어쩌나 싶어 마음이 두근거린다. 동포를 위해 헌신하는 변호사……. 물론 지금은 그런 분을 존경하고 함께 차별에 맞서 대항하는 동료라고 생각한다.

그렇게 맞선 상대를 계속해서 거절하기만 했던 나는 "좋은 사람이라곤 전혀 없잖아" 하고 좀 화가 나 있었다.

그렇게 열 명을 넘긴 다음에 소개받은 의사는 좀 세련되고 좋은 느낌이었다. 나이도 3살 차이밖에 안 났고 이야기도 잘 통했다. 이 사람이라면 괜찮을 것 같아서 긍정적인 답변을 했다.

그런데 이번에는 상대방이 거절했다.

우리 어머니가 대학을 나오지 않았다는 점과, 흥신소를 통해 나에 대한 뒷조사를 해보고 "도저히 우리 집 장남 며느리로는 감당을 못할 것 같다"는 것이 거절의 이유였다.

당시에 나는 출판사 광고부에 다니고 있었다. 맞선 상대의 집안은 내가 근무하던 회사 사람에게까지 나에 대해 물어보았다고 한다.

직장에서는 내가 생각했던 일이 아니어서 불만도 많았고, 근무 태도도 썩 좋진 않았기 때문에 그런 점들이 고스란히 전해진 것이 틀림없었다.

거절한 이유는 그 외에도 분명히 더 있겠지만, 한 가지 더 생각해 볼 수 있는 것은 당시 나에게는 교제 상대가 있었다는 것이 들통났기 때문일 것이다. 맞선을 보겠다고 결심은 했지만 실은 교제해왔던 사람과의 관계를 계속 유지하고 있었다. 그는 내가 한국인임을 알았지만 태도가 전혀 변하지 않던 사람이었다.

나는 맞선을 보기 전에 그 사람에게 넌지시 속을 떠보았다. 상당히 용기가 필요한 일이었지만 "결혼은 언제쯤 할지 혹시 생각해 본 적 있어?"라는 식으로 에둘러 물어보았다.

결혼을 압박해서 질리게 만들고 싶지는 않았기 때문에 구체적인 나와의 결혼이 아니라, 어디까지나 일반적인 질문으로.

"글쎄, 아마 30살 정도?"

어쩌면 당연한 대답이었다. 우리는 동갑내기였기 때문에 남성으로서 결혼은 아직 먼 이야기라고 생각했을 것이다. 그러나 내게는 간과할 수 없는 중대 사태였다.

30세라면, 아직도 5년이나 남아 있었다.

기다릴 수가 없었다.

게다가 그때까지 이 사람과 사귈 자신도 없었다. 그에게 차일 가능성도 있고, 여하튼 겁이 났다. 그리고 일방적으로 매달리는 것도 피곤했다.

그래서 애매한 교제를 유지하면서도 맞선을 보았다. 하지만 그 사람이 좋았기 때문에 깨끗이 헤어지는 것도 불가능했다.

사귀는 사람이 있는 상태에서 맞선을 보았으니 아무래도 비교가 되었고, 사실 성실한 자세라고는 할 수 없었다.

따로 좋아하는 사람이 있으니, 눈앞에 있는 사람의 장점이 눈에 들어오기 힘들었다. 맞선에 나온 상대에게도 실례였다. 그리고 교제 상대에게도(당연히 그에게는 비밀이었다).

그래도 그때까지의 맞선 상대가 모두 나를 마음에 들었다고 해서 기분은 좋았다.

평소엔 내가 한국인이라는 것에 기가 죽어 일본인 교제 상대에겐 비겁해지곤 했는데 같은 처지의 재일코리안에게는 거만하게 상대를 판단하고 있었다. 그랬다, 나에게는 겸허함이 없었다.

그런데 처음으로, 이 의사한테 거절을 당한 것이다.

쇼크였다.

어머니도 상당히 타격이 컸다. 특히 어머니도 대졸이 아니면 안 된다는 소리를 듣고 몹시 상처를 받았다.

"그래요, 어차피 나는 고졸이니까!"라는 말을 중매쟁이에게 하는 것을 옆에서 듣고 있던 나는 마음이 아팠다.

어머니는 대학에 가고 싶었지만 여자는 대학에 가지 않아도 된다며 외할아버지가 허락해 주지 않아서 못 간 것이었으니.

자기들도 제주도나 전라도로 이러쿵저러쿵 딴지를 걸어왔으면서, 이번에는 상대방에게 학력으로 트집이 잡힌 것이다.

'자신에게 되돌아온다'는 것은 바로 이런 경우겠지.

자기가 당해 보지 않고서는 차별의 어리석음을 깨닫기 힘들다.

나도, 어머니도, 그 거절로 한동안 상당히 의기소침해졌다. 그리고 어머니는 나의 생활태도를 엄하게 힐책했다.

이 시점에서, 맞선은 이제 그만 보고 싶어졌다.

재일코리안에게도 받아들여지지 못하는 일이 또 생기면 나는 견딜 수 없을 것 같았다. 내가 상대를 받아들이지 못했던 사실은 제쳐두고.

나는 끝까지 내 생각을 관철시켰다. 맞선을 또 본다는 것은 생각만 해도 너무 지옥 같았다.

눈물을 흘리며 호소하자 어머니가 "그럼 잠시 좀 쉬기로 하자. 사실은 빨리 보는 편이 좋은 짝을 찾을 수 있는데"라며 끝없이 잔소리를 해 댔지만, 일단은 내 의사를 존중해 주었다. 아버지는 나에게 말도 걸지 않았다.

맞선을 중단한 나는 직업을 바꾸기로 했다.

대학을 나와 처음으로 근무했던 외국계 금융 회사는 너무 일이 적성에 맞지 않아서 반 년 정도 있다 그만두고 이직한 곳이 출판사였는데, 담당 부서에서는 여성에겐 보조 일만 시키고 편집부 등으로의 부서 이동을 인정해 주지 않았다. 내 커리어와 미래에 대한 불안감은 쌓여만 갔다.

집에서 나와 혼자 생활할 수 있도록 급여도 더 좋은 회사로 옮기고 싫었다. 결혼을 못 해도 확실한 일이 있고 혼자서 생계를 이어갈 수 있다면, 교제 상대에게 기대는 일도 없어지지 않을까 생각했다.

언젠가부터 나는 어쩌면 결혼을 못 할지도 모른다는 생각도 들기 시작했다.

맞선 보기를 중단하고 이직 활동은 외국계 회사를 중심으로 알아보았다. 예상 외로 쉽사리 프랑스계 화장품 메이커 종합직(기업에서 인사이동 등에 한정이 없는, 종합적 업무에 임하는 직〈職〉―옮긴이)에 근무하게 되었다.

일은 나와 잘 맞았다. 화장품을 좋아하고, 해외출장이나 국내출장도 많아 급여도 비교적 높았다. 내 힘으로 살아 나갈 수 있을지도 모른다는 희망이 싹텄다.

교제 상대에 대해서도 그 지점에서야 겨우 객관화가 가능해졌다.

연애나 결혼에 큰 가치를 두었지만 이 사람과의 미래는 어렵겠다고 가까스로 인정할 수 있게 되었다. 무엇보다 일이 재밌어서 정신이 없었기 때문에, 처음으로 결혼에 매달리지 않아도 괜찮을 것 같다는 생각이 들었다.

국내출장 업무 중 백화점 외판 부서에서 진행하는 고객과의 차담회를 경험했다.

케이크와 차를 준비하고 오후 한때, 즉 애프터눈 티 시간에 고객과 화장품 이야기로 의기투합하여 이야기꽃을 피운다.

당연히 목적은 회사 상품을 소개하고 홍보하는 것으로, 새로 나온 립스틱을 사용한 화장법 등을 알려주거나 스킨케어 상품의 효능을 설명하는 일 등이었다. 나에게는 정말 재미있는 경험이었다. 다양한 관련 일을 소화해야 했고, 일에 대한 반응도 좋아서 보람도 많이 느꼈다.

그렇게 백화점 미용부 사원들과 호텔 살롱의 에스테티션들을 대상으로 신상품 소개와 설명을 하러 전국 각지를 누볐다.

일이 끝나고는 그 지역의 특산 요리를 맛보고 많은 사람들과의 만남으로 시야가 한층 넓어졌다.

업무가 끝나고 나서는 홀로 평이 좋은 찻집이나 카페에 들어가 커피나 홍차를 마셨다. 그렇게 혼자서 애프터눈 티를 즐기는 사치스러운 시간을 보냈다.

혼자서 하는 여행은 조금도 힘들지 않았고, 오히려 홀로 하는 여행을 즐기게 되었다.

집에 있으면 "결혼은 어떻게 할 거냐", "선은 또 언제 볼 거냐"며 어머니가 끊임없이 잔소리를 해대거나 한숨을 쉬고 있어서 출장으로 집과 어머니에게서 좀 떨어져 있으면 한결 마음이 편하기도 했다.

교제 상대와는 가끔씩 연락해서 만났고, 제대로 정리하는 것도 피하고 있었다. 헤어질 용기는 없고, 그렇다고 결혼하자고 말할 수도 없었다. 하지만 일은 순조로운 덕분에 늘 바빠서 눈앞의 문제를 애써 외면하고 있었다.

그러던 어느 날 오사카에 출장이 있어 간 김에 일을 끝내고, 그곳에 살고 있던 외사촌 언니 집에 놀러 갔다. 외사촌 언니는 나보다 7살이 많고, 결혼해서 두 명의 딸이 있었다.

아이들을 재우고 나서, 언니가 나에게 고민은 없냐고 물었다. 마침 그때 나는 누군가와 결혼이나 연애에 대해 진지하게 상담하고 싶었기 때문에, 기뻐서 나의 고민을 솔직하게 털어놓았다.

결혼은 하고 싶지만 맞선이 아닌 다른 방식이 좋다던가, 아버지와 어머니가 강압적이라 너무 힘들다는 등의 이야기를 했다. 지금 교제 상대가 있고, 사실은 그 사람과 결혼하고 싶지만 어려울 것 같다는 것도 숨김없이 다 토로했다.

이야기가 끝났을 때는 밤이 깊어 있었다. 언니는 맞장구를 치면서 가만히 듣고만 있었다.

홍차를 두 번이나 끓여주었던 것이 떠오른다. 애프터눈 티가 아니라 미드나이트 티였다.

오사카에서 돌아오자 어머니가 나를 붙잡아 앉혔다.

"사귀는 사람이 있다고?"

"나랑 아버지에게 감사가 아니라, 원망을 품고 있다고?"

"~ 언니(외사촌)가 너는 호강에 겨운 소리를 한다고 하더라."

"맞선을 본다고 해서 좀 변한 줄 알았더니 역시 너는 안 되겠구나!"

그때 느낀 나의 절망감을 잘 설명할 자신이 없다.

외사촌 언니는 일본인과 연애결혼을 했기 때문에 내 마음을 이해할 수 있을 거라고 생각했다. 그러나 외사촌 언니는 역시 외가 쪽, 어머니의 사람이었다. 나의 이야기는 전부 어머니에게 누설되고 말았다. 이후 어머니는 그와 관련된 모든 이야기들을 꼬치꼬치 캐물었다.

외사촌 언니는 가정 폭력과 경제적인 이유로 이혼한 이모 밑에서 장

학금을 받아 어렵게 대학을 졸업했다. 고등학교 시절부터 아르바이트를 해서 가계를 도왔다. 그런 언니 입장에서 보면 내 이야기는 그야말로 호강에 겨운 고민으로 들렸을 것이다.

그러나 나는 절실했다. 언니가 죽고 난 이후, 외사촌 언니를 친언니처럼 따랐지만 언니는 나를 '풍족한 혜택을 누리고 사는 철없는 사촌 동생'으로밖에 보지 않았던 것이다. 원래가 처음부터 엄마 편인 사람이었다.

그렇게 해서 미드나이트 티는 최악의 추억이 되고 말았다.

'그래, 언제나 내 마음은 아무도 이해해 주지 않아.'

철이 들 무렵부터 느껴왔던 것이었지만 그때 확실히 알았다.

전보다 더 집에 있기 힘들어진 나는 혼자 살기로 결심하고 자취방을 알아보기 시작했다. 그러나 원하는 집은 쉽게 구해지지 않았다.

내가 살고 싶은 곳은 월세가 너무 비쌌다. 외사촌 언니가 말했듯이 나는 혜택을 받고 자란 것이 맞았다. 지금의 생활 수준을 낮추는 것은 상상이 안 될 만큼 두려웠다.

혼자 사는 것에 대한 불안감도 있었다. 얼마 전에 어떤 남자로부터 스토킹을 당한 일이 있었기 때문이다. 안전장치가 갖춰진 방은 아무리 생각해도 내 월급으로는 무리였다.

교제해왔던 상대와도 삐걱거리기 시작했다. 그런 상황에서 나 혼자 살 수 있을지, 불안은 점점 쌓여만 갔다.

안 좋은 일은 늘 겹쳐서 생기는 법이다. 그 즈음 격무에 시달리다 결국 건강도 해치게 되어 입원까지 하게 되었다. 며칠 후에 퇴원은 했지만, 입원을 하고 누워 있자니 바다 밑까지 가라앉는 기분이었다.

모든 것이 제대로 풀리지 않았다.

그나마 일은 모처럼 문제가 없었는데, 그것도 몸이 따라와 주지 않으면 다 소용없는 일이었다. 몸만이 아니라 마음 상태까지 상당히 위태로웠다.

나는 사교적이긴 했지만, 내 모든 것을 다 보여줄 수 있는 친구는 없었다. 너무 힘들 때 연락할 수 있는 사람이 떠오르지 않았다.

교제하던 상대에게도 입원한 사실을 말하지 못했고, 친구에게도 숨겼다.

내 몸을 가장 신경 써 준 사람은 그래도 어머니였다. 마음속 이야기를 털어놓을 수는 없었지만 병원으로 어머니가 달려와 주었을 때, 눈물이 멈추지 않았다.

'나는 도대체 무엇에 맞서 싸우고 있는 걸까.'
'미래가 보이지 않는데, 노력이 무슨 소용이 있을까.'
'나는 근성도, 각오도 없다. 그래, 차라리 부모님 뜻을 따르는 것이 나을지도 몰라.'

"지금 다니는 회사는 일단 그만둬라"라고 말하는 어머니를 보며 나는 잠자코 고개를 끄덕였다.

다시 맞선을 보기로 했다.

다시 어머니와 함께 중매쟁이 B 씨의 집을 찾아가 머리를 숙였다. 그때는 컨설팅 회사에서 비서로 근무하고 있었다. 비서라는 직업이 맞선을 보는 데는 나쁘지 않다고 어머니도 반대하지 않았고, B 씨도 "나쁘지 않네요."라고 말했다.

첫 맞선을 보고 나서 2년 가까이 흘렀고, 마지막 선을 본 지 1년이 지나 있었다.

1994년 1월, 눈이 내렸던 일요일에 신다카나와 호텔 티룸에서 맞선을 보았다.

그는 어머니를 동반하지 않고 혼자 나왔다. 한 살 연상의 성형외과 의사로, 차남이었다. 우리 옆 구역에 살고 있어서 집도 가까웠다. 아주 환하고 밝은 사람이었다. 자란 환경도 비슷했다. 우리 집과 마찬가지로 경상도가 고향이었고, 어머니도 상당히 마음에 들어 했다.

결국 나는 이 사람과 결혼하게 되었다. 의사인 그의 아버지가 암 말기였기 때문에 서둘러 결혼하는 것이 좋겠다고 해서, 3월에는 약혼 예물을 교환하고 4월에는 피로연 없이 교회에서 식을 올렸다.

일사천리 진행된 결혼이었다.

결혼 후에 나는 어머니의 권유로 신부 학교와 요리 교실, 꽃꽂이 교실에 다니기 시작했다. 신부 수업을 뒤늦게 시작한 것이다. 일은 시아버지가 돌아가시고 남편이 지방 병원으로 전근을 가게 되자 결국 그만두었다.

신부 학교에서 한 재일코리안 여성을 만나게 되었다.

그녀는 지방에 사는데 신칸센을 타고 신부 학교를 다니고 있었다. 결혼을 앞두고 있었고, 나처럼 맞선으로 상대를 만나게 되었다고 한다. 비슷한 경험도 많아서 우리는 곧 친해졌고 애프터눈 티를 자주 함께 마셨다.

그녀와 말이 오갔던 혼담 상대 중에는 나에게 들이밀어졌던 사람도 있었다. 간사이 지역 중매쟁이가 추천해준 혼담이었다고 하는데 새삼 재일코리안 사회의 협소함을 실감했다.

그 친구와는 어떤 말도 다 할 수 있어서 지금까지도 친하게 지내고 있다. 신부 학교에서 홍차 끓이는 법도 배우고, 둘 다 홍차도 좋아했기 때문에 홍차 전문점인 '마리아쥬 프레르'의 티룸에서 애프터눈 티를 마신 적도 있다. 그녀도 맞선 경험이 꽤 많아서 우리는 자주 맞선 에피소드들을 꺼내어 웃곤 한다. 우리의 대화 소재는 동포 사회에서 자주 있는 일이나 제사 이야기 등 무궁무진해서 쉼 없이 대화를 나누게 된다.

비슷한 일, 비슷한 갈등을 겪었다는 사실이 얼마나 마음을 통하게 하는지, 그녀와의 만남 속에서 절실히 깨닫게 되었다.

영국식 애프터눈 티라고 하면 으레 스콘이 함께 나오기 마련이다. 클로티드 크림을 듬뿍 발라서 먹는 막 구운 스콘은 내가 무척 좋아하는 디저트다. 정말 맛있다.

스콘은 이렇게 애프터눈 티와 같이 나오는 것 외에 미국식 스콘도 있다. 미국식은 딱딱하고 울퉁불퉁하지만 이것도 꽤 좋아한다.

스콘을 좋아하게 되었던 것은 육아 중에 먹었던 스콘 때문이었다.

대학병원에 근무하는 남편은 당직이나 호출도 많고, 휴일에도 개인 병원 일을 아르바이트하고 있어서 육아는 거의 독박육아였다.

결혼하고 3년 후에 태어난 아들은 밤에 우는 것이 거의 한 시간 간격인 데다 모유 수유도 하고 있어서 지쳐 나가떨어질 지경이었다. 아이가 밤새 우는 일은 수유를 중단한 한 살 때까지 계속되었다.

아이가 유모차나 차 베이비시트에서는 잘 잠들었기 때문에, 잠을 재우고 싶어서 낮에는 공원으로 산책을 나가거나 비 오는 날에는 차에 태워 근처를 빙빙 돌기도 했다. 그러는 동안은 잠깐 나만의 자유 시간을 가질 수 있었다.

아들이 8개월 정도 되었을 때였던 것 같다.

진눈깨비 섞인 비가 내리던 추운 어느 날, 칭얼대기만 하는 아들을 차에 태웠다. 잠이 부족해 정신을 차릴 수가 없어서 아이가 잠들면 나도 차 안에서 얕은 잠이라도 청해볼 생각이었다. 집에 있으면 안고 어르지 않으면 울음을 그치지 않고, 웬일인지 금세 눈을 떠버려서 마지막 수단으로 생각한 것이었다.

예상대로 아들은 차가 달리기 시작하고 10분도 안 되어 잠이 들었다. 패밀리 레스토랑 주차장에 들어가려고 둘러보다가 스타벅스를 발견했다.

스타벅스는 정말 오랜만이었다. 기뻐서 차를 갓길에 세워두고 서둘러 디카페인 커피(모유 때문에 카페인은 피하고 있었다)와 진열장 안에서 가장 먼저 눈에 띈 초콜릿 스콘을 주문했다. 아이를 차에 두고와서 마음이 조마조마했다.

서둘러 운전석으로 돌아와 초콜릿 스콘을 한 입 베어 물었는데 사레가 들려 버렸다. 아이가 깨면 큰일이다 싶어 급하게 커피를 한 모금 마셨는데, 이번에는 뜨거워서 입안을 델 뻔했다. "앗, 뜨거워!"라고 무심코 큰 소리를 내는 바람에 화급히 뒤돌아보니, 아이는 새근새근 숨소리를 내며 천사 같은 얼굴로 깊은 잠에 빠져 있었다.

'아, 나는 도대체 뭘 하고 있는 걸까……'

갑자기 눈물이 흘러내려 잠시 핸들에 얼굴을 파묻었다. 이윽고 얼굴을 들고 스콘을 먹기 시작했다. 달달하고 맛있는 스콘을 먹고 나니 '그래, 다시 해보자'는 마음이 들었다.

스타벅스에서 초콜릿 스콘을 발견하면 언제나 그날 일이 떠오른다. 육아도 끝났고, 이제는 살 만하다고 생각하면서. 새삼 마음이 아련해져 다시 먹어보기도 했다.

아이들이 유치원에 다니자, 아이들 친구 어머니들과 차를 마실 기회가 많았다. 그 자리는 어색한 자리이기도 했지만 겉치레 인사를 나누다가도 금세 누가 더 잘났는지 다투기도 하고, 각종 일들에 입방아가 끊이질 않았다. 서로 육아 고민도 털어놓고 남편 욕도 좀 하고, 갖가지 희로애락이 뒤얽힌 그런 자리였다.

아이가 있어서 밤에도 나갈 수가 없으니 엄마들끼리의 사교는 아무래도 점심이나 애프터눈 티가 되기 마련이었다. 그런 모습은 내 소설 《점심 먹으러 갑시다》에 묘사되어 있다.

최근 나의 애프터눈 티, 오후의 티타임은 주로 출판사 담당자와 하는 미팅인 경우가 많다. 그럴 때는 일 모드가 된다.

폐쇄공포증이 있어 미팅 장소가 넓은 호텔 티룸일 때는 기쁜 마음으로 가게 된다. 커피를 여러 번 부탁할 수 있는 곳이 많아서 긴 시간이라도, 많이 떠들어서 갈증이 나도 안심이다.

호텔 티룸에 가면 예전에 맞선을 봤던 기억이 되살아나지만 지금도 가끔씩 호텔에서 맞선자리 같아 보이는 장면들을 볼 수 있다. 그럴 때면 문득 귀를 기울이고 몰래 이야기를 엿듣고 싶어진다.

매칭 앱을 통해 만난 듯한 남녀의 대화도 들려온다. 몰래 훔쳐듣는 것은 좋은 버릇이라곤 할 수 없지만 작가적 호기심이 발동해 자극이 되는 순간이다.

한국에서도 애프터눈 티가 유행하고 있다. 작년에 서울 이화여자대학교 근처 카페에서 한국인 친구와 함께 애프터눈 티를 마셨다. 마리아쥬 프레르나 NINA'S(니나스), 포트넘 앤 메이슨, 포숑 등의 많은 홍차 상표가 갖추어져 있고 스콘도 맛있는 아주 멋진 가게였다. 기회가 되면 다시 한 번 방문해 보고 싶다.

함께 갔던 친구는 일적으로나 개인적으로 힘든 일이 있으면 혼자 그곳에 가서 애프터눈 티를 마시는 호사스러운 시간을 보낸다고 한다.

마음에 영양을 주는 그런 시간!

나도 너무 잘 아는 시간들, 아끼는 순간들이다.

작년이었다. 베트남에 머물 때 묵었던 몇 군데의 호텔 애프터눈 티도 무척 좋았다.

그중 하나는 호치민에 있던 호텔로 베트남 전쟁 때 미군 장교가 묵었는데, 호텔 직원이 베트콩이었고 서로 총격전도 있었다고 한다. 지금은 우아한 애프터눈 티를 맛볼 수 있는 장소가 되었다. 과일의 종류는 다양했고, 디저트도 뛰어났다.

한번은 하노이 호텔에서 애프터눈 티를 마시고 있을 때, 옆에서 한국어가 들려왔다. 문득 쳐다봤더니 중년의 아저씨와 젊은 여자가 있었는데, 한눈에도 원조 교제 같았다.

젊은 여자는 베트남인이고, 남자는 한국인이었다. 그들을 보고 나자 나의 소중한 애프터눈 티 타임은 유쾌하지 않은 시간으로 변해버렸다. 일본 호텔에서도 아저씨와 젊은 여성의 부자연스러운 대화를 보고 듣게 되는 경우가 종종 있는데 어느 나라든, 어떤 사람이든, 아저씨와 젊은 아가씨의 조합은 찜찜한 부분이 있어서 신경이 쓰인다.

평화롭기 때문에 애프터눈 티를 더 만끽할 수 있다고 절실히 느끼게 되지만 전쟁이나 격차, 차별, 착취의 편린은 애프터눈 티가 있는 자리에도 엄연히 존재한다.

그리고 나의 행복한 추억까지 지금 세상에서 일어나고 있는 침략에 의해 오염되고 만다. 팔레스타인 전쟁을 생각하면 지금의 나는 더 이상 천진난만하게 스타벅스의 초콜릿 스콘을 먹을 수가 없다.

얼마 전에 '키티짱 애프터눈 티 행사'에 딸아이와 함께 다녀왔다. 키티짱을 본뜬 디저트가 귀여워 마음이 누그러진다. 50년 가까이 존재하는 캐릭터 덕분에 조금은 현실도피가 가능했다.

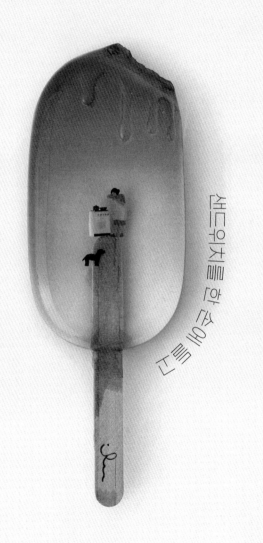

샌드위치를 한 손에 들고

샌드위치를 좋아한다.

'샌드위치'라고 하는 명칭은 실제로 샌드위치 백작 덕분이라고 하는데, 나는 오랫동안 '샌드'는 사이에 끼우는 것이라는 의미로 받아들이고 있었다. 샌드위치는 영국의 귀족이 카드 게임을 즐기기 위해 한 손으로 먹을 수 있도록 궁리해 탄생한 음식이라고 한다.

나는 구운 빵으로 만든 샌드위치라면 특히 사족을 못 쓴다.

BLT 샌드위치를 처음으로 먹은 것은 디즈니에서였던 것 같은데 그때 느꼈던 감동은 잊히지 않는다.

30여 년 전 다이칸야마에 줄지어 입점해 있던 샌드위치 가게의 콘비프 샌드위치도 충격적으로 맛있었다.

콘비프 샌드위치는 지금도 가끔씩 배달시키거나 가게에 가서 먹기도 하는데, 샌드위치 중에서도 특히 좋아하는 메뉴다. 지방으로 반들거리는, 잘게 자른 고기는 소금기가 잘 배어 있어 구운 빵과 잘 어울린다.

굽지 않은 빵으로 만든 샌드위치도 결코 뒤지지 않는다.

찻집에서는 좀 두툼하게 자른 빵도 있긴 하지만, 개인적으로는 빵 가장자리를 잘라내고 얇게 자른 빵이 단연 우승이다. 그런 빵을 먹으면 소학교 시절 소풍갈 때 어머니가 싸주었던 샌드위치가 생각난다.

버터와 마가린, 마요네즈를 섞어서 빵에 바르고 재료를 사이에 끼워 넣는다. 아삭거리는 양배추, 싱싱한 오이와 햄의 조합은 참을 수가 없다. 삶은 계란을 잘게 다져서 마요네즈로 버무린 달걀 샌드위치도 좋아한다.

추억이 깊은 샌드위치를 몇 가지 꼽으라고 한다면 롯데리아의 이탈리안핫(예전에 나왔던 일본 한정판 메뉴로 햄이나 살라미가 들어간 구운 샌드위치—옮긴이)도 빠질 수 없다.

예전에는 미사를 보기 전에 식사가 허용되지 않았기 때문에 미사를 보고 나면 배고픔이 한계치에 달해 있었다. 그래서 돌아오는 길에 외할머니, 어머니, 나, 두 여동생은 성당 근처에 있는 롯데리아에 가는 것이 당연한 수순이었다. 외식을 거의 하지 않는 외할머니도 무척 기대하는 이벤트였다.

표정 변화가 거의 없던 외할머니가 수줍은 미소를 띠면서 이탈리안핫을 한 입 가득 베어 먹던 모습이 떠오른다. 성당에 갈 때면 정성껏 치장을 하던 외할머니는 모헤어(앙고라 염소의 털)로 짠 카디건이나 하안 블라우스에 회색 스커트를 받쳐 입었다. 나는 남색 원피스에 에나 멜 구두를 신었다.

한껏 격식을 차린 복장의 어른과 아이들, 게다가 여성으로만 구성된 한 무리의 사람들이 롯데리아에서 게걸스럽게 먹어대는 모습은 상당 히 코믹한 풍경이지 않았을까.

우리는 꼭 이탈리안핫을 주문했다. 지금 생각해 보면 이탈리안핫은 파니니 같은 것이다. 구운 얇은 빵이 독특한 풍미를 자아내고 빵 사이 에 들어 있던 고기와 치즈가 엄청 뜨거웠다.

당시에는 무척 맛있다고 느꼈는데, 지금 이탈리안핫은 롯데리아 메 뉴에 없다. 롯데리아에는 거의 20년 가까이 가지 못했지만 이탈리안핫 을 부활시켜 주면 꼭 가보고 싶다.

스타일에 최고로 신경을 쓰던 20대, 제멋에 겨웠던 그 시절엔 무라 카미 하루키의 소설에 나오는 샌드위치가 멋져 보여서 흉내 내어 만들 어본 적도 있다. 유감스럽게도 결과는 신통치 않았다. 아마도 제대로 된 레시피를 따르지 않고 적당히 만들었을 것이다.

애프터눈 티에 핑거 사이즈의 샌드위치가 곁들여 나올 때면 이게 또 반갑다. 온통 달달한 것들만 있는데, 좀 덜 단 디저트라는 점이 절묘해 서 상쾌하고 담백한 맛의 오이 샌드위치 같은 것이 잘 어울린다.

덧붙이자면 본고장 영국에서는 오이 샌드위치가 인기라고 한다. 일 설에 의하면 샌드위치가 보급되기 시작했을 당시에 영국에서는 신선 한 채소가 오이 정도밖에 없었기 때문이라고 한다.

어쨌든 샌드위치는 편의점에서도 가끔은 살 정도로 내겐 친숙한 음식 중 하나다. 맛있는 샌드위치 가게에 대한 소문을 듣게 되면 가보고 싶어진다. 그렇게 마음에 든 샌드위치 가게도 몇 군데 알고 있다. 요즘은 햄버거 가게의 샌드위치도 얕보면 안 된다.

바게트나 크로와상 샌드위치도 좋아한다. 베트남 샌드위치인 반미도 아주 좋아한다. 호치민에서 먹어본 이후 일본에서도 맛있는 반미 샌드위치를 늘 찾고 있다.

지금은 먹고 싶어서 샌드위치를 먹지만 달리 선택지가 없어서 어쩔 수 없이 샌드위치를 먹던 시기가 있었다. 둘째인 딸아이가 태어나고 나서였다. 딸이 태어났을 때, 아들 역시 아직 32개월의 아이라 아직도 손이 많이 갔고, 여동생을 향한 질투도 심했다.

첫아이는 소아 천식이 있어서 아기 때부터 몸이 약했다. 세상에 존재하는 모든 종류의 유행병을 앓았고 천식 발작도 늘 있어서 응급실의 단골 환자였다. 이유식도 전혀 안 먹고 젖을 끊고 나서도 계속 우유만 먹었기 때문에 철 결핍성 빈혈증도 생겼다. 아이는 입이 짧고 호불호가 심했다. 알레르기도 있어서 매일 바닥만이 아니라 커튼부터 시트까지 청소기를 돌려야 했고, 피부병도 자주 앓았기 때문에 이래저래 손이 많이 가서 무척 힘들었다.

남편은 집에 거의 없으니 부탁할 수도 없이 혼자서 육아에 고군분투했다.

그 시절은 아들이나 딸에 대한 자신의 육아 방식을 강요하는 어머니가 너무 성가셔서 친정과도 거리를 두고 있었다. 이유식 하나도 어머니는 자기 마음대로 바나나와 우유만 줘서 아이들의 편식을 부채질하는 것도 마음에 들지 않았다. 또 친정은 친정대로 다른 문제가 있어서 의지할 수 없는 상황이라 무척 고독한 전투였다.

딸을 침대에 재우면 아들이 따라 들어가 아이를 꼬집거나 밟아서 괴롭혔다. 할 수 없이 집 안에서도 딸을 아기띠로 단단히 묶고 있어야 했다.

늘 띠를 매고 있어서 어느 날 쇄골이 부러진 것도 몰랐다. 항상 딸을 안고 있었기 때문에 아들은 점점 더 질투가 심해져서 울거나 꼬집고, 떼를 쓰면서 자주 짜증을 냈다. 동생을 시샘하는 심술도 날이 갈수록 심해졌다.

아들의 질투심은 1년 정도 지나자 잠잠해졌지만, 젖먹이 아이 둘은 한시도 눈을 뗄 수 없어 그 시절엔 눈물이 날 정도로 힘들었다.

아들에게는 뭐라도 좀 먹여 보려고 많은 노력을 기울였지만 나는 적당히 끼니만 챙겼다. 딸은 모유를 먹어 항상 나에게 철썩 달라붙어 있어서 응석을 부리는 아들을 돌보는 데 전념했다.

아이가 한 명일 때는 모유 때문에라도 내 식사에 신경을 썼지만, 두 명이 되자 그런 것보다는 어찌됐든 하루하루 버티기에도 벅찬 시간들이었다. 식사랄 것도 없이, 입에 넣을 만한 것을 찾아 타이밍을 봐서 재빨리 집어먹는 느낌이었다.

그 시절의 체험이 나의 소설《유방의 나라에서》를 낳았다.

가끔은 아이들이 잠들 때를 가늠해서 내가 먹을 오니기리나 샌드위치를 만들어 두기도 했다.

딸을 안고 있어도, 아들을 돌볼 때도, 한 손으로 집어먹을 수 있어서 샌드위치가 최적이었다. 나에게는 카드 게임이 아니라 육아를 위해서였지만 실로 샌드위치의 진가가 발휘된 때였다.

당시는 생활협동조합의 택배로 식재료를 주문했는데 밥을 짓고, 밥을 뭉쳐야 하는 또 한 단계의 수고가 드는 주먹밥보다 재료를 빵 사이에 끼워 넣기만 하면 되는 샌드위치가 편해서 자주 만들었다. 빵에 버터나 마요네즈를 바르는 것도 생략하고 햄이나 슬라이스 치즈 정도만 넣는 간단한 샌드위치였다. 빵을 자르는 것조차 생략했다.

자신을 위해 뭔가를 공들여 만들 시간도, 마음의 여유도 없었다. 그러나 그때는 수제 요리에 대한 신앙에 빠져 있어서 아들의 식사만이 아니라 내가 먹을 것도 직접 만들어 먹어야 한다는 신념은 필사적으로 지켰다.

그렇게 만들어 놓은 샌드위치는 엄청난 속도로 내 입, 내 위장 안으로 흘러 들어갔다. 부엌에서 선 채로 먹은 적도 있었다.

나이 차가 별로 안 나는 두 아이의 육아로 나는 상당히 빨리 먹는 사람이 되어버렸다. 잠깐 짬이 날 때 급한 마음으로 서둘러 먹었기 때문이다. 심할 때는 딸아이에게 수유하면서 샌드위치를 우물거리기도 했다.

나중에 외둥이를 키우는 동네 엄마와 점심을 같이 했는데 "엄청 빠르게 드시네요?"라고 얄보듯 말하는 것을 듣고서야 내가 그렇다는 것을 깨달았다.

그때까지는 내가 빨리 먹는다는 걸 의식하지도 못했다. 아이들과 함께 식사를 하면서 나는 금세 식사를 끝내고 아이들을 먹이는 데 필사적이었기 때문에 그런 줄을 몰랐던 것이다. 그 시절은 모든 것에 있어서 자신을 돌이켜보는 시간이나 여유 따윈 없었다.

외둥이라면 아이가 좀 크고 나서는 천천히 먹을 시간도 있었을까? 아니면 그 엄마는 가끔씩 남편이 도와줘서 빨리 먹지 않아도 됐을까? 확실히 그녀는 그때 우아하고 차분하게, 천천히 먹었다.

육아 동지인 줄 알았던 엄마들에게 따끔한 사실을 지적받고 보니 슬프기도 하고 조금 부끄러웠다. 그 엄마는 분명히 처음부터 내가 마음에 들지 않았을 것이다. 생각해 보면 늘 아니꼬운 눈초리를 하고 있었다.

나는 지금도 빨리 먹는 편이라고 생각한다. 무의식적으로 가장 빨리 먹고 나서 다른 이들을 기다리는 경우가 간간이 있다.

딸이 조금 성장하고 나서는 두 아이를 데리고 가끔씩 패밀리 레스토랑에서 외식을 하며 기분전환을 했다. 하지만 막상 데리고 나가면 도저히 '기분전환' 운운할 상황이 되지 않았다.

딸을 안고서 BLT 샌드위치를 한 손으로 들고 급히 먹지만 한시도 가만히 있지 못하는 아이들에게 밥을 먹이는 일 자체가 큰일이었다. 결국 완전히 녹초가 되곤 했다.

아이들이 끊임없이 엎지르고 떨어뜨리고 소란을 피우기도 해서 주위의 시선에도 신경이 쓰였다. 때로는 아이들만이 아니라 나도 엎지르곤 했다. 내가 아이들을 야단치는 소리도 시끄러웠을 것이다. 그럴 때면 주위의 눈총이 따갑게 느껴졌다.

결국 외식한 것을 후회하며 끝이 나게 된다. 그러다가 집에 틀어박혀 셋이서 복닥거리고 있으면 또다시 외식을 하러 나가고 싶어진다. 다른 사람이 만들어 준 음식이 먹고 싶어진다. BLT 샌드위치를 먹고 싶다. 집에서 나가고 싶다. 그렇게 해서 나가면 곧바로 다시 후회하는 악순환의 패턴을 끝없이 반복할 뿐이었다.

날이 아주 화창했던 어느 봄날, 유모차에 태운 한 살도 안 된 딸과 한창 놀고 싶은 세 살짜리 아들을 데리고 공원에 갔다.

그 시절 '공원 데뷔(아이 엄마가 아기를 데리고 근처 공원에 나가서 놀러 온 아기들과 엄마들을 만나 사귀는 일—옮긴이)'라는 말이 있었을 만큼 공원에서 노는 아이들과 그 엄마들을 친구로 사귀는 일은 큰 시련이고 중대사였다. 잦은 트러블도 함께했다.

다행히 같은 산부인과 신생아실에서 자주 마주치게 된 엄마가 우리 집 근처에 살았고 그 엄마도 둘째를 낳아서 공통 화제가 많았기에 친하게 지냈다. 나는 언제나 그 모자(母子)와 만나서 공원으로 갔다. 공원에 다니면서 알게 된 엄마들도 자연스럽게 생겼지만 처음부터 같이 행동할 사람이 있다는 사실에 마음이 든든했다. 그래서 공원 놀이 사교 활동은 엄마도, 아이들도 순조로웠다.

어느 날이었다. 토요일이라서 그런지 평소에 알던 공원 친구들이 없었다. 남편은 일로 부재중이었고 나는 공원에 가겠다고 고집을 부리는 아들 성화에 못 이겨 딸과 아들을 데리고 공원으로 향했다.

공원에는 아빠, 엄마와 같이, 또는 아빠가 아이를 데리고 온 커플들만 있었다.

나는 유모차에 딸이 있어서 아들 상대도 제대로 해주지 못하고 있었는데, 아들은 이미 자기만의 세계에 빠져 상황을 설정해 놓고 혼자서 중얼거리면서 공원 안을 휘젓고 다녔다. 아이가 다른 아이들 아빠한테 말을 걸면 아빠들은 적절히 아이를 상대해 주기도 했고, 어느 샌가 다른 여자아이들과 같이 모래밭에서 가족 놀이를 하며 재미있게 놀고 있었다.

아들이 낯가림도 없이 사교적이라는 점은 다행이었다.

그래도 역시 쓸쓸했는지 나한테 와서 불쑥 "아빠가 있으면 좋겠어"라고 중얼거렸다.

"내일은 아빠도 쉬시니까 같이 공원에 올 수 있을 거야"라고 말해 주었지만, 아들은 고개를 가로젓더니 "지금 아빠랑 같이 놀고 싶다고!" 하며 힘없이 고개를 떨궜다.

나는 대답할 말을 딱히 찾지 못하고 앞으로는 토요일에 아이들하고만 공원에 오는 것은 그만둬야겠다고 생각했다.

"이제 그만 돌아갈까?"라고 묻자 아들은 고개를 끄덕였다.

돌아오는 길에 아들은 피곤했는지, 아니면 응석인지, 유난히 걷기를 싫어해서 딸을 아기띠로 단단히 동여매고 유모차에 아들을 태웠다. 유모차 밖으로 커다란 몸이 삐져나왔지만 여동생이 유모차에 타는 것을 언제나 부러워했기 때문에, 아이는 만족해하며 기뻐했다. 그러고는 곧 잠들어버렸다.

딸을 안은 채 무거운 유모차를 비틀비틀 밀었더니 어느 샌가 딸아이도 잠들었다. 나는 이런 타이밍을 놓칠쏘냐 싶어 어디서 차라도 한 잔 하고 돌아가고 싶어졌다.

'빈속이니까 뭔가를 먹어도 좋겠다. 분명히 여기 어디에 패스트푸드점이 있었을 텐데……. 거기라면 아이를 데려가도 괜찮겠지' 하며 어슴푸레한 기억을 더듬던 중에 아메리칸 스타일의 샌드위치 가게를 발견하게 되었다.

나는 너무 기뻐 신바람이 나서 가게로 들어갔다. 한창 바쁜 시간은 지났는지 그렇게 붐비지는 않았다. 그런데 "유모차를 가져오신 분은 테라스 좌석으로 부탁드립니다"라고 점원이 쌀쌀맞게 말했다.

'아이 동반이 민폐인가?'

이런 생각이 순간 머리를 스쳤지만, 거절당한 것도 아니고 이런 기회는 좀처럼 없다고 스스로를 타이르며 테라스석으로 자리를 잡았다.

메뉴가 너무 많아서 고민했지만 역시 초심으로 돌아가서 BLT 샌드위치를 주문했다. 마실 것은 수제 레모네이드로 했다. 점원은 시종일관 무뚝뚝했지만 신경 쓰지 않기로 했다.

테라스석 옆자리에 앉은 세 명의 여성은 이야기에 푹 빠져 있어 이쪽은 신경 쓰지 않는 것 같아 안심했다. 아이들을 힘들어하는 사람도 꽤 많으니까.

BLT 샌드위치가 올 때까지 길을 걷고 있는 사람들을 가만히 바라보았다. 커플도 있고, 부모와 아이도 지나간다. 평온한 토요일의 풍경이었다.

드디어 푸짐한 BLT 샌드위치가 나왔다.

나는 마음속으로 '우와!' 하고 소리를 질렀다. 두껍게 자른 베이컨이 고소한 냄새를 풍기고 양상추와 토마토도 신선해 보였다. 피클과 프라이드 포테이토가 곁들여 나왔다.

딸의 머리가 흔들거려서 왼손으로 머리를 받쳐가며 오른손으로 BLT 샌드위치를 잡고 베어 물었다.

아, 맛있다!

내용물이 흐르지 않도록 종이로 감쌌기 때문에 한 손으로도 잘 먹을 수 있었다. 배가 고파 단숨에 먹어치웠다. 마음도, 몸도 다시 에너지로 꽉 채워졌다.

기분 좋게 남은 포테이토를 먹으며 레모네이드를 홀짝거렸더니 옆 테라스석의 여성들이 이제야 눈에 들어왔다. 비슷한 나이대라는 것을 깨닫고 시선 끝으로 관찰하기 시작했다. 바질 치킨이 들어간 샌드위치와 포테이토를 안주로 해서 맥주를 마시고 있었다.

들으려고 한 것은 아니었는데, 그녀들의 대화가 귀에 들어왔다.

한 명은 대기업에서 근무하는 것 같았는데, 일 이야기로 다른 한 사람에게 푸념을 늘어놓고 있었다. 거래처 사람인 듯한 듣고 있던 여성도 다른 기업의 명함을 내밀면서 "나도 이런 일이 있었다니까요"라며 고생한 이야기를 시작했다. 커리어가 있어 보이는 두 사람이었다. 휴일다운 소탈한 형색이었는데도 아주 세련되게 보였다. 잡지의 한 페이지를 보는 듯한 느낌이었다.

아들이 모래로 더러워진 손으로 만지고 딸의 침이 잔뜩 묻어 있는 커트 앤드 소운에, 서둘러 걸치고 나온 구겨진 치노 팬츠 차림의 내가 순간 꼴불견처럼 느껴졌다.

'나는 이제 그녀들과는 아주 거리가 먼 곳으로 와버렸구나.'

아이들은 사랑스럽고 결혼과 출산을 후회하지는 않는다. 하지만 어쩌면 그녀들 같은 인생을 나도 가지고 있었을지도 모른다고 생각하니 갑자기 씁쓸해졌다.

같은 공간에 있는 것이 힘들어져 계산을 하고 돌아가려고 의자에서 일어났다. 그때, 딸아이가 잠이 깨서 울기 시작했다. 몸을 흔들며 달래보았지만 좀처럼 울음을 그치지 않았다. 덩달아 아들도 잠이 깨서 "엄마, 집으로 가자!"라고 소리쳤다.

옆자리 여성들이 이쪽을 쳐다보았다. 한 명은 미간을 찌푸리고 있었고, 또 다른 한 명은 손을 들고 점원을 불렀다.

"저기, 자리를 옮기고 싶은데요!"

나는 칭얼대는 딸에게 "착하지, 착하지" 하며 등을 어루만지며 달래고, 빨리 가자고 아우성치는 아들을 어르면서 세련된 그녀들이 허둥지둥 가게 안으로 들어가는 것을 바라보았다.

분명히 나를 피해 들어간 것이다. 금세 풀이 죽고 말았다.

한시라도 빨리 여기에서 벗어나고 싶었지만 이렇게 경황이 없는 상태에서 계산을 하러 가게 안으로 들어갈 수는 없었다.

이런 와중에도 "엄마, 엄마" 하며 쉬지 않고 떠드는 아들에게 "조용히 해!"라고 주의를 주었지만 말을 듣지 않았다. 딸도 울음을 그치지 않았다.

어찌해야 할지 몰라 허둥대고 있는데 점원이 내 자리까지 와서 "여기서 계산하셔도 됩니다"라고 말해 주었다. 아까보다는 부드러운 말투였다. 코로나 사태를 겪고 나서 테이블 계산이 당연시되는 지금과는 달리, 예전엔 계산은 계산대에서만 가능한 가게가 대부분이었기 때문에 점원의 특별한 배려가 고마웠다.

무뚝뚝하게 보였던 것은 나와 아이들이 싫었기 때문이 아닐지도 모른다. 아니면 혹시 어서 나가기를 바랐던 것일까? 어쨌든 나를 도와준 사실에는 변함이 없다.

그런데 아뿔싸!

가지고 있는 현금이 부족했다. 공원만 잠깐 다녀올 거라고 생각해서 잔돈만 가지고 나왔던 것이다. 신용 카드도 들고 나오지 않았다.

쥐구멍에라도 들어가고 싶을 정도로 창피하고 비참했다.

점원이 "다음에 결재하셔도 괜찮습니다"라고 해주어서 주소와 성명, 전화번호를 써놓고 도망치듯 자리를 떴다. 그리고 아들이 탄 중량급 유모차를 밀고 거의 달리듯 빠른 걸음으로 집으로 향했다. 이 와중에 아들은 스피드를 즐기며 신이 났고, 아기띠에 감긴 딸은 훌쩍훌쩍 울고 있었다.

조남주 작가의 소설 《82년생 김지영》에서 인상 깊었던 에피소드가 있다. 아이가 유모차 안에서 잠들어서 김지영은 카페에서 커피를 사서는 공원 벤치에서 마신다. 근처에 있던 샐러리맨이 왠지 부러워서 보고 있었더니 '맘충'이라는 단어가 귓가에 들려온다. 충격을 받아 뜨거운 커피를 엎지르고, 공원을 떠나 정신없이 유모차를 밀며 내달려 집으로 돌아온다.

나는 이 묘사를 읽으며 샌드위치 가게에서의 일이 떠올라 가슴이 아렸다.

나는 '방해물'이라고 선고받은 느낌.

몇 년 전까지는 나도 그녀들과 별반 다르지 않았는데.

결혼해서 아이를 낳는 것이 행복한 인생이라고 머릿속엔 각인되어 있었지만, 어째서 이렇게나 괴롭고 힘들고 고독한 것인지.

김지영의 마음과 고통은 고스란히 당시 나의 마음이었다.

일을 그만두고 아들이 태어날 때까지는 시간이 남아돌았다. 집안일만 하기에는 너무 한가해서 일본어 강사 자격증 취득을 위한 공부를 하고 시험에도 합격했다. 짧은 기간이긴 했지만 일본어 강사로서 학생을 가르치기도 했었다.

어느 날 공원에서 돌아온 나는 시험공부를 했던 교과서를 꺼내놓고 아이가 잠들고 난 뒤에 다시 읽었다. 그리고 언젠가 반드시 일본어 강사 일을 다시 시작하자고 맹세했다.

결국 이혼 후에 일본어 강사로 다시 일하게 되었다. 정확하게는 일본어 강사 자격증이 있어서 이혼하는 데 주저함이 없었는지도 모른다. 회사 근무는 휴직기가 있으면 힘들었기 때문에 전문적인 자격증이 있어서 다행이라고 뼈저리게 느꼈다.

2024년 4월 11일은 사기사와 메구무(鷺沢萠) 작가의 20번째 기일이었다.

소설가를 목표로 하고 신인문학상에 응모했을 때, 사기사와 메구무 작가의 유작 단편집 《뷰티풀 네임》과 만났다. 그 소설에서는 통칭명으로 살아가던 재일코리안이 본명을 밝히게 되는 이야기가 묘사되어 있다.

이른바 '재일 문학'이라고 일컫는 작품들을 나는 일부러 피해 왔었다. 작가를 지향하면서 읽어는 봤지만 너무 가슴이 아파 읽기가 힘들었다. 그러나 사기사와 작가의 작품은 잘 읽혔다. 내 일처럼 완전히 감정이입이 됐지만, 가슴이 찢어지는 고통은 없었다. 그때부터 이런 식으로 글을 쓰고 싶다고 진심으로 생각했다.

그때까지는 아이 엄마들 사이의 다툼 등을 소재로 썼지만 처음으로 나의 태생을 마주하고 재일코리안 이야기를 쓴 작품이 〈가나에 아줌마〉라는 단편으로, 내가 맞선볼 때의 중매쟁이 이케가미의 B 씨를 모델로 한 소설이었다.

〈가나에 아줌마〉가 신인문학상을 수상하고, 나는 소설가가 될 수 있었다.

2012년에 신인문학상을 받고 2013년에 단행본을 냈다.

그 시절 도쿄의 신오쿠보나 가와사키의 사쿠라모토, 오사카의 쓰루하시 같은 재일코리안이 모여 사는 지역에 배외주의 단체들이 몰려와 헤이트 스피치를 퍼뜨리고 다니는 데모를 하고 있었다.

나는 그 사실을 알자마자 안절부절못하는 기분으로 참의원(일본의 상원—옮긴이) 의원회관에서 행해진 헤이트 스피치에 항의하는 집회에

나갔다. 그곳에서 가와사키의 사쿠라모토에 사는 한 재일코리안 여성을 만났다.

때마침 《버젓한 아버지에게》라는 가와사키 사쿠라모토가 무대 중 하나인 소설을 집필 중이어서 그녀에게 말을 걸었다.

인연이란 참 신기하다.

세상에, 그녀는 사기사와 메구무 작가의 《나의 이야기》라는 사소설에 나오는 사기사와 씨의 친구로 《뷰티풀 네임》 속의 단편, 〈고향의 봄〉의 모델이었다.

나는 그녀와 친해지게 되었다.

내가 사기사와 씨를 경애하는 것을 안 그녀가 사기사와 작가의 기일 날, 성묫길에 나를 초대해 주었다.

살아 있으면 정말 기적과 같은 일이 일어난다.

나는 사기사와 메구무 씨의 묘지 앞에서 작가가 되도록 이끌어준 것에 감사했다. 그리고 전쟁을 거부하고 차별을 용서하지 않았던 사기사와 작가가 맺어준 인연을 소중히 여길 것을 맹세했다. 그녀가 저세상에서 평온하기를 기도하자, 묘 근처에 있는 큰 나무의 가지가 바람에 흔들려 마치 내 기도에 답을 주는 듯 했다. 귀를 기울이자 새가 지저귀는 소리가 들렸다.

성묘에서 돌아오는 길에 사기사와 작가가 생전에 잘 갔다고 하는 샌드위치 집을 들렀다. 그녀와 사기사와 작가의 비서였던 분, 그리고 나 이렇게 셋이서 맥주로 건배를 하고 샌드위치를 먹었다. 그곳은 1977년부터 운영하고 있는 샌드위치 노포 가게로 캐주얼한 분위기의 편안한 가게였다.

생전에 일면식은 없었지만 두 분이 많은 추억 이야기를 들려주어서 그런지 사기사와 작가님의 인품을 알 것 같은 멋지고 귀한 시간이었다.

샌드위치는 두껍게 자른 토스트에 흘러넘칠 정도로 속의 내용물이 가득 들어 있었다. 콘비프와 양배추가 들어간 샌드위치는 아주 맛있었다.

잊기 힘든 소중한 샌드위치의 추억이 또 하나 늘었다.

한국에서도 맛있는 샌드위치를 만났다.

서울에서 먹은 베이글 샌드위치, BLT 샌드위치도 맛있었다. 최근에는 베이커리가 늘어 빵 맛도 진화하고 있어서 맛있는 샌드위치가 아주 많다.

한국에서 빵은 일본처럼 케이크 가게에서 팔지 않고, 일반적으로 케이크나 빵은 베이커리에서 판다. 지금 한국의 빵과 케이크는 수준이 높다. 한국에 갈 때마다 예쁜 케이크나 빵을 무수히 만날 수 있다.

한국 드라마에서는 서브웨이가 자주 나온다. 샌드위치를 일상적으로 먹는 장면도 있다. 그러고 보니 빵도, 안에 넣는 재료도 골라서 주문할 수 있다니, 서브웨이를 처음으로 먹었을 때는 놀라운 일이었지만 그것도 꽤 오래전의 일이다.

일본도 한국도 샌드위치는 이제 완전히 정착했다.

이제는 양손으로 야무지게 잡고 샌드위치를 먹을 수 있게 되었지만, 두 마리의 노견과 산책 도중 가끔 들르는 샌드위치 가게에 가면 자꾸

안아달라고 조르는 한 마리 때문에 또 한 손으로 먹게 된다.

불편하긴 하지만 한 손으로 먹는 샌드위치도 나쁘지 않다.

애견의 온기를 느끼며, 이제 완전히 어른이 된 아들과 딸의 어릴 적 기억을 떠올린다. 아련한 그리움과 함께 그 시절엔 참 애썼구나, 훌륭하다고 스스로를 가만히 토닥거린다.

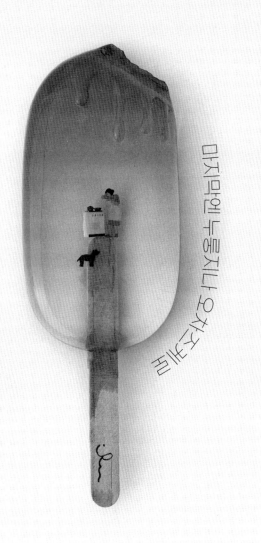

마지막에 누룽지나 오차즈케

10년쯤 전에 소설 취재차 한국에 일주일 정도 머물렀다. 그때 처음
으로 한정식 코스를 먹을 기회가 찾아왔다.

　전라도 향토 요리점에서 햄버거 패티와 비슷한 간 고기를 떡처럼 뭉
쳐 구운 떡갈비가 나왔던 것이 인상에 남아 있다. 상이 넘칠 정도로 갖
가지 요리가 나와 도저히 다 먹을 수는 없었지만 마지막에 나온 누룽
지에 마음이 포근해졌다.
　돌솥에 갓 지은 밥을 퍼서 그릇에 담고, 돌솥에 남아 있는 눌어붙은
밥에 뜨거운 물을 부어 먹는 것이 누룽지였다.

　아, 이것은 어쩌면.

나는 외할머니 집에서 '오차즈케(밥 위에 여러 가지 고명을 얹어 따뜻한 녹차를 부어 먹는 밥―옮긴이)'라고 부르며 먹었던 것이 누룽지였다는 것을 깨달았다.

여담이지만 진짜 누룽지를 먹기 전에 누룽지 맛 사탕을 한국의 어딘가에서 먹었던 적이 있는데, 그때는 누룽지가 이런 눌은밥에 뜨거운 물을 부어 먹는 오차즈케 비슷한 것인 줄은 까마득히 몰랐다. 누룽지 맛 사탕은 내가 아주 좋아하는 사탕이다.

외할머니는 외할아버지와 거실에서 같이 식탁을 마주한 적이 없고 언제나 부엌에서 남은 것을 먹었다. 그런 때는 대체로 가스 밥솥(가스 호스를 연결해 밥을 짓는 밥솥―옮긴이)에 보리차를 붓고 눌어붙은 부분을 떼어 내면 누룽지가 되었는데 그 상태로 제일 마지막에 먹었다. 내가 옆에서 보고 있었더니 내게도 나눠 주셨다. 그 '오차즈케'는 누룽지가 고소해서 내가 아주 좋아한 음식이었다.

어릴 적, 우리 집에서도 식사 마지막에 어머니가 "오차즈케로 해서 먹을래?"라고 물어봐서 남은 밥에 오차(녹차)를 부어 입안으로 흘려보내듯이 먹은 적이 있다. 우리 집은 밥이 많아도 남기지 못하게 해서 마지막엔 '오차즈케' 덕을 크게 봤다.

배가 불러도 오차즈케로 해서 먹으면 먹기가 훨씬 수월했다. 식욕이 없을 때도 마찬가지다.

애초에 잘게 잘라놓은 나가타니엔의 '오차즈케 노리(김―옮긴이)'를 밥에 뿌리고 뜨거운 물을 부어 먹는 것도 좋아했다. 집에 '오차즈케 노리'는 상비 식품이었다.

어른이 되고 나서도 술자리에서 마지막으로 오차즈케를 먹는 것을 좋아한다. 배 터지게 먹고 마신 다음에도 어느새 오차즈케를 주문하고 만다.

오차즈케도 실은 여러 가지가 있다.

다 크고 나서 교토 등 관광지의 오차즈게 전문점에 가서 먹은 오차즈케는 그때까지 내가 알던 '오차즈케'가 아니었다. 도미 육수를 부어서 먹는 도미 오차즈케는 우리 집에서 먹던 것과는 전혀 다른 음식이었다. 히쓰마부시(밥에 잘게 썬 뱀장어를 올려 먹는 요리─옮긴이)도 오차즈케의 한 종류겠지만 이것을 먹었을 때도 놀랐다.

이런 일본식 오차즈케도 나는 아주 좋아한다.

아무튼 나는 오차즈케라면 뭐든지 좋아한다.

앞에서 비교적 맛이 진하거나 상당히 양이 많은 오차즈케를 소개했지만, 보통은 쓰케모노(소금·초·된장·지게미 등에 절인 저장 식품의 총칭. 절임류─옮긴이)와 오차즈케가 있으면 그걸로 충분하다.

누룽지와 오차즈케의 예시만이 아니라 내가 무심코 당연하다고 생각한 것들이 사실은 한반도의 식문화와 습관이었음을 나중에야 알아차린 적이 많다.

밥을 된장국에 말아 먹는 것도 우리 집에서는 일상적인 풍경이었다. 그래서 소학교 급식으로 된장국이 나왔을 때, 나는 주저 없이 밥을 말았다. 그러자 친구가 일러바쳐서 선생님한테 "밥 먹는 버릇이 나쁘네!" 하고 야단맞았다.

국에 밥을 넣어서 말아 먹는, 이른바 국밥은 내가 좋아하는 음식이었는데 그날 밥 먹는 버릇이 나쁘다고 야단맞아서 상처를 많이 받았다. 아니, 그 시절에는 그것이 국밥인지도 몰랐다. 그저 집에서 항상 먹는 대로 먹은 것뿐.

집안에서 겨우 계승해서 지키고 있던 한반도 식문화의 편린이 집 밖으로 나가면 '이상한 것', '특이한 것'이 되어버리는 순간이었다.

한국에 갔을 때나 일본의 한국 요리점에서 내가 좋아하는 된장찌개를 자주 먹었는데 밥을 찌개에 말 때는 늘 소학교 시절에 야단맞았던 일이 생각난다.

그러고 보니 나도 외할머니가 한쪽 무릎을 세우고 먹거나, 아버지가 그릇을 들지 않고 식탁 위의 식기에 얼굴을 숙이고 먹는 모습이 보기 흉하다고 생각했었다. 나중에서야 그렇게 앉는 방식이나 식기를 들지 않고 먹는 방식이 한반도에서는 당연한 것이라는 것을 알고 볼썽사납다고 생각한 것이 죄송해서 나중에는 죄책감에 시달렸다.

아무튼 나는 국을 좋아하는데, 이것 역시 어린 시절부터 익숙해져 있기 때문이라고 생각한다. 그중에서도 미역국에는 특별한 추억이 있다.

장남을 출산하고 나서 친정에서 한 달 정도 머문 적이 있었는데 그 동안 '젖이 잘 나오게 하기 위해' 어머니가 매일 미역국을 끓여주셨다. 미역국은 여러 가지 다른 맛으로 바꿔주셔서 전혀 물리지 않았다. 아마도 한반도에 사는 사람들은 생각하지도 못한 레시피로 변화를 주어 끓여주셨으리라 생각한다.

무더운 여름철에 어머니가 만들어준 차가운 미역국도 잊히지 않는다. 식초 맛 베이스에 오이와 깨가 포인트가 되어 상큼한 맛이 난다. 이 요리는 한국에서 먹는 것과 거의 비슷한 맛 같다.

어머니가 만들어주는 말린 대구(작가의 집안에서는 말린 대구로 북엇국을 끓인다—옮긴이)로 끓인 북엇국도 아주 좋아한다. 전에 서울에서 열린 자선 프로모션 이벤트에서 사회자가 좋아하는 한국 요리가 무엇이냐고 물어봐서 '북엇국'이라고 답했더니 놀란 듯했다.

"술을 잘 드시나 봐요. 북엇국은 숙취에 먹는 건데!"라고 사회자가 말해서 '그렇군!' 하고 신기하게 생각했다. 우리 집에서는 아버지가 술을 못 드셨는데도 식탁에 된장국 대신 북엇국이 나왔기 때문이다.

지금 생각해 보면 햄버거와 북엇국이라니, 양식과 한식을 절충한 요리였다. 퓨전 요리가 한국에서 유행한 지도 오래되었으니 어쩌면 어머니는 시대를 앞서간 건지도 모르겠다.

맞다, 미역국 이야기를 해야지. 미역국은 출산과 연결된 추억이 많지만, 우리 집에서는 생일날 미역국을 먹는 전통은 없었다. 한국 드라마나 영화를 보게 되면서 생일날에는 미역국을 먹는다는 사실을 처음 알게 되었다.

3세대를 거치면 문화나 관습은 변화하고 누락되기도 하는 법이다. 굳은 의지로 지키지 않으면 사라져버리겠지만 지금은 한국에 여행을 가거나 한국 드라마나 영화를 통해 문화와 풍습을 살펴볼 수 있어서 참으로 다행이다.

이렇게 생각하면 한류 붐은 나의 정체성이나 뿌리에 대한 확인 작업에 크게 도움이 되고 있다. 예를 들어 나에게 한국 드라마나 영화는 정답 맞추기 문제 같은 면도 있다.

한국 드라마나 영화를 보면 심하게 간섭하는 가족 관계가 그려져 있는데 '우리 부모님만 그런 게 아니었구나!' 하고 생각하게 된다. 극에서 아이에게 끈질기게 집착하는 어머니를 보고, 마치 우리 어머니 같아서 소름이 끼친 적도 종종 있다.

또 아버지가 걸핏하면 소리를 지르거나, 뭔가 불만일 때 "쯧쯧쯧쯧" 하며 혀를 차거나 "스읍!" 하는 소리와 함께 숨을 들이키며 위협하는 몸짓이 너무너무 싫었는데 한국 드라마나 영화에서 아저씨들의 그런 모습들을 자주 보게 된다. 여성이 혀를 차는 경우도 있다.

생각해 보면 우리 집은 압도적으로 '설명'이 부족했다.

아이에게 설명 따위는 필요 없다고 생각한 것 같다. 아니, 애당초 설명을 한다는 개념이 머릿속에 없었는지도 모른다.

게다가 한국의 풍습이나 문화에 대해, 또는 한국인들의 버릇이나 습관에 대해 아무도 '일본과는 이렇게 다르고, 저렇게 다르다'고 설명해 주지 않았다. 그래서 한류가 일본에 들어오지 않았다면 나는 계속해서 갈피를 못 잡고 헤매고 있었을지도 모른다.

한류, 정말 고마워.

일본의 풍습을 잘 몰라서 난처했던 적도 있다.

소학교 6학년 때쯤 설날의 오조니(일본식 떡국—옮긴이)에 관한 그림을 그리라는 숙제가 있었는데, 우리 집은 설날에 오조니가 아니라 떡국을 먹었기 때문에 나는 그림을 그릴 수가 없었다.

비슷했던 시절, 가훈을 조사해 오라는 숙제도 있었는데 가훈 같은 것은 없었던 나는 도서관에서 가훈 책을 찾아 그중에 적당한 것을 골라야 했다.

이런 일이 있을 때마다 나는 소외감을 느꼈다. 생각해 보면 담임선생님은 내가 한국인임을 알고도 그 과제를 내줬던 것인데, 그러고 보면 참 심술궂은 사람이다.

당시는 다양한 문화와 풍습을 당연시하는 사회는 아니었다. 지금은 많이 변했을까? 적어도 그 선생님 같은 교사는 없기를 바란다.

나에게 친숙한 '재일동포 요리'라고 불리는 음식들은 한국 드라마나 영화, 또는 한국 현지에서 보는 음식과는 어딘가 좀 다른 요리다.

원래 재일동포 요리란 한반도의 식문화가 바다를 건너 단절과 시간의 흐름을 겪으며 일본 땅에서 서서히 변화해 온 음식이다. 야키니쿠도 냉면도, 탕도 그 나름의 독특한 특징이 있다.

예를 들면 야키니쿠 식당 메뉴에는 반드시 대구탕이 있었다고 기억하는데, 그것은 재일동포 요리일 것이다. 매운 고깃국, 한국에서는 육개장에 가깝겠지만 그것과도 미묘하게 다르다. 분명히 대구 출신 재일코리안이 이름을 붙인 음식이 아닐까 추측한다.

소뼈를 우려낸 국물에 소고기와 채소를 넣고 고추로 간을 맞춘 이 국을 본고장 대구에서는 '따로국밥'이라고 부르는 것 같다.

한국에서 '대구탕'이라고 하면 생선 대구와 채소를 넣고 마늘, 생강, 고추를 넣어 푹 끓인 음식을 말한다.

일본에서 보는 그 빨간 대구탕은 갈라파고스화된 한반도 요리이면서 재일동포 요리의 상징적 음식일 것이다.

결혼 후에는 시댁에서 제사나 추석을 맞아 음식 준비를 했는데, 이 것도 갈라파고스화의 견본 같았다. 전이나 지지미가 마치 오코노미야키 같았고, 잡채에 교토 당근(최고급 당근-옮긴이)을 넣기도 했다. 간도 매번 달랐다.

물론 한국에서도 각 지역이나 가정의 맛이라는 게 있겠지만 재일코리안에게는 독창성(오리지널리티)이 더욱 풍부하다. 1세들이 일본에서, 그 땅에서 구할 수 있는 것으로 고심해서 요리를 만들어 왔음을 엿볼 수 있다. 그리고 2세 이후는 그것을 물려받아 변화시켜 왔을 것이다.

나는 그런 재일동포 요리를 소중히 여긴다. 자랑스럽게 생각한다.

재일코리안의 정체성이 각양각색이듯 재일동포 요리도 다양해서 오리지널리티가 농후한 요리도 각각 다르다. 그래서 더욱 다채롭고 풍부하다. 그래서 한반도에서 나고 자란 사람들이 경악하며 "그런 것은 한국(조선) 요리가 아니야"라고 말하는 것은 재일코리안들에게 "당신은 한국(조선)인이라고 할 수 없어"라고 말하는 것과 같다.

이제는 우리 같은 존재가 더 가슴을 당당하게 펴도 된다고 굳게 믿는다.

어느 나라 사람이라도 상관없지 않을까.
어느 나라 사람이 아니어도 상관없지 않을까.
나는 그대로 나다.
두 문화가 섞여 있는, 유일무일한 존재이면 안 될까.
원래, 누가, 무슨 권리가 있어서, 무엇을 근거로 판정한단 말인가.
진짜인지 아닌지, 그런 것 따위를 결정할 필요가 있을까.
애당초 진짜라는 게 무엇일까.
그리고 한국인들이 '재일코리안은 이래야 한다'고 규정짓는 것도 사양하고 싶다.

또 소바파인지 우동파인지, 고양이파인지, 강아지파인지, 그런 식으로 속성을 결정지으려는 추세도 탐탁지 않다.
'스시와 김치 중 어느 쪽을 좋아하는지', '한국과 일본 중 어디가 좋은지' 등을 묻는 것도 사양하고 싶다.
나는 태생이나 속성으로 오랫동안 고민해 온 사람이라 고정관념에 의해 판단 받고 싶지 않다.

음식에 관한 에세이를 썼지만, 결국 나의 지나온 인생길을 적은 글이 되었다.

부모님, 특히 어머니와의 불화가 나의 인생에서 얼마나 큰 자리를 차지하고 있었는지 글을 쓰며 새삼 자각하게 되었다.

신앙이 깊었던 일이나 연애에 에너지를 쏟았던 것, 내 안에 있는 뿌리 깊은 루키즘, 작가가 되기까지 걸어왔던 길 등 모든 것을 다 쓴 것은 아니지만 내 마음속에 뒤얽혀 있던 것들을 표출할 수 있어서 이제야 인생의 재고 정리가 된 것 같은 기분이 든다.

에세이에 쓴 것 중에서 그 후 몇 가지 새로운 에피소드가 생겨 여기에 기록해 놓고 싶다.

'술과 함께 노래하다'에서는 외할아버지에 관해 썼다.

외할아버지는 관동대지진 때 자경단에 걸려 죽을 뻔했는데, 경찰이 말려서 겨우 목숨을 부지할 수 있었다. 그리고 경찰서에 수용되어 있던 수용자 이름이 조선의 신문에 나온 덕분에 진해에 있었던 외할머니가 외할아버지의 생존 사실을 알게 되었다.

이 이야기를 어느 대학교수에게 이야기하자, 연구실 대학원생이 당시 신문에서 외할아버지의 이름을 찾아주었다.

외할아버지가 오이경마장에 수용되어 있다는 것이 〈동아일보〉에 실려 있었다. 그리고 그가 일본에 건너온 목적이 학업을 위한 것임이 분명해졌다. 가족에게 전해져 오던 말들이 확실한 증거에 의해 뒷받침되어 매우 기쁘다.

'고기를 같이 먹는 사람'에서는 대학 1학년 때, 영어 스피치 대회에 견학하러 가서 만난 한국 학생과의 이야기를 썼다. 연세대학교의 김 군에게 마음이 끌렸던 일, 그 후 김 군이 아버지한테 편지를 쓴 에피소드가 나온다.

영어 스피치 대회에는 내가 좋아하는 선배가 나왔는데, 이 에피소드 덕분에 잠시 소원했던 선배와 오랜만에 재회할 수 있었다.

선배는 한국 학생들의 이름과 당시 주소를 쓴 메모를 지금도 가지고 있었다. 학생 중에 김 군은 두 사람으로, 내가 에세이에 쓴 김 군은 '잘 생긴 김'이라고 메모를 달아놓아 선배의 기억에도 강하게 남아 있었다.

선배 말에 따르면 우리가 모두 함께 야키니쿠를 먹은 다음, 김 군이 나에 관해 선배한테 열심히 물어봤다는 것이다.

"순수하게 좋아했다고 생각해. 그래서 편지를 썼던 거겠지"라고 선배는 말했다.

메모에 적힌 주소에 의하면 1985년 당시, 김 군은 서울 강남의 한 주택에 살고 있었다. 어쩌면 그 주소에는 아직 그의 부모님이나 친척이 살고 있을지도 모른다. 혹은 그가 살고 있을 가능성도 있으니, 선배가 연락을 취해 보겠다고 하고 나 대신 김 군에게 보낼 편지를 써주었다.

나는 '어쩌면 다시 만날 수 있지 않을까' 하고 가슴을 두근거리며 기다렸지만 지금까지 답변은 없다.

드라마나 영화, 소설과 같은 일은 그리 쉽게 일어나지 않는 법이지.

그래도 선배와 오랜만에 다시 만나게 되고 회포를 풀 수 있었으니 역시 그 에피소드를 쓰기 잘했다는 생각이 든다.

선배는 그 당시의 학생 중 한 명과 지금도 연락을 취하고 있었다. 그 사람은 나와 아버지의 일을 기억하고 있다고 한다. 그리고 선배는 한국어로 번역된 《바다를 안고 달에 잠들다》를 그가 사는 미국까지 보내주었다.

책을 통해 그리운 이들과 재회할 수 있다니, 이 얼마나 기쁜 일인가.

먹는다는 것이 바로 산다는 것이다.

그 음식들과 함께 살아온 흔적의 단편을 이 에세이에 담았다.

"지금까지 긴 글 읽어주셔서 감사합니다!"라고 독자 여러분께 마음을 전하고 싶다.